KALTE MILCH

Jutta Mehler, Jahrgang 1949, hängte frühzeitig das Jurastudium an den Nagel und zog wieder aufs Land, nach Niederbayern, wo sie während ihrer Kindheit gelebt hatte. Seit die beiden Töchter und der Sohn erwachsen sind, schreibt Jutta Mehler Romane und Erzählungen, die vorwiegend auf authentischen Lebensgeschichten basieren, sowie Kriminalromane.

Dieses Buch ist ein Roman. Handlungen und Personen sind frei erfunden. Ähnlichkeiten mit lebenden oder toten Personen sind nicht gewollt und rein zufällig. Die Schauplätze im Arber-Gebiet sind – soweit es die Krimihandlung erlaubte – wirklichkeitsgetreu und detailgenau beschrieben. Nur wenige Orte, wie beispielsweise der Schuppen am Arber Schutzhaus und das eine oder andere Nebenkämmerchen, aber auch das »Wohlfühl-Hotel Picklerhof«, sind fiktiv.

JUTTA MEHLER

KALTE MILCH

Kriminalroman

emons:

Bibliografische Information der Deutschen Nationalbibliothek
Die Deutsche Nationalbibliothek verzeichnet diese Publikation in der Deutschen Nationalbibliografie; detaillierte bibliografische Daten sind im Internet über http://dnb.d-nb.de abrufbar.

Umschlagmotiv: Enno Kapitza/Lookphotos
Umschlaggestaltung: Nina Schäfer, nach einem Konzept von Leonardo Magrelli und Nina Schäfer
Umsetzung: Tobias Doetsch
Gestaltung Innenteil: César Satz & Grafik GmbH, Köln
Druck und Bindung: CPI – Clausen & Bosse, Leck
Printed in Germany 2019
ISBN 978-3-7408-0664-4
Originalausgabe

Dieser Roman wurde vermittelt durch die Aulo Literaturagentur.

Keine Schneeflocke in der Lawine
wird sich je verantwortlich fühlen.
Stanislaw Jerzy Lec

1

Fanni rammte ihre Skier in die Halterung an der hydraulisch betriebenen Gondeltür, die sich soeben öffnete, und warf einen missmutigen Blick auf die digitale Zeitanzeige an der Talstation der Arber-Gondelbahn.

Kurz nach zwei. Sie unterdrückte ein Stöhnen.

Noch gut eineinhalb Stunden auf und ab unter dieser trüben Dunstglocke. Milchige Schwaden waberten geisterhaft um sie herum, weil dichter weißer Nebel über den Skipisten am Großen Arber hing wie mit Feuchtigkeit vollgesogene Watte. Noch gut eineinhalb Stunden auf und ab in diesem breiigen Schnee (aufgeweicht wie eine Scheibe Toastbrot in einer Schüssel Milch), der unter den Skiern verdrossen schmatzte.

Während der vergangenen Woche hatte die Märzsonne jeden Tag von einem knallblauen Himmel gestochen. Bis Donnerstag. Da waren auf einmal dunkle Wolken aufgezogen und hatten gehalten, was sie zu versprechen schienen. Kräftiger Regen hatte eingesetzt und über Nacht kompakten Nebel, nassen Schnee und eine seltsame Lautlosigkeit entstehen lassen. Wer vorgehabt hatte, am Wochenende – womöglich ein letztes Mal in dieser Saison – am Großen Arber Ski zu fahren, sah sich genötigt, ernsthaft darüber nachzudenken, ob es nicht besser sei, die Sache abzublasen.

Die meisten Wintersportler hatten offenbar recht gut einschätzen können, was sie erwartete, und waren klugerweise zu Hause geblieben.

So kam es, dass sich an diesem verhangenen Samstag nur wenige Skifahrer auf den Weg ins Liftgebiet gemacht hatten, und selbst diese wenigen hatten mittlerweile fast alle aufgegeben. Die Mehrzahl war wieder in ihre Autos gestiegen und hatte sich davongemacht. Ein paar hatten sich in die »Skihütten« verzogen, ins Schutzhaus, in die Edelweißhütte oder den Arber Stadl.

Selbstverständlich hatte auch Fanni eine Wahl gehabt und hätte sich gegen Skisport bei dichtem Nebel und Nassschnee entscheiden können. Die Alternative wäre allerdings ein Nachmittag im Kreis der kleinen Gesellschaft im Arber Stadl gewesen, die Fannis Exmann, Hans Rot, dort versammelt hatte. Jeder, der Fanni halbwegs kannte, musste im Voraus wissen, was sie wählen würde.

Fannis rechter Skischuh schob sich durch den etwa dreißig Zentimeter breiten Spalt, den die automatisch zurückgleitenden Türflügel der Gondel inzwischen freigegeben hatten. Ihr linker Fuß befand sich noch auf dem Belag aus Gumminoppen, der den Betonboden der Station bedeckte und den starren Sohlen der Skischuhe etwas Halt gab. In Skigebieten passierten heutzutage mehr als genug Unfälle, weshalb vor allem an den Liftstationen für größtmögliche Sicherheit gesorgt wurde.

Die Türflügel der langsam weiterlaufenden Gondel waren nun bis zum Anschlag offen und rasteten mit einem Knacken in irgendein Gestänge ein. Sie würden für etwa drei Minuten in dieser Position bleiben, bis der Schließmechanismus ausgelöst werden und sie langsam wieder zuschieben würde.

Fanni beugte sich ein wenig nach vorn und schob den Oberkörper durch die Türöffnung. Dabei fiel ihr Blick auf einen Hammer. Ein Hammer am Fußboden einer Gondel erschien ihr zwar ungewöhnlich, aber nicht wirklich erstaunlich. Vermutlich hatte ein Angestellter der Betriebsgesellschaft einen Defekt beheben müssen und nach getaner Arbeit den Hammer vergessen.

Fanni zog den linken Fuß nach und wollte sich gerade aufrichten, da übermittelten ihre Sinne zwei Wahrnehmungen, die von ihrem Gehirn mit einem derart alarmierenden Ergebnis ausgewertet wurden, dass sie mitten in der Bewegung erstarrte.

Zum einen verzeichnete ihr Riechorgan einen unangenehm metallischen Geruch. Zum anderen registrierte ihr Sehorgan, dass der Hammer mit rötlicher Farbe verschmiert war. Beides zusammengenommen ergab das Resultat: Auf dem Hammer war Blut.

Fanni entspannte sich kurz, als ihr ein Gedanke zuflüsterte, jener Angestellte müsse sich bei seiner Arbeit eine Verletzung zugefügt und geblutet haben. Sie versteinerte jedoch wieder, als in ihrem Kopf die Frage auftauchte, wo der Mann abgeblieben war.

Ihr Blick schoss durch den Innenraum der Gondel, als hätte sich der Verletzte hier drin irgendwo verkriechen können, verbuchte aber nur ein fehlendes Fenster und blieb schließlich auf der Sitzbank haften, wo ein Skihelm und ein Handschuh lagen. Quer über die Vorderseite des Helms verlief eine rötliche Spur. Darunter war ein Aufkleber sichtbar, der Garfield auf Skiern zeigte. Neben Garfields linkem Skistock befanden sich die Initialen R. R.

Fanni kannte den Helm, den Aufkleber und die Initialen. R. R. stand für Rainer Renker.

»Schau, Fanni.« In Sprudels Stimme klang ein Lachen mit. »Das ist die Kuschelgondel. Den ganzen Tag frag ich mich schon, ob wir sie vielleicht mal erwischen. Endlich ist es so weit. Rein mit dir, mein Schatz.«

Fannis Blick riss sich von Helm und Hammer los. Als hätte sie damit jeden Halt verloren, taumelte sie rückwärts. Sprudels Arme fingen sie auf.

»Du wirst doch nicht etwa kneifen?« Sprudel versuchte, sie in die Gondel hineinzuschieben. Als sie sich heftig dagegen zu wehren begann, ließ er sie erschrocken los. »Willst du tatsächlich nicht einsteigen?«

Die Gondel glitt an ihnen vorbei und schwenkte in die Kurve. Normalerweise stand dort noch ein ganzer Pulk Leute, lauerte auf frei gebliebene Plätze und drängte hinein, bevor die Türen sich wieder zu schließen begannen. Aber heute war ja nichts so wie sonst. Den ganzen Tag über hatte sich an den Liften nicht der kleinste Stau gebildet, und mittlerweile waren Fanni und Sprudel die Einzigen, die noch bergwärts fahren wollten.

Die Kuschelgondel hatte soeben den Scheitelpunkt der Kurve erreicht. In wenigen Augenblicken würde der Schließvorgang einsetzen.

»Stimmt was nicht?« Ein Mann vom Liftpersonal, erkennbar an der grauen Jacke mit dem Logo der Bergbahn, war aufmerksam geworden und trat heran.

Fanni deutete in stummer Anklage auf die sich im Zeitlupentempo von ihr entfernende Gondel.

Der Mann warf ihr einen verständnislosen Blick zu, wollte sich schon wieder abwenden, überlegte es sich jedoch anders, folgte der Gondel und stieg hinein.

»Was ...?«, begann Sprudel an Fanni gewandt, unterbrach sich aber, als plötzlich sämtliche Gondeln stoppten. Der Mann musste jemandem in der Schaltzentrale ein entsprechendes Signal gegeben haben.

Die Kuschelgondel verharrte in der Kurve. Die Gondel vor ihr blieb beim Verlassen der Station leicht schwankend einen halben Meter über dem Boden in der Luft hängen. Eine ankommende, die soeben unter das Dach der Halle gleiten wollte, hielt mit einem Ruck an; die Gondeln, die bergwärts oder talwärts auf dem Weg waren, schaukelten an Ort und Stelle in einer leichten Seitwärtsbewegung.

»Habe ich nicht gleich gesagt, wir sollten uns aus diesem Familientreffen heraushalten?« Fanni hatte Sprudels Handgelenk ergriffen und drückte so fest zu, dass ihre Fingerknöchel weiß hervortraten.

»Fanni, bitte.« Sprudel legte seine freie Hand auf die ihre und strich mit dem Daumen besänftigend darüber. »Erklär mir, was das jetzt soll.«

»Als die Einladung kam, habe ich sofort gesagt: ›Wenn Hans das machen will, gut und schön, aber ohne uns.‹ Erinnerst du dich? Wir hatten sogar einen Streit deswegen.«

Sprudels Daumen stockte in der Bewegung. »Natürlich erinnere ich mich. Aber –«

»Und jetzt haben wir einen Toten.«

Sprudels Kopf ruckte herum. »In der Gondel?«

Fanni verneinte. »Draußen auf der Piste. Er muss hinausgestoßen worden sein.«

»Fanni ...« Sprudel rang sichtlich nach Worten. »Wie kommst

du bloß darauf, irgendjemand könnte aus der Gondel gestoßen worden sein?«

»Nicht irgendjemand. Rainer. Sein Skihelm liegt auf der Sitzbank. Blutverschmiert. Auf dem Boden ein Hammer. Ebenfalls blutverschmiert. Das Heckfenster ist weg.«

Fanni konnte zusehen, wie Sprudels Hirn versuchte, die Mitteilung zu verarbeiten.

Offensichtlich war er noch lange nicht damit fertig, als der Mann, der die Kuschelgondel inspiziert hatte, wieder zu ihnen trat. »Kommen Sie bitte mit.«

Fanni nickte und folgte ihm. Ihre Finger hielten noch immer Sprudels Handgelenk umklammert.

Als sie an der Kuschelgondel vorbeigingen, deutete der Mann auf die Skier in der Halterung. »Ihre?«

Fanni nickte erneut.

»Lassen Sie sie stecken. Gescheiter, wenn alles so bleibt, wie es ist. Der Gondelbetrieb muss vermutlich eingestellt werden.« Leise zu sich selbst hörte Fanni ihn noch sagen: »Kein Problem, ist ja sowieso nichts mehr los.«

»Sie müssen nach ihm suchen«, verlangte Fanni. »In der Liftschneise.«

Der Mann nickte geistesabwesend, hatte ihr womöglich gar nicht zugehört.

Er führte sie und Sprudel ins Betriebsgebäude der Talstation, in dem sich, von außen durch eine konkave Glasscheibe gut erkennbar, ein Überwachungsraum und eine Schaltzentrale befanden. Daneben gab es einen schmalen Flur, durch den der Mann sie zu einem kleinen Kämmerchen brachte, das mit Tisch, Wandregal und zwei Stühlen ausgestattet war, auf die er einladend deutete. »Ich bin übrigens der Patrick, und ich glaube, Sie müssen hier warten, bis …« Er ließ den Rest des Satzes offen, war sich anscheinend nicht schlüssig, worauf Fanni und Sprudel warten mussten und ob es überhaupt richtig gewesen war, sie hierherzubringen.

»Wie soll denn Rainer aus der Gondel gestürzt sein?«, fragte Sprudel, noch bevor er Platz genommen hatte. »Diese hydraulischen Türen lassen sich von Hand ja gar nicht öffnen.«

Patrick hatte den Raum gerade verlassen wollen, stutzte nun aber und drehte sich um. »Wie kommen Sie darauf, dass jemand aus der Gondel gestürzt ist, und woher wollen Sie wissen, wer?«

»Ich habe den Helm erkannt«, beeilte sich Fanni zu erklären. »Haben Sie den Garfield-Aufkleber gesehen und die Initialen daneben? R. R. Kein Zweifel, dass Rainer Renker in der Gondel saß.«

»Rainer Renker«, wiederholte Patrick und horchte dem Klang nach, als erwarte er ein Echo.

Fanni rechnete mit einer Frage wie: Und wer ist das?

Aber Patrick sagte stattdessen gedankenverloren: »Auf dem Helm ist Blut.«

»Und auf dem Boden liegt ein blutverschmierter Hammer.« Fanni wurde ungeduldig. »Wollen Sie nicht die Polizei rufen?«

»Ich schätze, die Kollegen kümmern sich gerade darum.« Patrick wirkte nun wieder konzentriert. »Es sieht tatsächlich danach aus, als ob in der Gondel ein Kampf stattgefunden hätte.«

»Bei dem die Kämpfenden aus dem Fenster gefallen sind?«, fragte Sprudel ungläubig.

»Bei dem einer hinausgestoßen wurde«, entgegnete Patrick.

»Und wo ist der andere hin?«, fragte Sprudel. »In der Gondel war ja keiner mehr.«

»Rausgesprungen«, sagte Patrick.

Sprudel war deutlich anzusehen, wie wenig ihn das überzeugte.

Er hat ja recht, dachte Fanni. Die ganze Geschichte wirkt abstrus.

Aber es gab Fakten: einen blutverschmierten Skihelm und einen blutigen Hammer in einer leeren Gondel mit fehlender Heckscheibe. Die Auswahl der Schlüsse, die sich daraus ziehen ließen, schien ihr ziemlich begrenzt.

Patrick rückte die beiden Stühle vor dem kleinen Tisch, auf dem eine Thermoskanne, Teebecher und ein Teller mit Keksen standen, anders zurecht. »Setzen Sie sich doch bitte. Sie werden wohl hier warten müssen, bis die Polizei da ist. Ihre Aussagen sind sicher wichtig, vor allem weil Sie denjenigen kennen, dem der Helm gehört.« Er machte einen Schritt auf die Tür zu, dann drehte er sich noch einmal zu ihnen um. »Ich hoffe, Sie müssen nicht allzu lang hier ausharren.« Damit ließ er sie allein.

Mit einem Seufzer nahm Fanni Platz. Sie und Sprudel steckten also wieder einmal mitten in einem Kriminalfall. Wie immer ohne ihr Zutun und wie schon so oft ohne die kleinste Chance, sich herauszuhalten. Mittlerweile war es ohnehin zu spät für einen Rückzieher. Selbst wenn sie ihr Wissen darüber, wem der blutverschmierte Helm gehörte, für sich behalten hätte, wären sie in die Sache verwickelt worden. Ihre im weitesten Sinn verwandtschaftliche Beziehung zu Rainer Renker wäre früher oder später zur Sprache gekommen, und was dann? Dann hätte sie angesichts der Nachricht, Rainer sei nach Lage der Dinge bei einem Kampf in der Kuschelgondel verletzt und dann hinausgestoßen worden, so tun müssen, als würde sie aus allen Wolken fallen.

Schauspielerei war aber noch nie Fannis Stärke gewesen.

»Wenn wir Hans eine Absage erteilt hätten, säßen wir jetzt nicht hier«, sagte Sprudel zerknirscht, womit er auf ihre Äußerung »Habe ich nicht gleich gesagt, wir sollten uns aus diesem Familientreffen heraushalten?« zurückkam.

Fanni sah ihn finster an, was ihr nicht unbedingt leichtfiel, denn Sprudel hatte keinen finsteren Blick verdient. Er war gutherzig und ehrenhaft, vernünftig und klug, und sie liebte ihn sehr. Aber er hatte ihr dieses Familientreffen eingebrockt, und das kreidete sie ihm an, obwohl sie einsah, wie ungerecht es war.

»Stimmt. Eines ist nämlich sicher: Den blutigen Helm und den blutigen Hammer hätte jemand anders gefunden.«

Daraufhin wirkte Sprudel so schuldbewusst, dass sie ihre Worte am liebsten zurückgenommen hätte.

Andererseits zeigte die Entwicklung der Dinge, wie recht sie gehabt hatte, als sie sich strikt dagegen ausgesprochen hatte, der Aufforderung ihres Exmannes nachzukommen. Aber Sprudel hatte ja nichts Besseres zu tun gehabt, als ein Plädoyer für Hans Rot zu halten.

»Er hat uns nie wirklich Schwierigkeiten gemacht.«

Ha!

»Er war immer da – für die Kinder, die Enkel, sogar für uns. Erinnere dich an Situationen, in denen er uns geholfen hat.«

Hmpf!

»Wir können uns nicht einfach ausklinken.«

Doch!

»Er wünscht sich so sehr, dass alle zusammenkommen.«

Und was ist mit meinen Wünschen?

Fanni hätte inzwischen nicht mehr sagen können, wie es Sprudel schließlich gelungen war, sie herumzukriegen. Auf einmal waren sie in dem »Wohlfühl-Hotel« angemeldet gewesen, das Hans für das Familientreffen ausgesucht hatte.

»Da müssen wir halt jetzt durch, Mama«, hatte Fannis Sohn Leo (mittlerweile verheiratet, womit nie jemand gerechnet hätte, und Vater von zwei Kindern, womit erst recht niemand gerechnet hätte) über WhatsApp kundgetan. Seine Zwillingsschwester Leni (von Haus aus lockerer drauf als Fanni und Leo) hatte »wird bestimmt lustig« geantwortet und ein Tränen lachendes Emoticon angefügt.

Lustig, dachte Fanni. Ha.

Aber gegen die geballte Hartnäckigkeit von Hans Rot und Tochter Vera war ja noch nie etwas auszurichten gewesen, und der Rest der Familie hatte immer schon nachgeben und meist darunter leiden müssen.

So weit war es auch jetzt wieder gekommen. Wie hatte sie das nur zulassen können?

Du hättest rigoros Nein sagen können!

Fanni verdrehte die Augen. Die Gedankenstimme. Dass die sich ausgerechnet jetzt meldete, sprach Bände und verhieß absolut nichts Gutes.

Kommentare unerwünscht, zumal wenn sie, wie der gerade eben, absolut nichts wert sind, teilte Fanni ihr mit.

Sprudels Intervention und Fannis Loyalität zu ihren Zwillingen hatten ein rigoroses Nein verhindert.

Die Gedankenstimme schwieg, wie Fanni es sich ausgebeten hatte, produzierte jedoch ein stirnrunzelndes Emoticon in Fannis Kopf.

Fanni runzelte ebenfalls die Stirn, als sie daran dachte, wie tags zuvor – am Freitag also – alle von Hans Eingeladenen nach und nach im Picklerhof eingecheckt hatten, fast zwanzig Personen insgesamt: Leo mit Familie; Leni mit ihrem Mann Marco, Sohn Tim und Töchterchen Hanna; Vera mit ihrem Mann Bernhard, Sohn Max und Tochter Minna; Fanni und Sprudel; Hans Rot und jene vier Personen, die Fanni als seine neue Familie bezeichnete: Partnerin Erna Huber, deren Sohn Sigi und Tochter Rita samt Ehemann Rainer.

Eifersüchtig? Dazu wartete die Gedankenstimme mit einem breit grinsenden Emoticon auf.

Sicher nicht!, verwahrte sich Fanni gegen die Unterstellung.

Warum hat dich dann das kalte Grausen gepackt, als die Einladung zu dem Treffen kam? Und sag jetzt nicht, es lag an deinen Kindern und Enkeln! Das begleitende Emoticon machte schmale Augen und einen spitzen Mund.

Fanni verzichtete darauf, diese geradezu groteske Aussage zu kommentieren. Sie freute sich immer sehr auf ein Wiedersehen mit ihren Kindern und deren Familien, zog allerdings eine privatere Atmosphäre vor, in der Hans keinen Platz hatte und Erna Huber samt Sohn, Tochter und Schwiegersohn schon gar nicht.

Dabei kannte sie sie nicht einmal. Erna war sie zwar irgendwann per Zufall begegnet, als Sprudel und sie einen Umweg über Erlenweiler gemacht hatten, um für Leni eine von Hans Rots Schwemmholzskulpturen abzuholen, die er neuerdings anfertigte und die mittlerweile die Gärten ihrer Kinder zierten, hatte aber außer einem Gruß kein Wort mit ihr gewechselt.

Nicht einmal für ein paar Sätze war Zeit gewesen, und für eine längere Unterhaltung, auf die Fanni ohnehin keinen Wert gelegt hätte, erst recht nicht.

Aber eifersüchtig bin ich definitiv nicht, teilte sie ihrer Gedankenstimme mit.

Ganz im Gegenteil. Fanni hätte ihrem Exmann von ganzem Herzen die ideale Partnerin gegönnt.

Wer sagt denn, dass Erna nicht ideal für ihn ist, nur weil sie ein paar Pfunde zu viel auf die Waage bringt?

Sie ist fett und ungepflegt.

Ein stirnrunzelndes Emoticon erschien in Fannis Kopf.

Also gut, lenkte sie ein, wenn sie zwanzig Pfund abnehmen, den abblätternden Nagellack entfernen und den grauen Haaransatz nachfärben oder, besser noch, sich grundsätzlich zu grauen Haaren bekennen würde, wäre sie wohl ganz ansehnlich. Aber selbst das würde nichts daran ändern, dass …

Fanni konnte nicht mehr ausführen, woran es nichts ändern würde, denn in diesem Augenblick flog die Tür auf, und ein Streifenpolizist kam herein.

»Haben Sie ihn gefunden?«, fragte Fanni geradezu scharf.

Der Polizist machte eine verschlossene Miene und ignorierte ihre Frage, doch Fanni glaubte in seinen Augen eine deutliche Verneinung zu erkennen. Schließlich räusperte er sich und stellte sich mit einem Namen vor, den Fanni auf der Stelle wieder vergaß. Dann fing er an, ihre und Sprudels Personalien aufzunehmen.

Letztendlich blieb es an Sprudel hängen, die Angaben für sie beide zu machen, denn Fannis Gedanken schweiften immer wieder ab.

Er müsste doch eigentlich schon gefunden worden sein, überlegte sie und begann noch mal darüber nachzugrübeln, was sich in der Gondel abgespielt haben könnte. Sie kam zum gleichen Ergebnis wie zuvor: Es hatte einen Kampf gegeben, einer der Kontrahenten war hinausgestoßen worden. Der andere war gesprungen oder mitgerissen worden.

Da sollte man doch meinen, dachte sie, dass zumindest einer der beiden tot oder verletzt in der Seilbahnschneise liegt.

Was aber nicht heißt, gab sie insgeheim zu, dass die ganze Sache plausibel ist.

Der Hammer beispielsweise gab Rätsel auf. Wer steckte sich, wenn er zum Skifahren gehen wollte, einen Hammer ein? Ein Irrer, der einen Gondelmord begehen wollte?

Fanni kaute auf ihrer Unterlippe und starrte gedankenverloren aus dem kleinen Fenster, unter dem ihr Stuhl stand.

Wie auch immer, sagte sie sich. Rainer Renker muss, mehr oder weniger verletzt, da draußen irgendwo sein. Und sollte möglichst schnell gefunden werden.

Sie konnte zwar nicht überblicken, was sich draußen tat, hatte aber nicht den Eindruck, dass eine größere Suchaktion im Gange war.

Ein paar Angestellte der Bergbahn, die nach Rainer Ausschau halten, sind aber nicht genug, dachte sie und stellte sich vor, wie drei oder vier Skifahrer die Seilbahnschneise herunterkamen und sich nach einem halb im Schnee eingesunkenen Körper umsahen.

Sie haben wenig Chancen, wurde ihr klar. Nicht bei diesem Nebel. Es hatte mittlerweile dermaßen dicht gemacht, dass man die eigenen Skispitzen nicht sehen konnte, geschweige denn eine leblose Person in einer Mulde oder in einem Graben.

Ob Rainers Frau schon Bescheid wusste?

Wo ist sie eigentlich?, fragte sich Fanni. Zusammen mit den anderen im Arber Stadl?

Hans Rot und Erna Huber hatten gleich bei der ersten Abfahrt den Sonnenhang angepeilt. »Wir trinken im Arber Stadl einen Kaffee und warten, bis der Nebel aufreißt«, hatte Hans verkündet. »Kommt doch alle mit. Was wollt ihr denn auf der Piste bei so einer beschissenen Sicht? Wenn das Wetter nicht mitspielen will, muss man halt die Segel streichen.«

Insgeheim hatte Fanni ihrem Exmann recht geben müssen, hatte es aber nicht über sich gebracht, sich Erna und ihm anzuschließen.

Sie und Sprudel waren zur Talstation gefahren und dort in eine Gondel gestiegen, die sie wieder bergwärts schaukelte. Nach drei Abfahrten, bei denen Fanni das Gefühl hatte, als würde sie in einem Meer aus kalter Milch trudeln, hatte Sprudel dringend dafür plädiert, Hans' und Ernas Beispiel zu folgen.

»Schau«, hatte er gesagt, als sie am Arber Stadl vorbeifuhren, und dabei auf einen Skiständer vor der Hütte gezeigt, in dem etliche bekannte Skipaare steckten. »Leni und Marco sind mit den Kindern auch da, und sogar Max und Minna haben sich reingeflüchtet. Glaub mir, bei so einem Wetter gibt es nichts Gemütlicheres als eine Berghütte.«

Aber Fanni hatte es nachgerade geschaudert. »Hüttenzauber« war noch nie ihr Ding gewesen. Niedrige, holzverkleidete Räume mit winzigen Fenstern, verräucherter Luft und Spinnweben in den Ecken raubten ihr die Luft zum Atmen, beengten sie, gaben ihr das Gefühl, eingesperrt zu sein.

Obwohl sie wusste, dass die Gaststube im Arber Stadl hell und luftig war und dass sie es da trocken und warm haben würde, konnte sie sich nicht dazu überwinden, einzulenken.

Gemütlich, dachte sie, könnte ich es in unserem Häuschen in Ligurien haben mit einem Krimi im Liegestuhl auf der Terrasse oder im Ohrensessel vor dem Kamin.

»Frau Rot?«

Fanni schreckte aus ihren Gedanken auf und bemerkte erst jetzt, dass der Streifenpolizist fort war und einem Mann in Zivil Platz gemacht hatte.

»Das ist Kommissar Wieser«, sagte Sprudel. »Er leitet die Ermittlungen.«

Anscheinend hatten sich die beiden bekannt gemacht, während Fanni geistesabwesend aus dem Fenster gestarrt hatte.

Wieser war erstaunlich jung. Hatte sie es je mit einem derart jungen Kommissar zu tun gehabt? In ihrem Kopf bildete sich ein Emoticon mit Fragezeichen anstelle von Augen. Fanni versuchte, es zu ignorieren, und konzentrierte sich auf Wieser.

Er war groß und schlank, hatte tiefschwarze Haare und dunkle Augen mit intensivem Blick.

Fanni begegnete diesem Blick und fand ihn seltsam bedrohlich.

Offenbarte Wiesers Blick etwa irgendeinen Verdacht gegen sie? Aber was bitte hätte seinen Argwohn hervorrufen können?

Die Antwort darauf blitzte wie ein Feuerwerk durch Fannis Hirn.

Wieser hat bereits mit diesem Mann vom Liftpersonal gesprochen, schrillten ihre Gedanken.

Patrick! Der Mann hat gesagt, dass er Patrick heißt!

Wieser weiß, dass sich deine und Sprudels Skier in der Halterung an der Kuschelgondel befinden. Er weiß, dass du da drin gewesen bist. Zumindest dein Oberkörper hat dringesteckt. Das muss Patrick gesehen haben. Und er weiß, dass du zugegeben hast, den Skihelm zu kennen. Patrick muss es ihm gesagt haben.

Fanni unterdrückte ein Stöhnen. Wiesers Argwohn war begreiflich. Wer konnte schon sagen, ob Sprudel und sie tatsächlich hatten einsteigen wollten? War es nicht ebenso gut möglich, dass sie zusammen mit Rainer Renker in der Kuschelgondel von oben gekommen waren? Dass sie Rainer in der Gondel niedergeschlagen und unterwegs aus dem Fenster geworfen hatten? An der Talstation hätten sie dann aussteigen können und so tun, als würden sie einsteigen wollen.

Als Wieser zum Sprechen ansetzte, erwartete Fanni, mit derartigen Anschuldigungen konfrontiert zu werden.

Überrascht hörte sie ihn sagen: »Was ist Ihnen denn als Erstes aufgefallen, als Sie in die Gondel steigen wollten?«

Sie sah ihn verwirrt an, fand sich außerstande, darauf zu antworten. Zum einen, weil ein Teil ihrer Gedanken gerade damit beschäftigt war, eine Verteidigungsstrategie gegen Wiesers mutmaßliche Anschuldigungen zu entwickeln; zum anderen, weil die Bilder in ihrem Kopf herumwirbelten und sich nicht chronologisch ordnen wollten.

Was hatte sie zuerst wahrgenommen? Den Helm oder den Hammer? Oder ihren eigenen Skischuh, dessen Spitze nur wenige Zentimeter von der Blutschliere auf dem Hammerkopf entfernt gewesen war?

Sprudel legte ihr die Hand auf den Arm und sagte eindringlich: »Herr Wieser muss die ganze Sache doch nachvollziehen können.«

Und das kann er, wenn er die Reihenfolge meiner Wahrnehmungen kennt? Fanni schluckte die Bemerkung hinunter, konzentrierte sich und schaffte es schließlich, einen detailgenauen Bericht zu liefern.

Sprudel dankte es ihr mit einem warmen Lächeln. Offenbar hatte er ihre Verstimmung bemerkt und befürchtet, sie würde gereizt und patzig reagieren und Wieser damit von Anfang an gegen sich aufbringen.

Der hatte ihr aufmerksam zugehört, hatte mehrmals genickt und stellte soeben die nächste Frage: »Warum haben Sie sich ausgerechnet für diese Gondel entschieden? Außer Ihnen scheinen keine Fahrgäste an der Talstation gewesen zu sein. Sie hätten also genauso gut die Gondel davor oder die danach nehmen können.«

Erneut fühlte Fanni sich irritiert. Es war ja nicht so, als hätten Sprudel und sie eine bewusste Entscheidung getroffen. Obwohl Sprudel anscheinend ein bisschen darauf gelauert hatte, die Kuschelgondel zu erwischen. Aber hatte er die Tatsache, dass es gelungen war, nicht erst bemerkt, als Fanni schon im Einsteigen begriffen gewesen war? Wie sollte sie Wieser das nur erklären? Hilfesuchend sah sie Sprudel an, und er sprang für sie ein: »Die Gondel davor war schon an uns vorbei, wir hätten sie nur nehmen können, wenn wir hinterhergelaufen wären. Die danach war noch nicht da. Es war doch ganz logisch, dass wir die nahmen, bei der direkt vor uns die Türen aufgingen.«

»Seltsam«, bemerkte Wieser, »dass Sie unter den vierundvierzig Gondeln gerade die mit den Blutspuren erwischt haben. Die Chance stand –«

»Eins zu vierundvierzig«, sagte Sprudel darauf trocken.

Fanni verbiss sich ein Grinsen. Wieser schien ihm langsam auf die Nerven zu gehen. Sie fragte sich, wie viele unsinnige Fragen ihnen der Kommissar noch zu stellen gedachte, und beschloss, dem Ganzen ein Ende zu machen. »Wollen Sie nicht lieber dafür sorgen, dass intensiv nach Rainer Renker gesucht wird?« Sie nickte zum Fenster hinüber, durch das allerdings nur weißer Nebel zu erkennen war. »Nach einem Großaufgebot sieht es da draußen ja nicht gerade aus.«

Wieser war erkennbar in Gedanken gewesen, aber Fannis merklich scharfer Ton schien ihn aufzurütteln. Er wandte sich ihr zu. »Wir haben drei Mann, die die Schneise abfahren. Wenn er da irgendwo liegt, finden sie ihn.«

Doch genau das wagte Fanni zu bezweifeln. Unvermittelt

fiel ihr ein, dass sie irgendwo die technischen Daten der Seilbahn gesehen hatte. Sie versuchte, sie sich in Erinnerung zu rufen. »Beförderungskapazität«. Die Zahl dahinter hatte sie nicht wirklich gelesen. »Antriebsleistung«. Auch hier hatte sie das Weitere ausgeblendet. »Länge der Schneise«. Das hatte sie sich gemerkt. Neunhundertvierundsechzig Meter. Neun Stützen.

Drei Leute fahren bei dichtestem Nebel auf Skiern eine fast einen Kilometer lange Schneise hinunter, sinnierte sie. Um die Stützen herum haben sich durch das Tauwetter und den Regen Löcher und Gräben gebildet …

»Und wenn nicht?«, fragte sie Wieser. »Was machen Sie, wenn Ihre Leute ihn nicht finden?«

Wieser wollte etwas darauf sagen, aber Fanni ließ ihn nicht zu Wort kommen. »Schauen Sie doch mal aus dem Fenster. Da draußen sieht man keinen halben Meter weit. Wie groß ist denn an einem Tag wie heute das Terrain, das drei Leute auf Skiern überblicken können? Drei schmale Streifen sind es, genau genommen. Wenn Rainer zwar in der Schneise, aber auch nur zwei Handbreit neben den Spuren der Skifahrer liegt und womöglich auch noch tief in den Nassschnee eingesunken ist, wird er nicht entdeckt.« Sie verzichtete darauf, hinzuzufügen, dass man sich ohnehin nicht darauf verlassen konnte, Rainer direkt in der Schneise zu finden.

Wer kann schon sagen, dachte sie, wo der Körper aufgeschlagen ist? Eine Böe könnte ihn erfasst und ein ganzes Stück abgetrieben haben. Um sicherzugehen, überlegte sie, müssten zehn Mann eine Kette bilden und zu Fuß den Hang hinunterstapfen – oder hinauf.

Das Emoticon in ihrem Kopf verdrehte die Augen. *Wieso setzt du eigentlich den Kommissar wegen der Suche so unter Druck? Rainer Renker ist dir doch kein bisschen sympathisch! Hast du nicht schon bei der ersten Begegnung mit ihm gedacht: arrogantes A…*

Fanni blendete die Gedankenstimme hastig aus.

»Die Männer finden ihn bestimmt«, sagte Wieser. »Außer …«

Er machte eine bedeutsame Pause. »Außer es gäbe nichts zu finden. Deshalb ist es wichtig, erst einmal festzustellen, ob Rainer Renker nicht gesund und munter …«

Er ließ den Rest offen, weil von Fanni ein leises Schnauben kam. »Und wie, wenn ich fragen darf, interpretieren Sie die Sachlage in der Gondel?«

Wieser bedachte sie mit einem finsteren Blick. »Falls Rainer Renker unversehrt auftaucht, wird sich schnell klären, was es mit dem Ganzen auf sich hat. Im Übrigen bin ich fürs Ermitteln zuständig, nicht fürs Interpretieren.«

Fanni verkniff sich die Bemerkung, dass beides wohl zusammengehörte. Sie wäre ohnehin nicht dazu gekommen, weil Wieser soeben nach ihrer Beziehung zu Rainer Renker fragte.

»Er ist also der Schwiegersohn der Partnerin Ihres Exmannes«, rekapitulierte Wieser, nachdem Fanni die Verhältnisse dargelegt hatte. »Und er ist zusammen mit seiner Frau hergekommen, um an einem Familientreffen teilzunehmen, zu dem Ihr Exmann eingeladen hat.« Wiesers Stimme klang halb fragend, halb ungläubig.

Sprudel bestätigte ihm, dass er Fannis Aussage richtig verstanden hatte und dass es sich um fast zwanzig Personen handelte, die sich zu dem Treffen eingefunden hatten.

»Und wo sind die alle?«, fragte Wieser streng.

Sprudel sagte es ihm.

Wieser stand auf. »Sie sind alle im Arber Stadl? Das trifft sich ja gut.« Er verabschiedete sich flüchtig und war fort.

»Er will also zum Arber Stadl und sie alle vernehmen.« Fanni sagte es mehr zu sich selbst.

Sprudel nickte. »Wohl gar keine so schlechte Idee.«

Fanni erhob sich und ging zur Tür.

Sprudel sah sie fragend an. »Und wohin willst du?«

Sie drehte sich zu ihm um. »Hierbleiben will ich jedenfalls nicht. Oder hat Wieser gesagt, dass wir in diesem Kämmerchen hocken bleiben müssen, bis er wieder zurückkommt?« Bevor Sprudel antworten konnte, schüttelte sie den Kopf. »Hat er nicht. Also können wir hingehen, wo wir wollen.«

An Sprudels Schmunzeln konnte sie erkennen, dass er mittlerweile wusste, was sie vorhatte.

»Du willst dabei sein.«

Ja, dachte Fanni. Ich will so viel wie möglich mitkriegen. Will wissen, was Rita Renker zu der ganzen Sache zu sagen hat, wie Erna Huber reagiert und wie Sigi Huber sich verhält.

2

Ihre Skier, die in den Halterungen an der Außenseite der Gondel gesteckt hatten, lehnten jetzt neben dem Eingang zum Kontrollraum. Die Kuschelgondel schwankte leise unter dem Gewicht eines Mannes von der Spurensicherung, der sich darin zu schaffen machte.

Vom Betriebspersonal war niemand zu sehen. Vermutlich beteiligten sich inzwischen so gut wie alle an der Suche nach Rainer Renker.

Fanni griff nach ihren Skiern, sah Sprudel sich kurz umblicken, bevor er sichtlich unentschlossen ihrem Beispiel folgte, und konnte sich denken, was ihn zögern ließ.

Schließlich fing sie seinen Blick ein und machte eine knappe Kopfbewegung in Richtung des Kriminaltechnikers in der Kuschelgondel. »Er braucht sie nicht. Auf unseren Skiern sind keine Spuren, die sich zu sichern lohnen könnte.«

»Das kann der Mann aber nicht wissen«, entgegnete Sprudel. »Er wird sie also untersuchen wollen.« Fanni kümmerte sich nicht um seinen Einwand und stapfte mit geschulterten Skiern ins Freie.

Draußen stellte sie fest, dass es noch mal ein wenig wärmer geworden war, und unterdrückte ein Seufzen. Durch die steigenden Temperaturen würde der Nebel – falls überhaupt möglich – noch dichter werden. Der Schnee an der Talstation hatte sich mittlerweile in eine glasige Schmiere verwandelt. In Fannis Fußstapfen bildeten sich Pfützen. Weder Skifahrer noch Fußgänger wuselten wie sonst hier herum. Und noch etwas war anders als gewohnt. Sie brauchte eine Weile, bis ihr klar wurde, was. Über allem lag eine gespenstische Stille. Es fehlte das Summen der Motoren, das Knirschen der Zugseile, das Knarren der Umlenkvorrichtung, das Seufzen der automatischen Türöffner.

Fanni ließ ihre Skier auf den Boden fallen, blickte die in Nebel gehüllte Seilbahnschneise hinauf und versuchte, Geräusche auszumachen. Aber die Stille war total, beinahe schmerzhaft. Vergeblich hoffte sie, Rufe der Suchmannschaft zu vernehmen oder den schlurfenden Laut, den gleitende Skier im Sulzschnee erzeugten.

»Was, wenn die Sessellifte am Sonnenhang und am Nordhang wegen der schlechten Sicht inzwischen auch nicht mehr laufen?«, sagte Sprudel. »Dann haben wir keine Möglichkeit, zum Arber Stadl hinaufzukommen.«

Automatisch ging Fannis Blick in die Richtung, in der die beiden Lifte lagen, und fand nur Nebelschwaden. Es war, als wäre die Welt um sie herum ausgelöscht. Sie konnte weder die Stützen der Sesselbahn erkennen noch deren Talstation und erst recht keine Sessel, die dort eintrafen oder von dort wegfuhren. Nicht einmal das typische Knirschen und Knarzen des Räderwerks drängte sich in die Lautlosigkeit, die sie umgab.

War der Betrieb tatsächlich eingestellt worden? Ihr besorgter Blick fand das Zifferblatt ihrer Armbanduhr. Vierzehn Uhr siebenundvierzig. Sie tippte mit der Fingerspitze auf die Anzeige. »Die Lifte müssten eigentlich bis halb vier in Betrieb sein, Sicht hin oder her.«

»Aber es fährt doch niemand mehr Ski bei der Suppe«, gab Sprudel zu bedenken.

Fanni sah ihn streng an. »Das tut nichts zur Sache. Wenn Tageskarten verkauft sind, muss auch für Beförderung gesorgt sein, solange es keinen triftigen Grund dagegen gibt.«

Es war Sprudel anzusehen, dass er dichten Nebel durchaus für einen triftigen Grund hielt.

»Wir sehen nach«, entschied Fanni. »Wenn wirklich nichts mehr läuft, dann …« Sie ließ offen, was sie dann zu tun gedachte.

Sie spürte eine Art Sog, der sie zum Arber Stadl zog, wo sie voraussichtlich diejenigen antreffen würde, die vielleicht Antworten geben konnten.

Hans, Erna, Rita, Sigi, einer von denen müsste doch eigentlich wissen, ob Rainer allein unterwegs gewesen war oder mit jemandem zusammen, überlegte sie, während sie in die Skibindung stieg.

Nachdem die Backen eingerastet waren, rammte sie die Stöcke in den Schnee, um sich kräftig abstoßen zu können, denn für die Querung zum Sessellift hinüber benötigte man genügend Schwung. Schließlich drehte sie sich noch mal zu Sprudel um und teilte ihm mit, wozu sie sich soeben entschlossen hatte. »Wenn die Sessel tatsächlich nicht mehr laufen, dann stapfen wir eben zu Fuß zum Arber Stadl hoch. So schlimm ist das gar nicht. Der Höhenunterschied beträgt höchstens zweihundert Meter.« Sie sah Sprudel erschrocken nach Luft schnappen, stieß sich hastig ab und versuchte zu verdrängen, wie mühsam ein Aufstieg zu Fuß werden würde. Die schweren, ungefügen Skischuhe würden wie Bleigewichte im Schneematsch versinken, Sprudel und sie würden rutschen und stolpern und unter ihren Anoraks vor lauter Anstrengung zu dampfen beginnen.

In Fannis Kopf erschien ein Emoticon mit gepeinigtem Gesichtsausdruck, begleitet von der Mitteilung, dass es schließlich Mobiltelefone gäbe, über die man kommunizieren und sich irgendwo verabreden konnte.

Fanni ließ sich davon nicht beirren, beugte sich vor und setzte die Stöcke noch mal kräftig ein, denn die Verbindungstrasse zwischen den Talstationen der Gondelbahn und des Sessellifts am Sonnenhang stieg zum Schluss leicht an, und sie wollte auf den letzten Metern nicht noch schieben müssen. Offenbar tat sie zu viel des Guten, denn sie geriet aus dem Gleichgewicht, ihr Talski verkantete und fuhr quer über den Bergski. Sie kippte leicht nach vorn und konnte nur mit Mühe einen Sturz verhindern. Aber der Schwung, der sie ans Ziel bringen sollte, war dahin.

Fanni versuchte, das spöttisch grinsende Emoticon auszublenden, das durch ihren Kopf segelte, und arbeitete sich mit Hilfe ihrer Stöcke langsam vorwärts. Doch bereits nach wenigen Metern musste sie feststellen, dass die Kraft ihrer Arme dem nassen Schnee nicht gewachsen war. Da begann sie steifbeinig, in einer marionettenhaft wirkenden Bewegung, weil die in der Bindung einzementierten Füße eine natürliche Gangart unmöglich machten, ihre Skier abwechselnd weiterzuschieben.

Ein Blick zurück zeigte ihr, dass es Sprudel nicht besser erging. Hatte er nicht genug Schwung genommen?

Ist es nicht eher so, dass er gezwungen war, zu bremsen, weil Fanni Rot Skiakrobatik probte?

Fanni musste einen Moment stehen bleiben, um zu verschnaufen, da hörte sie es. Gedämpft zwar, aber unverkennbar drang das charakteristische Knirschen und Rattern eines Räderwerks durch die Nebelschichten. Mit neuem Elan schob sie sich weiter und sah schon bald das Gestänge vor sich aufragen, an dem die Drehkreuze befestigt waren. Ein letzter kräftiger Schub brachte sie zu einer der Schranken, die sich öffnete, als sie die rechte Brusttasche ihres Anoraks, in der ihr Tagesskipass steckte, vor das Lesegerät an der Konsole hielt.

Fanni glitt zum Einstieg und wartete dort, bis Sprudel neben ihr auftauchte. Gemeinsam passierten sie schließlich eine niedrige Absperrung, deren Flügel gehorsam aufklappten, und folgten der Anweisung, die ihnen ein Schild über ihren Köpfen gab. Es zeigte einen durchgestrichenen Sessel, der schief am Zugseil hing, weil zwei Personen nebeneinander die zwei Sitze links außen eingenommen hatten. Fanni und Sprudel positionierten sich deshalb so, dass sich nach dem Einsteigen sämtliche freien Sitze zwischen ihnen befinden würden.

Dann schwebten sie durch milchigen Dunst.

»Siehst du«, sagte Fanni nach wenigen Minuten, »es ist wirklich nicht weit.« Denn kaum hatten sie den Sicherheitsbügel geschlossen, trat schon das Zeichen zum Öffnen aus den Nebelschwaden hervor.

»Da drüben«, rief Fanni, nachdem sie die Ausstiegstrasse hinter sich gebracht hatten. Lebhaft deutete sie seitwärts, wo sich die Silhouette der Skihütte schwach aus dem Milchtrüb abhob.

Als Fanni den ebenen Platz vor dem Arber Stadl erreichte, stellte sie irritiert fest, dass sich nicht mehr als fünf Paar Skier in den Ständern am Eingang befanden.

»Kommissar Wieser ist offenbar schon da«, sagte Sprudel und zeigte auf einen Motorschlitten, der vor einem leeren Skiständer geparkt war.

Fanni stieg aus der Bindung, zog die Handschuhe aus und lockerte die Schnallen ihrer Skischuhe. Während sie auf die Hütte zuging, nahm sie noch den Skihelm ab. Am Eingang blieb sie stehen und wartete auf Sprudel, der die Tür für sie öffnete. Fanni machte einen Schritt in den Gastraum und blieb dann dermaßen abrupt stehen, dass Sprudel auf sie auflief.

Sie drehte sich zu ihm um. »Da ist ja keiner.«

Das stimmte nicht, denn neben dem Kachelofen war ein Tisch besetzt, ebenso am Fenster.

»Wo sind sie denn alle?« Fanni setzte voraus, dass Sprudel wusste, wen sie meinte.

Er sah sich suchend um, als könne sich eine Gruppe von fast zwanzig Personen hinter einem Stützbalken verkrochen haben. Schließlich zuckte er die Schultern. »Vielleicht hat Wieser sie zur Vernehmung in einen Nebenraum zitiert.«

»Alle zusammen?«

»Eher nicht«, gab er zu.

»Es sind fünf Paar Ski im Ständer«, sagte Fanni und taxierte die Gäste an den beiden Tischen.

Das Mädchen und der junge Mann am Tisch beim Kachelofen trugen ebenso Skikleidung wie der einzelne etwas ältere Mann am Fenster. Damit waren drei Paar Ski vergeben. Zwei Paar bleiben übrig. Sie mochten Hans und Erna gehören (sicher war sich Fanni allerdings nicht), aber offensichtlich waren auch die beiden nicht da.

»Wo sind denn nur alle?«, wiederholte sie ratlos.

Sprudel hatte sich indessen an ihr vorbeigeschoben und war an den leeren Tischen vorbei bis in den hinteren Teil der Gaststube gegangen. Soeben blieb er vor einem Ecktisch stehen und blickte nachdenklich auf die zwei halb vollen Gläser, die dort standen. Dann glitt sein Blick über die Bank an der Längsseite des Tisches, und schließlich winkte er Fanni heran.

Sie eilte auf den Ecktisch zu und erkannte bereits aus einiger Entfernung, was Sprudels Aufmerksamkeit erregt hatte. Auf der Bank lagen zwei Anoraks, zwei Skihelme und zwei Paar Handschuhe. Der blaue Anorak mit dem gelben, allerdings im

Lauf der Jahre ziemlich angegrauten Besatz gehörte definitiv Hans.

Den hat er schon damals gehabt, als wir noch verheiratet waren, erinnerte sich Fanni.

»Das sind die Sachen von Hans und Erna«, sagte sie laut.

Noch während Sprudel zustimmend nickte, trat Hans Rot an den Tisch. Er musste von draußen hereingekommen sein; auf seinen Haaren und Schultern glänzten winzige Tröpfchen.

Fanni wollte ihn schon fragen, was er da gemacht hatte, als ihr einfiel, dass sich die Toiletten in einem Nebengebäude befanden.

»Da seid ihr ja«, sagte Hans.

»Und wo sind die anderen?«, fragte Fanni, froh darüber, endlich jemanden gefunden zu haben, der eine Antwort darauf haben musste.

Hans ließ sich auf einen Stuhl fallen und griff nach seinem Glas. »Die sind nicht lang hiergeblieben. Max hat ein paarmal auf seinem Handy den Wetterbericht studiert, aber der ist davon nicht besser geworden. Das hat sie dann vertrieben. Soweit ich mitgekriegt habe, wollten sie zurück zum Hotel, sich umziehen und dann ins Hallenbad, damit sich die Kinder austoben können und –«

Fanni ließ ihn nicht ausreden. »Und Erna?«

»Erna?« Hans warf ihr einen vorwurfsvollen Blick zu. »Vorhin ist ein Kriminaler hier aufgetaucht, hat nach Rainer gefragt. Wann wir ihn zuletzt gesehen haben und so. Warum ihn das interessiert, weißt du wahrscheinlich besser als ich.«

Wieser hatte also mit Informationen darüber, was und vor allem wer ihn auf den Plan gerufen hatte, nicht hinterm Berg gehalten.

Daher der vorwurfsvolle Blick, dachte Fanni.

Auch aus Hans' Tonfall war jetzt deutlicher Vorwurf zu hören. »Erna wird von dem Kriminaler gerade verhört.« Er machte eine ruckartige Kopfbewegung. »Im Nebenzimmer.«

Typisch Hans Rot, dachte Fanni. Statt die Sache mit Rainer ernst zu nehmen und sich Gedanken darüber zu machen, was ihm widerfahren sein könnte, gibt er mir die Schuld an allem Ungemach.

So ist er halt! Das Emoticon zog ein mitleidiges Gesicht.

»Interessiert dich denn nicht, was mit Rainer passiert ist?«, fragte Sprudel.

»Gar nichts ist ihm passiert«, fuhr Hans auf. »Der carvt da draußen irgendwo herum oder gönnt sich einen Jagatee im Schutzhaus.«

Und seinen blutverschmierten Skihelm hat er aus Jux und Tollerei in der Kuschelgondel deponiert, hätte Fanni am liebsten entgegnet, wusste jedoch aus langen Ehejahren, dass es keinen Sinn hatte, mit Hans zu debattieren. Je mehr man ihn mit Fakten in die Enge trieb, desto störrischer wurde er.

Was er von der ganzen Geschichte hielt, war ihr ohnehin egal. Das Einzige, was sie von ihm wollte, waren ein paar Auskünfte.

»Wann genau sind die anderen aufgebrochen?« Sie klopfte auf das Zifferblatt ihrer Armbanduhr.

Hans zuckte die Schultern. »Eins, halb zwei, was weiß ich.«

»Und sie sind geschlossen los?«, hakte Fanni nach. »Leni, Leo und Vera mit ihren Familien, Rita und Rainer und Sigi?«

Statt zu antworten, starrte Hans in sein Glas, das er noch immer in der Hand hielt. Schließlich sagte er leise: »Warum soll ihm denn was zugestoßen sein?«

Fanni ging nicht darauf ein. »Ist Rainer gemeinsam mit den anderen aufgebrochen oder nicht?«

Hans schreckte auf und sah sie verwirrt an. Hatte er die Frage nicht verstanden?

Er wird alt, dachte Fanni. Alt und schwerfällig.

Hans war noch nie ein schneller und methodischer Denker gewesen. Seine Reaktionen schienen selten das Ergebnis logischer Schlussfolgerungen zu sein, sondern – je älter er wurde, offensichtlich umso mehr – von irgendwo aus dem Stammhirn, aus dem Bauch oder sonst woher zu kommen.

Fanni erinnerte sich, mal gelesen zu haben, dass sich mit zunehmendem Alter all die Schwächen, Untugenden und Mankos verstärkten, die einen zeitlebens begleitet hatten. Das mag wohl stimmen, ging es ihr durch den Kopf.

Fanni Rot ist eines der besten Beispiele dafür! Das Emoticon hatte tiefe Falten auf der Stirn und weit nach unten gebogene Mundwinkel.

Sie zuckte zusammen, als Hans plötzlich sagte: »Rainer ist ja überhaupt nicht hier gewesen.«

»Sondern wo?«

In der Kuschelgondel! Hast du da nicht seinen Skihelm gefunden?

»Eigentlich hatte er vorgehabt, mit uns in den Arber Stadl zu kommen«, berichtete Hans. »Jedenfalls hat er das gesagt. Aber unterwegs muss er es sich anders überlegt haben. Wollte wahrscheinlich dann doch lieber Ski fahren, Nebel hin oder her.«

»Und Rita?«

»Rita ist mit uns hier gewesen«, antwortete Hans.

»Und später mit den anderen aufgebrochen?«

Hans nickte zuerst, dann schüttelte er den Kopf. »Aufgebrochen schon, aber sie wollte nicht zurück ins Hotel. Sie wollte Rainer suchen.«

Fanni schwieg einen Augenblick verblüfft. »Zu dem Zeitpunkt kann sie doch noch gar nicht gewusst haben, dass …« Sie stockte und sagte schließlich: »… dass es verdächtige Spuren gibt.«

»Hat sie auch nicht, haben wir vorhin ja erst erfahren«, bestätigte Hans. »Aber als sie ihm Bescheid geben wollte, dass sie mit den anderen ins Hotel fährt, hat sie ihn nicht erreichen können. Sie hat es ein paarmal probiert und sich dann entschlossen, nach ihm zu suchen.«

Fanni sah ihn ungläubig an. »Bei einer Sichtweite von unter einem Meter? Warum habt ihr es ihr nicht ausgeredet?«

»Ging nicht.«

»Rita ist also gleichzeitig mit den anderen aufgebrochen, hat sich dann aber von ihnen getrennt und ist auf gut Glück in die Suppe da draußen getaucht?« Fanni konnte es nicht fassen.

»Sie war ja nicht allein.«

Fanni zählte bis fünf, um Hans nicht an die Gurgel zu springen.

Währenddessen sagte Sprudel in nachsichtigem Ton: »Rita hatte also Begleitung. Wer hat sich ihr denn angeschlossen?«

»Minna.«

Fanni rang nach Luft. »Minna ist auch irgendwo da draußen?«

Hans gab einen theatralischen Seufzer von sich. »Himmel, wie sich das anhört, ›irgendwo da draußen‹. Reden wir von der Arktis, oder was? Nein, tun wir nicht. Wir reden von einem überschaubaren Liftgebiet.«

»So gut überschaubar, dass du nichts Eiligeres zu tun hattest, als dich in den Arber Stadl zu flüchten«, schnauzte Fanni ihn an.

»Sie ist erwachsen.« Hans war anzuhören, dass ihm langsam Bedenken kamen.

»Sie ist achtzehn. Da ist man nicht erwachsen. Da ist man unerfahren, unbedarft, unbesonnen …«

»Fanni.« Sprudel legte ihr die rechte Hand auf die Schulter. »Wir rufen Minna jetzt einfach an und fragen, wo sie und Rita gerade sind.« Mit der freien Linken hatte er bereits sein Mobiltelefon aus der Innentasche seines Anoraks geangelt und wischte soeben übers Display.

»Minna ist doch unsere Spitzenskifahrerin«, sagte Hans mit Stolz in der Stimme. Offenbar versuchte er, seine Bedenken zu übertünchen.

Aber Fanni ließ ihn nicht vom Haken. »Was spielt denn das bitte bei den heutigen Sichtverhältnissen für eine Rolle?«

Darauf blieb Hans die Antwort schuldig.

Fannis Blick ruhte auf Sprudel, der das Handy am Ohr hatte und dessen Gesichtsausdruck sich zusehends resignierter zeigte. Sie ahnte schon, was kommen würde.

Halb zu sich selbst sagte sie: »Irgendwie kann ich nicht glauben, dass ihr Minna und Rita allein habt losziehen lassen. Was haben Marco und Leni dazu gesagt? Max? Bernhard?«

Von diesen vier hätte Fanni ein Einschreiten erwartet. Von ihrem Schwiegersohn Marco, weil er klug und besonnen war, was ihm eine steile Karriere im Kriminaldienst beschert hatte, die beim LKA gipfelte. Leni, ihre ältere Tochter und Marcos Frau, stand ihm in nichts nach. Warum hatten die beiden nicht eingegriffen? Und warum hatte Max seine Schwester nicht unter die Fittiche genommen, wie er es sonst immer tat? Und warum war Bernhard seiner Vaterrolle nicht gerecht geworden? Dass Minnas Mutter Vera nicht dazwischengegangen war, wunderte Fanni wenig. Ihre jüngere Tochter kam viel zu sehr nach Hans, als dass die nötige Umsicht von ihr zu erwarten gewesen wäre. Fannis Sohn und Lenis Zwillingsbruder Leo stand in dieser Sache nicht zur Debatte. Ihm lag es ferner als fern, sich in Angelegenheiten zu mischen, die nicht hautnah seine eigenen waren.

»Marco und Leni haben wahrscheinlich überhaupt nicht mitgekriegt, dass Minna und Rita sich zusammengetan haben«, antwortete Hans auf Fannis Frage, was sie überraschte. Sie hatte nicht erwartet, dass er darauf eingehen würde. »Die beiden hatten schwer zu tun, ihre Kinder einzuholen.«

Fanni nickte einsichtig. Oh ja, sie konnte sich sehr gut vorstellen, was abgelaufen war, nachdem der sechsjährige Tim (Fanni nannte ihn insgeheim »Kamikaze-Tim«, weil er sich ungestüm in jedes Wagnis stürzte und ein Himmelfahrtskommando daraus machte) mitbekommen hatte, dass zum Aufbruch geblasen wurde. Er war aus der Hütte gestürzt, hatte die Skier angeschnallt und war losgefahren. Fanni dankte dem Herrgott (an den sie nicht glaubte) dafür, dass seine Eltern ihn offenbar zu fassen bekommen hatten, bevor er im Nebel verschwinden konnte.

»Max und Bernhard hatten mit Veras Skibindung zu tun«, fuhr Hans fort. »Die wollte nicht mehr einrasten. Ist ständig rausgesprungen. Als sie endlich gefunden hatten, woran es lag, waren Rita und Minna schon weg.«

»Minna meldet sich nicht«, sprach Sprudel aus, was Fanni befürchtet hatte.

»Die zwei Mädels sitzen mittlerweile bestimmt im Schutzhaus und genehmigen sich einen Schluck«, sagte Hans.

»Und darum kann Minna nicht ans Handy gehen? Ebenso

wenig wie Rainer, auf den sie deiner Meinung nach dort ja gestoßen sein müssten.« Fannis Stimme klang schneidend.

Sie wandte sich hilfesuchend an Sprudel. »Was sollen wir denn …« Bevor sie weiterreden konnte, öffnete sich eine Seitentür, und Erna Huber trat in die Gaststube.

Fanni bedachte sie mit feindseligen Blicken.

Das hat sie nicht verdient! Die arme Erna kann doch nichts für den Nebel, für Rainers Verschwinden oder dafür, dass Minna sich nicht meldet!

Kann sie nicht, gab Fanni zu, aber sie kann ihren Teil dazu beitragen, Minna und Rita ausfindig zu machen.

Sie machte zwei schnelle Schritte auf Erna zu. »Wir können Minna nicht erreichen. Versuch es bei Rita.«

Erna sah sie einen Moment lang verständnislos an, dann wanderte ihr fragender Blick zu Hans.

Fanni presste die Kiefer aufeinander, um sie nicht anschreien zu müssen. Konnte die Frau nicht eigenständig denken, und musste ausgerechnet Hans ihr Schützenhilfe leisten?

Unvermittelt und gleichermaßen ungebeten wurde Fanni klar, was Hans zu Erna hinzog. Sie war ihm in jeder Hinsicht unterlegen. In sportlicher, weil fraglos übergewichtig und deshalb ungelenk; in geistiger, weil offenbar mit wenig oder zumindest sehr langsam arbeitendem Verstand ausgestattet.

»Fanni macht sich Sorgen um die zwei Mädels, weil doch so dichter Nebel ist.« Hans hatte Fanni beiseitegedrängt und Erna den Arm um die Schultern gelegt. »Sei doch so gut und frag bei Rita kurz nach, ob alles in Ordnung ist und wo sie und Minna gerade sind.«

Fanni war sprachlos. »Sei doch so gut …« Hatte sie Hans jemals zuvor »Sei doch so gut« sagen hören?

Erna nickte und sah sich in der Gaststube um, als erwarte sie, Rita an einem der Tische sitzen zu sehen.

»Du musst sie anrufen«, sagte Hans sanft. »Auf dem Handy. Du hast doch ihre Mobilnummer auf deinem Handy eingespeichert. Wo ist es denn? Ah, es steckt bestimmt in der Innentasche von deinem Anorak.«

Fanni starrte ihn mit offenem Mund an. Hatte er eine Gehirnwäsche hinter sich?

Zu nichts anderem fähig, als erstaunt zu glotzen, sah sie zu, wie Erna von Hans an ihren Tisch geführt und fürsorglich auf einen Stuhl gedrückt wurde. Wie Hans nach ihrem Anorak griff …

Fanni kam zur Besinnung, als die Tür zum Nebenraum, wo Erna offenbar vernommen worden war, aufflog und Kommissar Wieser erschien. Er hatte ein Mobiltelefon am Ohr, beendete aber soeben das Gespräch.

Fanni versuchte, in seiner Miene zu lesen, fand jedoch nur diesen finsteren Blick, der ihr schon beim ersten Zusammentreffen mit ihm begegnet war.

Sie verspürte einen Stich in der Magengegend. »Ist Rainer gefunden worden?«

Wieser reagierte nicht, starrte sie bloß wortlos an.

So standen sie sich einige Augenblicke lang gegenüber, bis Wieser unvermittelt sagte: »Kommen Sie mal mit.« Seine ausgestreckte Hand deutete auf sie, sodass es keine Zweifel gab, wer gemeint war.

Fanni folgte ihm in den Nebenraum. Als Sprudel Anstalten machte, sich ihnen anzuschließen, winkte Wieser ab und schloss die Tür.

Fanni machte ein paar Schritte in den Raum hinein und blieb dann unschlüssig stehen. Offenbar handelte es sich um ein zusätzliches Gastzimmer, das bei genügend Betrieb geöffnet wurde. Es befanden sich Tische und Stühle darin, die im Moment jedoch an die Wände gerückt und aufeinandergestapelt waren. Wieser war an das vordere der beiden Fenster getreten, hievte sich auf den Sims und lehnte sich in die Mauernische. Erst als er eine einladende Geste machte, nahm Fanni wahr, dass schräg vor ihm ein einzelner Stuhl stand.

Wieser wartete, bis sie darauf Platz genommen hatte. »Und jetzt erklären Sie mir doch noch mal ganz genau, was Sie sich so zusammengereimt haben.«

Fanni sah ihn empört an. Zusammengereimt! Und das in

deutlich abwertendem Ton. Was dachte der Bursche sich dabei, sie so abzuqualifizieren? Die Faktenlage sprach schließlich für sich. Hatte nicht auch der gewissenhafte Patrick vom Liftpersonal schon nach einem kurzen Blick in die Gondel begriffen, was Sache war?

Fannis Ton war scharf, als sie erwiderte: »Ich musste mir nichts zusammenreimen. Die Indizien waren deutlich genug. Ich nehme doch an, Sie konnten sich selbst ein Bild davon machen, oder war die Kuschelgondel samt Inhalt etwa schon auf dem Weg in die KTU, als Sie an der Talstation ankamen?«

Obacht, Fanni, Vorsicht! Mach ihn dir nicht zum Feind!

Aber Wieser war der Sarkasmus hinter ihrer Frage offenbar entgangen, denn er sagte lehrerhaft: »Die Gondel wird vor Ort spurentechnisch untersucht. Es wäre viel zu aufwendig, sie abzutransportieren.«

Fanni schluckte. Entweder hielt Wieser sie für bekloppt, oder er war einfältiger, als sie gedacht hatte.

Warum tust du ihm nicht einfach den Gefallen und fasst noch mal zusammen, was deiner Meinung nach geschehen sein muss?

Weil er meine Schlussfolgerungen vorhin schon nicht ernst genommen hat, beschied Fanni ihrer Gedankenstimme.

Vielleicht hat er sich ja inzwischen eines Besseren besonnen!

Also gut. Fanni atmete durch und begann kurz zu skizzieren: »An der Talstation fährt eine Gondel ein. Als sich die Tür öffnet, finden sich ein Skihelm, der zweifelsfrei Herrn Rainer Renker zuzuordnen ist und Blutspuren aufweist, und ein blutiger Hammer darin. Wo die Heckscheibe sein sollte, klafft ein Loch. Das ist die Faktenlage. Und jetzt sagen Sie mir, ob sie einen anderen Schluss zulässt als den, dass Rainer während der Fahrt in der Gondel verletzt oder getötet und dann hinausgeworfen worden ist. Bei halbwegs gutem Wetter und gewöhnlichem Skibetrieb wäre ein Sturz aus einer Gondel natürlich nicht unbemerkt geblieben, aber der dichte Nebel hat das Geschehen quasi verschluckt.« Sie überlegte eine Sekunde, dann setzte sie hinzu: »Der Täter muss eine günstige Stelle abgepasst haben – wahrscheinlich hat er gewartet, bis die Gondel kurz vor der Talstation war und deshalb nicht mehr weit über dem Boden hing – und ist dann seinerseits hinausgesprungen.«

Wieser nickte. »So weit die Theorie. Die verlangt aber auch, dass Rainer Renker verletzt oder tot in der Seilbahnschneise liegt. Unser Suchtrupp hätte ihn demnach finden müssen.«

»Sollte man meinen«, erwiderte Fanni. »Aber –«

Weiter kam sie nicht. »Aber nichts ist gefunden worden. Absolut gar nichts«, fiel ihr Wieser ins Wort. »Und wissen Sie, warum?«

Fanni ahnte die Antwort, die Wieser auf diese Frage in petto hatte, bereits. Im nächsten Moment vernahm sie sie auch schon: »Weil es nichts zu finden gibt.«

Bevor sie irgendwelche Einwände dagegen erheben konnte, tippte Wieser auf das Display seines Smartphones, das er noch immer in der Hand hatte, und hielt es ihr vor die Nase. Es zeigte eine abfahrende Gondel, die von hinten aufgenommen worden war.

»Sehen Sie sich die Heckscheibe an«, sagte Wieser. »Sie ist nicht besonders groß. Finden Sie nicht auch? Soll ich Ihnen die Abmessungen nennen?«

Fanni schüttelte den Kopf. Sie wusste selbst, dass es nicht einfach gewesen sein konnte, einen gestandenen Mann wie Rainer Renker, egal, ob tot oder lebendig, durch die Öffnung hinauszubefördern, zumal er Skistiefel an den Füßen gehabt und Skikleidung getragen hatte.

Aber ausgeschlossen ist es nicht, dachte sie trotzig.

Der Gedanke musste ihr anzusehen gewesen sein, denn Wieser seufzte. »Und haben Sie sich eigentlich schon mal gefragt, wo Rainer Renkers Skier und seine Stöcke abgeblieben sind?« Nach einer kurzen Pause fügte er hinzu: »Und wo die Scheibe ist, die ja herausgeschlagen worden sein muss – beziehungsweise die Splitter davon?«

Fanni antwortete nicht. Dass die Scheibe oder zumindest Splitter davon nicht gefunden worden waren, schien ihr wenig erstaunlich. Die steckten unsichtbar im Schnee und würden erst in Erscheinung treten, wenn sich jemand daran verletzte oder die Sonne sich darin spiegelte. Rainers Ski und Stöcke waren eine andere Sache. Warum waren seine Stöcke nicht in der Gondel gewesen und seine Skier nicht in der Halterung an der Außenseite der Tür? Die Frage hatte ihr schon ein-, zweimal durch den Kopf gespukt, aber sie hatte keine Zeit gefunden, darüber nachzudenken, und sie hintangestellt.

»Dann sind wir uns jetzt wohl einig«, sagte Wieser.

Ganz und gar nicht, dachte Fanni.

»Und fangen Sie bitte nicht wieder an zu spekulieren«, fuhr Wieser fort. »Falls es Ihnen hilft, realistisch zu bleiben, noch ein paar Informationen zur Technik: Die hydraulischen Türen lassen sich während der Fahrt nicht öffnen. Um die Heckscheibe zu beseitigen, braucht man geeignetes Werkzeug …«

Einen Hammer beispielsweise, dachte Fanni. Ihre Gedanken drifteten ab und hakten sich schließlich doch noch an der Frage nach Rainers Skiausrüstung fest. Aber als sie Wieser sagen hörte: »Mit einem völlig anderen Ansatz erscheint auf einmal alles ganz klar«, war sie wieder bei der Sache und fragte sich gespannt, was jetzt kommen würde.

»Vergessen Sie die Schlussfolgerungen, die Sie aus der Spurenlage in der Gondel gezogen haben«, sagte Wieser. »Gehen Sie einfach mal von dem logischen Grundsatz aus, der folgendermaßen lautet: Wenn eine Gondel an der Talstation ankommt und niemand steigt aus, dann war auch keiner drin.«

Fanni wusste nicht, was sie darauf antworten sollte.

Dass sich Rätsel nicht mit läppischen Sprüchen lösen ließen? Dass man offensichtlich nicht »einfach« von irgendetwas ausgehen konnte?

Doch damit würde sie Wieser nur verärgern, was sie schon deshalb vermeiden wollte, weil es sie wirklich interessierte, wohin sein »logischer« Grundsatz führen würde.

Sie rutschte auf ihrem Stuhl in eine andere Position, schlug erst das linke Bein übers rechte, dann das rechte übers linke, was sich mit Skischuhen an den Füßen als gar nicht so einfach erwies, und wartete ab. Es war ihr unangenehm, wie eine abgekanzelte Schülerin vor Wieser sitzen zu müssen, der von seinem erhöhten

Platz auf dem Fensterbrett auf sie heruntersah. Nicht mit ihm auf gleicher Höhe zu sein machte es ihr irgendwie schwerer, ihm etwas entgegenzusetzen.

War die Platzwahl Zufall gewesen, oder trieb er Psychospielchen mit ihr?

»Als die Gondel ankam, war zwar kein Fahrgast drin.« Fanni versuchte, ihre Stimme möglichst fest klingen zu lassen. »Aber ein Skihelm schon. Und der kann schließlich nicht von allein hineinspaziert sein.«

»Das musste er auch nicht.« Wieser klang selbstgefällig. »Der Helm und der Hammer sind absichtlich in der Gondel abgelegt worden.«

Fanni starrte ihn verdattert an. »Aber weshalb sollte jemand das tun? Und was ist mit Rainer Renker? Wo kann er sein? Warum meldet er sich nicht bei seiner Frau? Das würde er doch machen, wenn mit ihm alles in Ordnung wäre.«

Wieser beugte sich vor. In seinen dunklen Augen glomm es triumphierend. »Sehen Sie, auf all diese Fragen und sogar auf diejenige, wo Renkers Ski und Stöcke abgeblieben sind, gibt mein logischer Ansatz eine vernünftige Antwort: Die Spurenlage in der Gondel, die eine Amateurdetektivin zu wilden Spekulationen getrieben hat, ist eine Fälschung; ein Trick, wenn Sie so wollen. ›Fake‹ würde man heutzutage dazu sagen.«

»Fake«, wiederholte Fanni verständnislos.

»Fake«, bestätigte Wieser.

Fanni sammelte ihre Gedanken, um Wiesers Überlegungen nachvollziehen zu können. »Sie meinen also, jemand hat den Helm und den Hammer in die Gondel gelegt, um es so aussehen zu lassen –«

»Wie Sie es prompt gedeutet haben«, fiel ihr Wieser ins Wort. »Und es war übrigens nicht irgendjemand, es war Renker selbst.«

»Renker selbst.« Fanni kam sich furchtbar dämlich vor, aber sie konnte nicht anders, als Wieser erneut nachzusprechen. »Und warum hätte er das machen sollen?«

»Um untertauchen zu können«, sagte Wieser selbstgerecht.

Fanni schloss einen Moment lang die Augen. Hatte ihr der Kerl nicht erst vor wenigen Minuten wilde Spekulationen zum Vorwurf gemacht?

Sie musterte die Schnallen ihrer Skischuhe, um nicht zu Wieser aufschauen zu müssen. »Ich verstehe nur nicht, was er sich davon versprochen haben könnte, eine Spur zu legen, die auf ein Verbrechen hindeutet. Er musste ja davon ausgehen, dass Ermittlungen eingeleitet werden und dass intensiv nach derjenigen Person gesucht wird, die allem Anschein nach aus der Gondel gefallen ist.«

Wieser lächelte beinahe gütig. »Und wo würde gesucht werden? Vorrangig in der Gondelschneise. Irgendwann würde man die Suche vielleicht auf das gesamte Liftgebiet ausweiten, aber bis dahin wollte Renker wohl schon über alle Berge sein.«

Fanni konnte sich beim besten Willen nicht vorstellen, warum Rainer Renker so ein Schauspiel inszenieren sollte, anstatt kundzutun, er habe alle und alles um sich herum satt, und ganz offiziell seinen Koffer zu packen. Sie fragte Wieser danach, wobei der Gedanke in ihrem Kopf auftauchte, was den Kommissar veranlasst haben mochte, sie in seine Überlegungen einzuweihen.

Er will dir nur klarmachen, wie sehr du dich vergaloppiert hast!

Wieser hatte die Antwort auf ihre Frage schon parat. Seine dunklen, sonst so finster wirkenden Augen leuchteten geradezu auf. »Er hat Geld unterschlagen, betrogen und gelogen, Spielschulden angehäuft … Suchen Sie sich was aus.«

Allmählich zeitigte Wiesers Überzeugung Früchte. Fanni musste zugeben, dass seine Theorie einiges für sich hatte.

Der Kommissar mit dem finsteren Blick könnte tatsächlich richtigliegen: Renker wollte – warum auch immer – untertauchen und hat seine eigene Ermordung inszeniert! Was wäre denn geschehen, wenn alle darauf hereingefallen wären? Man hätte hier im Arber-Gebiet eine Zeit lang vergeblich nach seiner Leiche gesucht, über kurz oder lang den Fall dann aber ad acta gelegt!

Fanni biss sich auf die Lippen. Sie hatte sich hereinlegen

lassen. Hatte Hirngespinste in die Welt gesetzt und die Pferde scheu gemacht.

»Ich werde schon herausfinden, warum Renker als verschollen gelten und für tot erklärt werden will«, sagte Wieser, aber Fanni hörte nur mit halbem Ohr hin. Sie musste Wiesers Theorie erst einmal verinnerlichen und dabei auf Schwachstellen abklopfen. Falls er tatsächlich richtiglag, dann hatte Rainer Renker ein Verbrechen vorgetäuscht, um einer Strafverfolgung zu entgehen oder …

Seine Versicherung abzuzocken!

Fanni fuhr zusammen. Versicherungsbetrug. War das denkbar?

Und wie! Hast du nicht erst neulich einen Film gesehen, in dem es genau um einen solchen Fall ging?

Fanni erinnerte sich recht gut daran. Der Ehemann hatte eine hohe Lebensversicherung abgeschlossen und sein Auto samt Koffer und Bibliotheksausweis in den Fluss rollen lassen. Die Polizei legte sich auf Unfall fest und suchte nach der Leiche, die allerdings nicht gefunden werden konnte. Nach der vorgeschriebenen Wartezeit wurde das Unfallopfer für tot erklärt. Die Versicherung zahlte der Ehefrau eine Million aus, die daraufhin nichts Eiligeres zu tun hatte, als ihre Zelte abzubrechen und sich nach Argentinien abzusetzen, wo sie ihr Mann erwartete.

Eine solche Betrugsmasche war offenbar nicht neu und wurde wohl tatsächlich hie und da ausprobiert.

Und so mancher kommt womöglich durch damit! Vielleicht auch Rainer Renker!

Fanni zog ein missbilligendes Gesicht. Märchen erzählen bringt uns nicht weiter, teilte sie der Gedankenstimme mit.

So stimmig Wiesers Theorie auch zu sein schien, bei Fanni wollte sich einfach dieses angenehme Gefühl nicht einstellen, das sie von früheren Fällen her kannte und das sie immer dann überkommen hatte, wenn es Sprudel und ihr gelungen war, eine hieb- und stichfeste Hypothese zusammenzubasteln.

Sie starrte an Wieser vorbei durchs Fenster hinaus in die Nebelsuppe und wurde die Empfindung nicht los, dass Rainer Renker tot oder zumindest schwer verletzt da draußen irgendwo lag.

Oho, Miss Marples sprichwörtlicher Instinkt meldet sich! Aus den Augen des Emoticons kugelten Lachtränen.

Wieser war vom Fensterbrett gerutscht und stand jetzt neben Fanni. Offenbar betrachtete er das Gespräch als beendet und erwartete, dass auch sie sich von ihrem Platz erhob.

Aber Fanni hatte noch eine Frage. »Hat schon jemand nachgesehen, ob Rainers Auto noch auf dem Parkplatz steht?«

Wieser lachte trocken auf. »Nein. Aber ich wette meine Walther PPK darauf, dass es noch da ist. So dumm, damit wegzufahren, war Renker bestimmt nicht.«

»Bliebe also nur der Shuttlebus, der jede Stunde von der Arber-Talstation über den Bretterschachten nach Bodenmais fährt«, überlegte Fanni laut.

Wieser nickte und machte eine Handbewegung, als wolle er sie vom Stuhl fegen. »Bitte. Mir läuft die Zeit davon.«

Und vielleicht auch Rainer Renker, falls er den Sturz aus der Gondel überlebt hat, dachte Fanni widerspenstig, stand auf und ging zur Tür.

Als sie die Klinke hinunterdrückte, holte Wiesers Stimme sie ein. »Schicken Sie mir doch bitte Herrn Rot herein. Mit dem habe ich noch kurz zu reden.«

Hans saß mit Sprudel an dem Ecktisch, den er und Erna belegt hatten, und reagierte merklich ungehalten, als Fanni ihm Wiesers Aufforderung überbrachte.

»Diese blöde Ausfragerei führt doch zu rein gar nichts.« Mit lautem Scharren schob er seinen Stuhl zurück und begab sich auf den Weg ins Nebenzimmer.

»Ich habe Tee und Kaiserschmarrn bestellt«, sagte Sprudel, nachdem Fanni ihm gegenüber Platz genommen hatte. »Wir sollten endlich mal was essen.«

Fanni lächelte ihm liebevoll zu. Auf Sprudel war Verlass. Er wusste immer genau, was gerade nottat.

»Wo ist denn Erna?«, fragte sie, bevor sie sich über ihre Portion Kaiserschmarrn hermachte, die soeben serviert wurde.

Sprudel nickte in Richtung Tür. »Gerade raus. Toilette, nehme ich an.«

Während sie aßen, gab Fanni einen kurzen Bericht über ihre Unterredung mit Wieser.

»Er hat dir seine Ansicht zu dem Fall dargelegt?«, fragte Sprudel erstaunt.

»Mich hat das auch gewundert«, antwortete Fanni. »Wahrscheinlich wollte er mir damit zu verstehen geben, dass er der Kommissar ist und ich ihm das Kombinieren überlassen soll, weil ich sowieso zu doof dazu bin.«

Sprudel grinste. »Und, überlässt du es ihm?«

Fanni hörte auf zu essen, legte die Gabel hin und sah ihn ernst an. »Sollte Wieser mit seiner Theorie tatsächlich recht haben, dann ist der Nebel für Minna womöglich die geringste Gefahr, denn dann müssen wir damit rechnen, dass Rainer und Rita das Ding gemeinsam durchziehen.« Sie wollte wieder nach ihrer Gabel greifen, aber was ihr gerade durch den Kopf spukte, verdarb ihr den Appetit.

War es nicht auffällig, dass Rita sich schon mindestens eine Stunde bevor der Verdacht aufkam, ihrem Mann könne etwas zugestoßen sein, auf die Suche nach ihm begeben hatte? Und war es nicht bemerkenswert, dass sie allein losziehen wollte? Hatte ihr Minnas Begleitung einen Strich durch die Rechnung gemacht, weshalb Minna … Fanni schluckte. Sie wollte das nicht zu Ende denken.

Sprudel hatte sie aufmerksam beobachtet. »Du meinst, Rainer und Rita hatten vereinbart, sich zu einem bestimmten Zeitpunkt an einem bestimmten Ort zu treffen?«

Fanni bejahte. »Vielleicht musste Rita ihm irgendwie dabei helfen, sich abzusetzen. Vielleicht wollte sie noch weitere Spuren dafür legen, dass Rainer einem Verbrechen zum Opfer gefallen war.«

»Und Minna ist ihr dabei in die Quere gekommen.« Sprudel stöhnte auf.

Die Frage, wo Minna jetzt wohl sein mochte, brachte Fanni darauf, darüber nachzudenken, wie Rainer sich unbemerkt hätte absetzen können. Genau wie Wieser nahm auch sie an, dass er sein Auto stehen gelassen hatte. Es zu benutzen hätte alle Anstrengungen, falsche Spuren zu legen, zunichtegemacht.

Hatte er tatsächlich den Shuttlebus genommen? Irgendwie glaubte sie nicht so recht daran. An diesem Nachmittag waren so wenig Skisportler unterwegs gewesen, dass sich der Busfahrer wohl an jeden erinnern würde, der bei ihm eingestiegen war.

Aber welche Möglichkeiten, aus dem Liftgebiet wegzukommen, gab es denn sonst noch?, fragte sie sich, und dabei fielen ihr auf einmal Rainers Skier ein, die nicht in der Halterung an der Gondel gesteckt hatten. Auch seine Skistöcke waren nicht da gewesen.

Er muss auf Skiern unterwegs sein, realisierte sie.

Stellte sich die Frage, wohin?

Wohin würde ich mich an seiner Stelle wenden?, überlegte Fanni.

Wiesers Theorie hat sich also durchgesetzt? Das Emoticon zog fragend die Augenbrauen hoch.

Fanni schüttelte unmerklich den Kopf. Nur wenn sie einem Test standhält, ist sie von Wert, teilte sie der Gedankenstimme mit.

Dann musste sie einen Moment lang die Augen schließen, um sich zu besinnen. Welche Überlegungen hatte sie gerade angestellt? Der Einwurf der Gedankenstimme hatte sie aus dem Konzept gebracht.

Du hast dich gefragt, wohin du dich gewendet hättest, wenn du das Arber-Liftgebiet heute – auf Skiern vermutlich – so zwischen eins und zwei unbemerkt hättest verlassen wollen! Das Emoticon wirkte genervt.

Wohin?, hallte es in Fannis Kopf wider und verwässerte ihr den Fokus. Erneut kniff sie die Augen zu, und schließlich gelang es ihr, sich zu konzentrieren.

Ich würde versuchen, einen Ort zu erreichen, wo viele Menschen sind. Vorzugsweise Touristen, unter die ich mich mischen könnte.

»Bodenmais«, sagte sie daraufhin so laut, dass Sprudel zusammenzuckte.

»Wenn ich Rainer Renker wäre, eine falsche Spur gelegt hätte und mich absetzen wollte«, erklärte sie ihm, »dann hätte ich an der Bergstation der Gondelbahn die Skier geschultert, wäre zu Fuß über den Osthang – der Schlepper da lief ja heute nicht – zum Arber-Gipfel aufgestiegen und dann über die Tourenroute nach Bodenmais abgefahren.« Als sie Sprudel begreifend nicken sah, fuhr sie fort: »In Bodenmais sind immer jede Menge Touristen unterwegs. Rainer wäre da kein bisschen aufgefallen. Er hätte sich ein Taxi rufen, sich in einen Linienbus setzen oder die Waldbahn nehmen können. Ein für ihn bereitstehender Wagen wäre auch denkbar. Ja, ein Auto wäre praktisch gewesen. Er musste ja die Skisachen loswerden, brauchte andere Kleidung, Straßenschuhe und was weiß ich alles.«

Verblüfft erkannte sie, wie einfach es für Rainer gewesen wäre, unbemerkt zu verschwinden.

Sollte Wieser tatsächlich richtigliegen?

Der trat soeben in Begleitung von Hans Rot aus dem Nebenzimmer.

Fanni hörte Hans etwas fragen, das sie nicht verstand.

Was Wieser darauf sagte, vernahm sie jedoch laut und deutlich. »Wir ermitteln in sämtliche Richtungen.«

Beinahe wäre ihr ein Lacher entschlüpft. Das musste Wieser aus einschlägigen Fernsehfilmen haben. Oder lernte man solche Standardantworten auf der Polizeischule?

Wieser hatte auf dem Weg zum Ausgang bereits die halbe Gaststube durchquert, als er sich noch einmal umdrehte. »Es hat doch hoffentlich niemand vor, abzureisen?« Auf das allgemeine Kopfschütteln hin fügte er hinzu: »Dann kann ich davon ausgehen, dass ich Sie in Ihrem Hotel finde, falls es noch Fragen gibt?«

Ohne eine Antwort abzuwarten, schritt er zur Tür, riss sie auf und prallte zurück, weil Erna Huber ihm den Durchgang versperrte. Erst nachdem er sie hatte eintreten lassen, konnte er seinen Weg fortsetzen.

Erna sah blass und verfroren aus. Hans nahm sie in den Arm. »Was hast du denn so lange draußen gemacht? Und warum hast du dir den Anorak nicht übergezogen?«

Erna bibberte so, dass sie kaum sprechen konnte. Ihre Haare waren feucht, und an ihrem Kinn sammelte sich ein Wassertropfen. Hans wischte ihn weg.

»Ich wollte doch nur kurz aufs Klo und gleich wieder zurück ins Warme«, erklärte sie, nachdem sie ein paarmal durchgeatmet hatte. »Aber gerade als ich aus dem Toilettenhäuschen rauskam, ist einer von der Suchmannschaft auf den Vorplatz eingebogen und hat neben mir haltgemacht. Patrick. Er hat gesagt, er heißt Patrick.«

Der junge Mann, der dafür gesorgt hatte, dass die Gondelbahn angehalten und die Polizei eingeschaltet wurde, beteiligte sich offenbar an der Suche nach Rainer Renker.

Fanni fragte sich, wie viele sich der Suchmannschaft wohl inzwischen angeschlossen hatten. Oder hatte Wieser die ganze Sache bereits abgeblasen, weil er überzeugt davon war, dass es nichts zu finden gab?

»Sie haben von Rainer nicht die kleinste Spur entdeckt«, sagte Erna gerade. »Ich habe Patrick dann noch gefragt, ob sie wenigstens Rita und Minna begegnet sind. Aber die zwei hat anscheinend auch niemand gesehen.« Sie barg den Kopf an Hans' Schulter und begann zu schluchzen. Er wiegte sie in den Armen und strich ihr dabei beruhigend über den Rücken.

Fanni betrachtete die Szene mit großen Augen. War das wirklich ihr Exmann, der da so hingebungsvoll Trost spendete? Ihr Blick glitt zu Sprudel und registrierte, dass er sich ein Grinsen verkniff.

Als Hans schließlich sagte: »Still, mein Mäuschen. Alles wird gut. Wir beide fahren jetzt zur Talstation runter und dann ins Hotel. Da kannst du dich endlich ausruhen«, wandte Sprudel sich ab, und Fanni sah seine Schultern vor unterdrücktem Lachen beben.

Sie selbst war viel zu baff, um sich über Hans' Gebaren amüsieren zu können. »Mäuschen«, dachte sie. Hans hat Erna

»Mäuschen« genannt. Er muss übergeschnappt sein. Womöglich hat er einen leichten Schlaganfall erlitten. Einen Hirninfarkt, der keine äußerlichen Symptome erkennen lässt, in seinem Kopf aber eine schwere Störung verursacht hat.

Erna schien sich langsam zu beruhigen. Sie löste sich aus Hans' Armen, angelte ein geblümtes Stofftaschentuch aus der Hosentasche, schnäuzte sich hinein und wandte sich schließlich an Fanni. »Patrick und seine Leute wollen weitersuchen, bis es dunkel wird. Und ab sofort halten sie auch nach Rita und Minna Ausschau.«

Fanni versagte sich die Bemerkung, dass es bei diesem Nebel schlichtweg unmöglich war, »Ausschau« zu halten.

Erna hatte es gut gemeint und dafür eine Nettigkeit verdient.

Leider fiel Fanni keine ein.

»Ihr kommt doch mit«, sagte Hans.

Fanni sah ihn ungläubig an. »Ins Hotel?«

»Ihr seid doch auch mit uns hergefahren, habt ja euer Auto am Hotel stehen lassen.« Hans verdrehte die Augen. »Fahrgemeinschaft wegen Umwelt und so.«

»Keine zehn Pferde bringen mich ins Hotel zurück, solange Minna hier irgendwo herumirrt oder …« Fanni verstummte. Es hatte keinen Sinn, Wiesers Theorie mit den beiden zu diskutieren, außerdem war gar keine Zeit dazu. »Wir müssen sie finden, bevor es dunkel wird, und dazu sollten wir uns Verstärkung holen. Max und Marco müssen zurückkommen. Solange Marco weg ist, muss halt Vera einspringen und Leni mit den Kindern helfen.« Sie griff nach ihrem Anorak, der über der Stuhllehne hing, und suchte in den Taschen nach ihrem Smartphone. »Ich ruf Marco gleich an.«

Hans hob die Hand. »Kannst du dir sparen. Die sind doch alle im Hallenbad. Schon vergessen? Meinst du, Marco hat das Handy in der Badehose stecken?«

»Dann hinterlasse ich eben eine Nachricht auf der Mobilbox«, erwiderte Fanni und klopfte die Innentaschen ab. Dabei spürte sie auf einmal Sprudels mahnenden Blick. Als sie zu ihm aufsah, schüttelte er leicht den Kopf.

Sprudel hat recht! Mit so einer Nachricht jagst du allen Angst und Schrecken ein! Im Moment ist doch noch alles Spekulation, es gibt keinen konkreten Hinweis, der darauf schließen lässt, dass Minna tatsächlich in Schwierigkeiten steckt.

Fanni biss sich auf die Lippen und starrte ihr Telefon an, das sie endlich gefunden hatte.

Marco, Max, eventuell auch Bernhard hier zu haben wäre wirklich wünschenswert, dachte sie. Aber war es wirklich nötig, deswegen alle in Aufregung zu versetzen?

»Ich versuche erst noch mal, Minna zu erreichen«, sagte sie schließlich und scrollte durch das Adressbuch.

Komm schon, flehte sie in Gedanken, als sie das Handy ans Ohr hielt und hineinlauschte. Komm schon, Minna, geh ran. Bitte, bitte geh ran.

Irgendwann musste sie einsehen, dass alles Bitten vergeblich war, und ließ das Handy sinken.

»Sie könnte es ja auch abgeschaltet haben«, sagte Hans.

Bevor Fanni ihm sagen konnte, was sie von diesem Kommentar hielt, flog die Tür auf und ein Mann in Skikleidung kam herein. Von seinem Anorak liefen kleine Bäche herunter.

Erst als er mitten im Raum stehen blieb und am Verschluss seines Helms nestelte, kam Fanni zu Bewusstsein, dass die einzigen Gäste – das junge Paar und der einzelne Mann –, die Sprudel und sie bei ihrer Ankunft im Arber Stadl angetroffen hatten, inzwischen fort waren.

Erna stieß ein leises Quieken aus, als der Mann seinen Helm abnahm. »Sigi! Wo kommst du denn her? Du wolltest doch mit den anderen ins Hotel.«

Ernas knapp vierzigjähriger, schon fast kahlköpfiger Sohn schälte sich aus dem triefenden Anorak. »Was für ein Sauwetter. Da freut man sich wochenlang aufs Skifahren, dann tappt man im Nebel herum, und zu guter Letzt fällt dann alles wortwörtlich ins Wasser.«

Offenbar hatte es zu regnen begonnen, was wohl endgültig für leere Pisten sorgte. Fanni fragte sich, ob nun auch der Betrieb der beiden Sessellifte eingestellt werden würde.

»Und wo kommst du jetzt her, Sigi?«, hakte Erna nach. »Bist du etwa die ganze Zeit da draußen gewesen? Warum bist du nicht mit den anderen zum Hotel gefahren?«

Sigi ließ sich auf einen Stuhl fallen, beugte sich vor und machte sich an den Schnallen seiner Skischuhe zu schaffen. »Wollte ich eigentlich auch.« Klick. »Aber als wir unten an der Talstation angekommen sind ...«, klack, »... ist der Nebel mal kurz aufgerissen.« Klick. »Da hab ich gedacht, es könnte ...«, klack, »... besser werden, bin umgekehrt und wieder raufgefahren.« Kurzatmig richtete er sich auf.

»Mit der Gondelbahn?«, mischte Fanni sich mit scharfer Stimme ein, was ihr von Sigi und Erna verwunderte, von Hans eine ganze Latte vorwurfsvoller Blicke eintrug.

»Ja, klar«, antwortete Sigi schließlich.

Fanni war es egal, was Sigi und Erna von ihr dachten, und es kümmerte sie keinen Deut, ob sie Hans verärgerte, weshalb sie in unverändertem Ton fortfuhr: »Wie spät war es, als du in die Gondel gestiegen bist?«

»Wieso –«

»Bitte«, unterbrach ihn Fanni. »Bitte, Sigi, sag mir einfach, wie spät es war.« Ihre Stimme klang jetzt drängend.

Sigi schien unschlüssig, wie er auf Fannis Beharren reagieren sollte, entschied sich aber dann, ihr zumindest zu antworten. »Woher soll ich denn das wissen? Ich schau doch nicht alle paar Minuten auf meine Watch.«

»Natürlich nicht.« Fanni bemühte sich jetzt um einen konzilianten Ton. »Aber über den Drehkreuzen am Zugang zur Gondel hängt eine riesige Uhr. Ich kann immer gar nicht anders, als hinzuschauen und die Zeit zu verbuchen.«

»Stimmt.« Sigi war jetzt merklich zugänglicher. »Und ich hab auch tatsächlich hingesehen. Es war – warte, ich hab's gleich –, ja, es war drei viertel eins. Ein, zwei Minuten drüber vielleicht.«

Fanni dankte ihm mit einem Lächeln, während sie eine hastige Rechnung anstellte: Sigi war gegen zehn vor eins in eine Gondel gestiegen und musste demnach so um fünf Minuten nach eins an der Bergstation angekommen sein. Die Kuschelgondel, in der sie den blutverschmierten Helm und Hammer entdeckt hatte, hatte gegen zwei Uhr in der Talstation die Türen geöffnet, war also um etwa Viertel vor zwei an der Bergstation abgefahren.

Macht vierzig Minuten Zeitunterschied, resümierte sie.

Die Wahrscheinlichkeit, dass Sigi oben mit Rainer zusammengetroffen war, schien äußerst gering.

Trotzdem fragte sie danach.

»Nein«, antwortete Sigi. »Rainer habe ich nicht gesehen. Weder in der Station drinnen noch irgendwo draußen. Am Berg oben war aber auch wieder null Sicht. Wie durch eine Milchglasscheibe, sag ich euch.«

»Welche Abfahrt hast du genommen?«

Sigi lachte gallig. »Die Osthangverlängerung. Wenn ich gewusst hätte, dass die schon lang nicht mehr präpariert worden ist, hätte ich schleunigst die Biege gemacht. Aber als ich es gemerkt hab, war ich schon mittendrin in der Buckelpiste und musste mich durchquälen. Fahrrinnen wie Canyons mit einem halben Meter hoch Schmelzwasser drin, Buckel wie Felszacken mit Eisplatten an den Rändern. Ich hab ewig gebraucht, bis ich unten war. Never ever.«

Schaumschläger, dachte Fanni. Sprücheklopfer.

Sie hatte bei den kurzen Kontakten, die sie bisher mit Sigi gehabt hatte, bereits geargwöhnt, dass er gern den coolen Typen gab. Das sah sie jetzt bestätigt.

»Und unten bist du wieder in eine Gondel gestiegen?«, fragte sie ihn, weil das nahelag, da die Abfahrt über die Osthangverlängerung direkt auf die Talstation der Gondelbahn zulief.

Als Sigi nickte, überschlug sie, wie lang er wohl gebraucht haben mochte, bis er unten gewesen war.

Eine Viertelstunde, zwanzig Minuten höchstens, ausgiebige Verschnaufpausen eingerechnet, vermutete sie.

Die Skiabfahrten vom Arber waren, verglichen mit den Pisten in den Alpen, wo man durchaus mal zehn Kilometer Abfahrtsstrecke vor sich hatte, ausgesprochen kurz.

Eilig machte sie eine neue Rechnung auf: Sigi war um kurz

nach eins an der Bergstation angekommen. Er hatte die Station verlassen und draußen die Skier angeschnallt. Dann hatte er den Hang gequert, um in die Osthangverlängerung einfädeln zu können. Dafür veranschlagte sie fünf Minuten. Plus zwanzig für die Abfahrt ergab fünfundzwanzig Minuten. Sigi musste also gegen dreizehn Uhr dreißig wieder in eine Gondel gestiegen und ungefähr um dreizehn Uhr fünfundvierzig erneut an der Bergstation angekommen sein.

Diesmal passt es zeitlich genau, dachte sie. Sigi müsste da oben eigentlich mit Rainer zusammengetroffen sein.

Bevor sie noch mal fragen konnte, sagte Sigi bereits: »Oben war wieder kein Schwein zu sehen. Die Location kam mir direkt gespenstisch vor, sag ich euch.«

»Aber jemand vom Liftpersonal muss doch da gewesen sein«, wandte Fanni ein. »Die dürfen die Gondeln bestimmt nicht unbeaufsichtigt lassen.«

Sigi zuckte die Schultern. »Ich hab jedenfalls keinen gesehen. Total tote Hose.« Er erhob sich schwerfällig, machte einen Schritt auf den Tresen zu und rief dann in Richtung Küche: »Habt ihr schon zu, oder krieg ich noch was zu trinken?«

Fanni sagte sich, dass die Zu- beziehungsweise Ausstiege der Gondeln videoüberwacht sein mussten, sodass es bei wenig Betrieb genügte, den Bildschirm im Auge zu behalten.

Und das bedeutet, dass es Bänder geben muss, die man sich ansehen kann, dachte sie.

Die sich, wenn überhaupt jemand, dann die Kripo ansehen kann!

Während die Gedankenstimme ihren Kommentar abgab, der Fanni so gar nicht gefiel, war der Kellner in die Gaststube gekommen und nahm soeben Sigis Bestellung auf. Zur gleichen Zeit wurde es im Vorraum laut, und eine halbe Minute später traten zwei weitere triefende Gestalten ein.

»Wir haben uns schon gedacht, dass du hier rein bist«, sagte die eine. »Hast ja recht. Die Sucherei hat echt keinen Sinn. Nebel, Regenschauer, die Sicht reicht nicht mal aus, um den eigenen Arsch zu finden.«

Als die beiden ihre Helme abgenommen und ihre Anoraks, deren Krägen bis zur Nase geschlossen gewesen waren, ausgezogen hatten, sah Fanni zwei junge Männer vor sich, einer dunkelhaarig, einer blond, beide schlank und durchtrainiert.

»Paul und Tobi«, stellte Sigi die beiden vor. »Wir sind in der Gondelschneise zusammengetroffen. Da war ein ganzer Trupp von der Bergwacht unterwegs auf der Suche nach einem Verletzten. Ich hab ihnen angeboten mitzuhelfen, und sie haben gesagt, Verstärkung kann auf keinen Fall schaden.«

»Genützt hat sie aber leider auch nichts«, murmelte der dunkelhaarige Paul. »Dabei sind wir inzwischen sämtliche Pisten abgefahren.«

»Das hat erst recht nichts genützt«, sagte Tobi müde. »Wie denn auch, wenn man nichts sieht.« Er ließ sich auf einen Stuhl fallen. »Ich geb auf für heute, bringt doch nichts, dieses Rumeiern in den Nebelbänken, während dir das Wasser oben reinläuft und unten raus.«

Paul griff sich nun ebenfalls einen Stuhl und ließ sich verkehrt herum darauf nieder. »So, wie sich der Funkverkehr anhört, denken das mittlerweile alle.«

Tobi deutete mit dem Daumen über die Schulter, als wolle er auf jemanden zeigen. »Dann solltest du mal mit Patrick reden, dem Kerl, der neuerdings manchmal an den Liften aushilft. Der sagt nämlich, dass Aufgeben nicht in Frage kommt, weil wenn der Verletzte irgendwo da draußen liegt und in der Nacht erfriert, dann müssen wir uns ein Leben lang Vorwürfe machen.«

Tobis letzte Worte gingen in einem Trompetensolo unter, das offenbar als Klingelton seines Handys diente. Er holte das Gerät aus der Gesäßtasche und meldete sich mit: »Was ist?«

Sigi hatte eine Zeit lang nachdenklich aus dem Fenster gestarrt. »Sieht ganz so aus, als hätte der arme Kerl da draußen wenig Chancen.«

Unvermittelt war von Erna ein Keuchen zu hören. »Aber Sigi, weißt du denn gar nicht, um wen es da geht?«

Weiß er es nicht, oder spielt er uns was vor?, fragte sich

Fanni. Wenn stimmt, was er uns erzählt hat, sollte er eigentlich tatsächlich nicht wissen, dass es um Rainer geht.

Sie nahm ihn scharf ins Auge, um sich nicht die kleinste Reaktion entgehen zu lassen. War er wirklich so unbedarft, wie er sich zu geben versuchte, oder war Sigi Huber irgendwie in die Sache verwickelt?

Ganz auszuschließen ist es nicht, überlegte sie. Er hat sich ja unversehens von den anderen abgeseilt und war dann sozusagen die ganze Zeit hautnah am Geschehen.

Warum hatte er seinen Plan geändert und war nicht mit den anderen ins Hotel gefahren? Weil tatsächlich der Nebel kurz aufgerissen war (woran Fanni sich allerdings nicht erinnern konnte) oder weil er Rainer treffen wollte? Um dem Schwager entkommen zu helfen oder um über ihn herzufallen?

Seinen eigenen Angaben gemäß war Sigi ziemlich genau zu dem Zeitpunkt an der Bergstation der Gondelbahn gewesen, zu dem Rainer in die Kuschelgondel eingestiegen sein musste, entweder um aus welchen Gründen auch immer talwärts zu fahren oder (Wiesers Theorie zufolge) um die falschen Spuren zu legen.

Einige Zeit später war Sigi in der Gondelschneise dem Suchtrupp der Bergwacht begegnet. Das, fand Fanni, war das Auffälligste an der ganzen Geschichte. Wieso hatte er sich da herumgetrieben? Um herauszufinden, wo Rainers Körper aufgeschlagen war? Und was war davon zu halten, dass Sigi sich sofort angeboten hatte, bei der Suche nach dem Verletzten zu helfen?

Fannis Blick saugte sich geradezu gierig an Rainer Renkers Schwager fest. Aber falls Sigi etwas mit Rainers Verschwinden zu tun hatte, dann war ihm das nicht anzusehen. Fanni beobachtete ihn genau und registrierte kein trockenes Schlucken, kein Flackern im Blick, kein sich Winden.

Sigi schaute seine Mutter sichtlich verwundert an. »Klar weiß ich, um wen es geht. Wir sprechen von dem armen Schwein, das während der Fahrt aus einer Gondel gefallen sein muss.«

»Wir sprechen von Rainer«, schluchzte Erna. »Rainer ist

derjenige, nach dem gesucht wird. Und jetzt ist auch noch Rita weg.« Sie brachte die Worte bloß stockend hervor. »Sie und Minna haben sich auf die Suche nach ihm gemacht, weil Rita ihn nicht erreichen …«

Hans nahm sie wieder in die Arme, drückte sie fest an sich und murmelte ihr beschwichtigend etwas ins Ohr.

Sigis Reaktion war sehenswert: Sein Mund öffnete sich in ungläubigem Staunen. Seine rechte Hand fuhr an die Stirn und rieb darüber, als müsse sie die Information einmassieren.

Sieht ziemlich echt aus!, vermeldete die Gedankenstimme und produzierte ein beeindrucktes Emoticon.

Fanni musste ihr recht geben. Falls Sigi schauspielerte, war er gut.

Tobi hatte sein Telefongespräch mittlerweile beendet und stand auf. »Die Suche wird für heute abgebrochen. Der Liftbetrieb wird in einer halben Stunde eingestellt.«

»Feierabend«, sagte Paul und stand ebenfalls auf.

Sigi griff nach der Tasse, die der Kellner vor ihn hingestellt hatte, und schüttete den Inhalt hinunter. Noch während er trank, schnappte er sich seinen Anorak. »Nicht für mich.«

»Doch.«

Fanni zuckte zusammen, als Hans' Stimme wie ein Polterer einschlug. »Jetzt schert keiner mehr aus. Wir fahren alle zusammen ins Tal und von da ins Hotel.« Er gab Erna frei und griff nach ihrem Anorak, in den sie gehorsam schlüpfte.

Fanni sah ihr dabei zu, wie sie den Reißverschluss zuzog, und dachte gar nicht daran, Hans' Vorschriften zu befolgen. Ohne Nachricht von Minna würde sie nirgendwohin gehen.

Sie wandte sich ab, angelte nach ihrem Mobiltelefon und ließ es ein weiteres Mal Minnas Handynummer wählen. Doch auch diesmal kam kein Kontakt zustande. Als sie es wieder wegsteckte, begegnete sie Sprudels fragendem Blick und schüttelte den Kopf.

Sprudel wandte sich an Paul und Tobi, die gerade dabei waren, ihre Skibrillen trocken zu wischen. »Wir haben schon eine ganze Weile keine Handyverbindung zu unserer Enkelin. Habt ihr die Nummer vom Schutzhaus? Vielleicht sind Minna und Rita ja dort.«

Tobi nickte und wählte bereits.

In der Gaststube wurde es währenddessen laut. Hans rief nach dem Kellner, weil er zahlen wollte, Sigi schloss klickklackend die Schnallen seiner Skischuhe, Erna stieß versehentlich an Hans' Skihelm, den er sich auf dem Tisch bereitgelegt hatte, und fegte ihn auf den Fliesenboden, wo er ein paarmal hin- und herrollte, Paul rückte mit kratzendem Geräusch einen Stuhl beiseite.

Fanni stand still und ließ Tobi nicht aus den Augen. Schon bevor er die Schultern zuckte und das Handy wieder in der Gesäßtasche verstaute, wusste sie, dass im Schutzhaus niemand abgehoben hatte.

»Kann es sein, dass die da oben schon zugemacht haben?«, fragte sie.

Er runzelte die Stirn. »Eigentlich haben sie immer offen, wenn die Gondelbahn … Ah, der Betrieb ist ja heute Mittag schon eingestellt worden. Da konnten sie kaum mehr mit Gästen rechnen.«

Stimmt, dachte Fanni. Sie wusste recht gut, dass das Schutzhaus nur wenige Meter unterhalb der Bergstation der Gondelbahn stand, und sagte sich, dass auch Minna und Rita nicht mehr hatten hingelangen können.

Außer …

Sie zwang sich, Schritt für Schritt zu überdenken, welchen Weg die beiden genommen haben mochten.

Falls Rita mit ihrem Mann unter einer Decke steckte und einen Treffpunkt mit ihm ausgemacht hatte, dann wohl in der Nähe der Bergstation, wo Rainer sich zumindest für eine Weile aufgehalten haben musste. Falls nicht, falls sie also tatsächlich nach ihm suchen wollte, musste sie ebenfalls dorthin, um die Abfahrtspisten inspizieren zu können.

Weil man aber vom Arber Stadl aus mit dem Lift nicht weiter bergwärts kommt, mussten sie und Minna zuerst ins Tal hinunter, überlegte Fanni.

Dort waren sie Hans' Zeitangaben nach vermutlich um Viertel vor zwei angekommen, früh genug also, um noch eine Gondel zu erwischen, bevor der Betrieb eingestellt wurde.

Und was hatten sie getan, nachdem sie oben ausgestiegen waren?

Das kommt drauf an, sagte sich Fanni und rieb sich die Stirn, weil ihr von all diesen Rechenexempeln schon ganz schwindelig wurde.

Falls es ein Treffen geben sollte, lag Rita prima in der Zeit!, merkte die Gedankenstimme an und fügte ein bebrilltes Emoticon hinzu.

Falls nicht, dachte Fanni, dann sind Minna und sie eine der Pisten hinuntergefahren, um sich nach Rainer umzusehen. Als sie unten waren, mussten sie feststellen, dass die Gondelbahn nicht mehr in Betrieb war.

Was hatten sie daraufhin getan? Aufgegeben?

Nein, glaubte Fanni annehmen zu können, denn dann hätten sie von sich hören lassen.

Also hatten sie beschlossen, weiterzusuchen, und dazu mussten sie wieder auf den Berg.

Zwei Möglichkeiten boten sich dafür an. Minna und Rita hätten entweder mit geschulterten Skiern zu Fuß über die Gondelschneise aufsteigen können. Was allerdings höllisch anstrengend gewesen wäre. Als bedeutend weniger kräfteraubend hätte sich erwiesen, zur Talstation des Nordhanglifts hinüberzuqueren. Die Sesselbahn hätte sie westseitig bis kurz unter den Arber-Gipfel befördert. Von dort oben hätten sie bis zu dem Ziehweg abfahren können, der von der Bergstation der Gondelbahn herunterführt und unter dem Namen »Schmugglerweg« bekannt ist.

Der Ziehweg ist nicht steil, dachte Fanni, und nicht mehr als drei- oder vierhundert Meter lang. Kein Vergleich zu einem Aufstieg über die Schneise. Ich hätte mich für die Variante Nordhanglift/Schmugglerweg entschieden, wenn ich zur Bergstation der Gondel gewollt hätte, ohne die Gondelbahn benutzen zu können.

»Wir packen's dann«, sagte Tobi.

Fanni hörte Hans gerade »Pfüat euch« sagen, als ihr einfiel, dass die Suchmannschaft ja dasselbe Problem gehabt hatte.

Sie hielt die beiden jungen Männer mit einer Handbewegung auf. »Wie seid ihr eigentlich zur Bergstation der Gondelbahn gekommen?«

»Erst mit dem Nordhanglift hoch«, gab Paul bereitwillig Auskunft. »Dann bis zum Schmugglerweg runter und unterhalb davon schräg rüber durch eine Waldschneise.«

In Fannis Kopf formte sich ein recht genaues Bild des Geländes. »Wenn man unterhalb vom Schmugglerweg schräg rüberfährt, dann kommt man aber auch ein schönes Stück unterhalb der Bergstation heraus.«

»Zweihundert Meter oder so«, stimmte ihr Paul zu.

»Weiter oben ist demnach nicht gesucht worden«, stellte Fanni fest.

»Tobi ist raufgestapft.« Paul machte mit dem Kinn eine Bewegung zu seinem Kameraden hinüber. »Aber es war ja nicht wahrscheinlich, dass der Mann schon so früh aus der Gondel ge…« Er stockte kurz und sagte schließlich: »… gefallen ist.«

»Seid ihr bei eurer Suche auch mal den Schmugglerweg abgefahren?«

Paul verneinte. »Wie hätte der Verletzte denn da hinkommen sollen?«

Fanni schenkte sich die Antwort. Um Rainer Renker ging es ihr im Moment überhaupt nicht. Wichtig war jetzt einzig und allein, Minna ausfindig zu machen.

Wenn sie und Rita tatsächlich über den Schmugglerweg zur Bergstation hatten aufsteigen wollen, konnten sie im Nebel von der Route abgekommen sein und seither in einem Gelände herumirren, das von der Suchmannschaft nicht kontrolliert worden war.

»Wird's heut noch was?«, rief Hans von der Tür her.

Fanni blickte auf und sah ihn, Erna und Sigi startfertig dort stehen.

Paul und Tobi hatten sich abwartend an den Tresen gelehnt.

Tobi ließ ein kleines Ding auf der blank polierten Arbeitsplatte kreisen, das, immer wenn es nicht mehr genügend Schwung hatte, mit einem Klirren umkippte. Es lag gerade da, als Fannis Blick darauf fiel. Weil sie nicht gleich erkennen konnte, worum es sich dabei handelte, trat sie neugierig näher und identifizierte es schließlich als Miniaturfigur des Yoda aus »Star Wars«. Ein Ring aus Metall wies die Figur als Schlüsselanhänger aus, an dem sich jedoch kein einziger Schlüssel befand.

Fanni starrte auf die großen Ohren und die platte Nase des kleinen Yoda. »Irgendwo habe ich die Figur schon mal gesehen.«

Klar doch! Du hast dir ja sämtliche »Star Wars«-Filme angeguckt! Und Max hatte als Kind eine ganze Palette »Star Wars«-Zeug: Legoraumschiffe, Lichtschwerter, Roboter …

Aber keinen Yoda-Schlüsselanhänger.

Eher nicht, gab die Gedankenstimme zu, und das Emoticon in Fannis Kopf machte ein ratloses Gesicht.

Es gelang ihr einfach nicht, den Blick von dem kleinen Yoda zu lösen, dem ein Schlüsselring aus dem Kopf wuchs. »Ich habe die Figur sogar erst kürzlich gesehen.«

Mittlerweile war Erna auf Fannis Befremden aufmerksam geworden, kam näher und spähte über ihre Schulter. Einen Augenblick später hörte Fanni sie nach Luft schnappen.

»Aber das ist ja Rainers Schlüsselanhänger. Wo kommt der denn jetzt auf einmal her?«

Fragende Gesichter wandten sich Tobi zu. Der hatte gerade nach Yoda greifen wollen und hielt nun mitten in der Bewegung inne. »Wie, der Anhänger gehört dem Typen, nach dem wir den halben Nachmittag gesucht haben?«

Erna nickte vehement. »Wo hast du ihn her?«

Tobi nahm Yoda nun doch in die Hand und rieb mit dem Daumen über seinen Kopf. »Patrick hat ihn gefunden. Der Ring war aufgebogen, darum war uns sofort klar, dass ihn jemand verloren haben musste. Patrick meinte, wir sollten ihn liegen lassen, falls derjenige danach sucht. Aber das habe ich für eher unwahrscheinlich gehalten.« Etwas verlegen fügte er hinzu: »Ich bin von klein auf ein ›Star Wars‹-Fan, deshalb hab ich den Yoda eingesteckt.«

Alle starrten nun stumm auf den Schlüsselanhänger.

Erna brach das Schweigen. »Und was bedeutet das jetzt? Dass sich Rainers Schlüsselanhänger gefunden hat, meine ich.«

Eigentlich nur, dass Rainer ihn verloren hat, dachte Fanni.

3

Als sie den Arber Stadl verließen, stellte Fanni mit Erleichterung fest, dass der Regen aufgehört hatte. Und nicht nur das. Die Sicht schien auf einmal besser zu sein. Das Milchige war einem fast durchsichtigen Grauschleier gewichen.

Paul und Tobi fegten bereits zu Tal. Sie würden nicht einzuholen sein. Fanni schaute ihnen nach und konnte sehen, wie viel Kraft es sie bei diesem schweren und tückischen Schnee kostete, elegante, technisch einwandfreie Schwünge hinzubekommen. Aber schon nach wenigen Augenblicken waren die beiden außer Sicht.

Fanni gedachte, es sich einfach zu machen. Notfalls wollte sie auf dem Sonnenhang in sanften Schrägfahrten so lange hin- und herqueren, bis sie unten war.

Sie stieß sich ab und löste den ersten Schwung aus, indem sie, statt aufzukanten, bloß das Gewicht verlagerte und den Po leicht herumschwenkte. Mit Befriedigung stellte sie wieder fest (sie hatte sich den ganzen Vormittag schon darüber begeistert, wie drehfreudig ihr neuer Ski war), dass sie kaum Kraft aufwenden musste, um von einem Schwung in den nächsten zu gleiten, wenn sie nur gut darauf achtete, nicht zu schnell zu fahren und immer schön weit auszuholen.

Und wem hast du diese neueste technische Errungenschaft zu verdanken?

Fanni musste lächeln. Sprudel natürlich. Er hatte ihr den »Rocker« zu Weihnachten geschenkt.

Was er wohl sagen wird, wenn er erfährt, was du im Sinn hast? Das Emoticon machte Schielaugen.

Fanni passte einen Moment lang nicht auf, und prompt verfing sich ihr rechter Ski in einem kompakten Schneebatzen. Fast wäre sie gestürzt, konnte sich aber mit einem akrobatisch anmutenden Manöver auf dem linken Ski im letzten Moment wieder fangen und stabilisieren.

Ich glaube, Sprudel weiß bereits, was ich vorhabe, teilte sie ihrer Gedankenstimme mit, nachdem sie wieder fest auf beiden Skiern stand.

Er wird protestieren! Das Emoticon hatte ein Schild erhoben.

Fanni driftete in eine lang gezogene Kurve und kam an der breiten Trasse zu stehen, von der aus man rechts zur Talstation der Gondelbahn gelangte, links zur Talstation des Nordhanglifts und geradeaus hinunter zu den Parkplätzen. Die Abfahrt hatte nur wenige Minuten gedauert, es waren ja bloß hundertfünfzig Höhenmeter zu überwinden.

Tobi, Paul und Sigi waren schon da. Sie hatten bereits ihre Skier geschultert, weil die kurze Strecke hinunter zu den Parkplätzen zu viele apere Stellen aufwies.

Auf der Suche nach Hans und Erna versuchten Fannis Augen vergeblich, die Nebelschleier zu durchdringen, und gaben schließlich auf. Stattdessen warf sie einen Blick zum Nordhangsessellift hinüber und sah, dass er noch lief. Ihr Plan würde also aufgehen.

Sprudel schloss zu ihr auf, schaute ebenfalls hinüber und nickte. »Die Sache wird anstrengend werden.«

Fanni drückte seinen Arm. Er hatte es gewusst. Und er billigte ihr Vorhaben trotz seiner Bedenken.

Sie setzte die Stöcke ein, holte Schwung, schob sich zum Sessellift hinüber, passierte das Drehkreuz und glitt in die Zufahrtspur.

»Was haben wir schon zu verlieren?«, sagte sie, als Sprudel und sie bergwärts schaukelten. »Wenn wir es nicht schaffen, weil wir zu tief einsinken oder unsere Kraft nicht reicht, dann fahren wir halt wieder hinunter und …«

Sie unterbrach sich, weil Sprudel sich weit nach vorn gebeugt und seine Aufmerksamkeit auf irgendetwas unter ihnen gerichtet hatte.

Neugierig schaute sie ebenfalls hinunter und machte zwei Gestalten aus. Die größere schwenkte einen Skistock in der Luft und rief etwas, das der Wind jedoch wegtrug.

Hans, dachte Fanni.

»Er will wissen, ob wir sie noch alle beisammenhaben«, sagte Sprudel.

Fanni wollte hinunterwinken, aber eine Nebelbank hatte Hans und Erna bereits verschluckt. Die Piste unter ihnen zeigte sich wieder verlassen. Über ihnen spannte sich das Zugseil, in regelmäßigen Abständen tauchte vor ihnen eine Stütze auf. Rechts erschien hin und wieder ein Baum und verschwand so schnell, wie er hervorgetreten war. Abgesehen vom Knirschen des Räderwerks war kein Ton zu hören.

Fanni seufzte. Wo mochte Minna sein?

Nach einer knappen Viertelstunde – der Nordhanglift war etwa doppelt so lang wie der Sessellift am Sonnenhang – erreichten sie die Bergstation.

Als sie ausstiegen, spürte Fanni, dass ein recht kräftiger Wind aufgekommen war, der dem Nebel zu Leibe zu rücken schien.

»Schau«, sagte Sprudel. »Freie Sicht bis zum Schmugglerweg hinunter.«

Eilig nutzten sie die Chance auf eine einigermaßen unproblematische Abfahrt. Am Schmugglerweg stiegen sie aus der Bindung, schulterten die Ski und machten sich an den Aufstieg.

Der Wind frischte weiter auf und trieb sie vor sich her, aber die Sicht wurde zunehmend besser. Fanni wusste allerdings nicht recht, welches der beiden Übel – Nebel oder starker Wind – vorzuziehen wäre. Sie erinnerte sich noch recht gut, dass sich der böhmische Wind schnell zu einem Sturm entwickeln konnte, der einen von den Füßen riss.

Obwohl der Schmugglerweg nur eine geringe Steigung aufwies, brach ihnen bereits nach wenigen Minuten der Schweiß aus. Das Stapfen im Sulzschnee war noch anstrengender, als sie befürchtet hatten, und das Gewicht der Skier drückte auf die Schultern.

Was erhoffst du dir eigentlich? Dass Minna und Rita am Wegrand sitzen?

Fanni hätte nicht sagen können, was sie sich erhoffte, nährte jedoch den Gedanken, die beiden hätten sich vor dem Regen ins Schutzhaus geflüchtet.

Das dann aber noch geöffnet sein müsste, wogegen allerdings die Tatsache spricht, dass vorhin niemand ans Telefon gegangen ist!

Fanni beschloss, nicht darauf einzugehen. Man würde ja sehen.

Sprudel war stehen geblieben, hatte die Skier von der Schulter genommen und zog den Reißverschluss seines Anoraks auf. »Wir haben noch ein schönes Stück vor uns.«

Fanni nickte, lehnte ihre Skier an die hohe Böschung, die den Schmugglerweg südwestseitig begrenzte, öffnete ihren Anorak und lockerte den Helm. Abnehmen wollte sie ihn nicht, denn zum einen hätte sie ihn dann irgendwie in der Hand tragen müssen, zum andern war es zu nass und zu windig, um mit bloßem Kopf herumzurennen. »Schaffen wir schon noch.« Sie nahm die Skier wieder auf – diesmal auf die andere Schulter –, warf Sprudel einen aufmunternden Blick zu, den er mit einem schiefen Grinsen beantwortete, und stapfte weiter.

Außer dem Schmatzen des Schnees unter ihren Füßen und ihrem Atem, der zunehmend schneller ging, war kein Laut zu hören. Einmal glaubte Fanni das Brummen eines Motors zu vernehmen, aber der Ton verlor sich so schnell wieder, dass sie sich wohl getäuscht haben musste.

Als linkerseits die orangefarbenen Netze sichtbar wurden, die längs eines Stückes der Wegstrecke gespannt waren, um die Wintersportler vor einem Sturz in die Schlucht dahinter zu bewahren, wusste Fanni, dass sie bald am Ziel sein mussten.

In wenigen Minuten würden sie den kurzen, aber recht steilen Anstieg erreichen, der das Ende des Schmugglerwegs markierte und zur Gondelbahn führte. Zum Glück würde der ihnen erspart bleiben, denn kurz davor würden sie zum Schutzhaus abbiegen, das auf einem kleinen Plateau unterhalb der Bergstation stand. Direkt neben dem Schutzhaus, dessen Ursprünge mehr als ein Jahrhundert zurückreichten, nur von einem breiten Durchgang davon getrennt, lag die neu erbaute Eisensteiner Hütte.

Schwer atmend blieb Fanni an der Abzweigung stehen und schaute sich um.

Der Nebel hatte sich jetzt so weit gelichtet, dass sie zwei Gondeln ausmachen konnte, die schräg über ihr am Zugseil hingen. Sie schwankten im Wind, der hier oben auf dem Berg kräftig in jeden Winkel und in sämtliche Baumwipfel blies, was ein schauriges Pfeifen, Rauschen und Brausen verursachte. Ansonsten war auch hier kein Laut zu vernehmen. Das Tosen des Windes verstärkte die gespenstische Stille sogar noch. Die Bergstation, deren Konturen man im schwindenden Nebel ganz gut erkennen konnte, wie auch die beiden Hütten lagen verlassen da. Abgesehen von dem Schwanken und Schwingen, das der Wind verursachte, bewegte sich nichts.

Da ist keiner mehr! Für heute ist ringsum geschlossen!

Mit Blick auf die Eisensteiner Hütte gab Fanni der Gedankenstimme uneingeschränkt recht. Da hatte man, wohl aus Angst vor starken Böen, sogar die Fensterläden zugemacht.

»Im Schutzhaus brennt Licht«, sagte Sprudel.

Fanni konnte einige Augenblicke lang so gut wie nichts sehen, weil der scharfe Wind ihre Augen zum Tränen gebracht hatte. Sie musste reiben und mehrmals blinzeln, bis sie den Lichtschein wahrnehmen konnte, der aus einem der Fenster fiel.

Sprudel war bereits am Schutzhaus angelangt und hatte seine Skier an die Hauswand gelehnt. Er ging auf die Eingangstür zu und wollte sie öffnen. Es stellte sich jedoch heraus, dass sie zugesperrt war.

»Wenn Licht brennt, müsste doch jemand da sein.« Fanni hatte ihre Skier neben Sprudels gelehnt, nahm den Helm ab, trat forsch an das erleuchtete Fenster und spähte hinein.

Nachdem sie zwei-, dreimal den Blickwinkel geändert hatte, konnte sie sehen, was sich drinnen tat. »Da macht einer sauber, fegt gerade den Boden. Die Stühle stehen auf den Tischen.«

»Es sind also keine Gäste mehr da.« Sprudel klang enttäuscht.

Fanni drehte sich zu ihm um. »Wir konnten ja nicht wirklich damit rechnen, dass Minna und Rita gemütlich dort drinsitzen. Aber wenigstens ist jemand da, den wir nach ihnen fragen können.« Sie zog die Handschuhe aus und klopfte mit den Fingerknöcheln ans Fenster.

Der Mann sah von seiner Arbeit auf, schaute sich um und horchte. Als Fanni ein zweites Mal klopfte, glitt sein Blick zu dem Fenster, vor dem sie stand. Sie gestikulierte, um ihm zu verstehen zu geben, dass er sie hineinlassen sollte, aber er machte nur eine verneinende Kopfbewegung.

Da klopfte Fanni wieder und wieder und hörte nicht auf, bis er seinen Besen an die Wand knallte und aus ihrem Sichtfeld verschwand.

Wie erhofft, öffnete sich kurz darauf die Tür. »Sie sehen doch, dass geschlossen ist.«

Sei bloß freundlich, falls du überhaupt zu Wort kommst, bevor er die Tür wieder zuschlägt!

Fanni stellte den Fuß auf die Schwelle. »Entschuldigen Sie die Störung. Wir suchen zwei junge Frauen und wollten fragen, ob sie hier gewesen sind.«

»Sie müssten so gegen halb drei Uhr gekommen sein«, ergänzte Sprudel.

Sowohl Fanni als auch Sprudel hatten einen geradezu liebenswürdigen Ton angeschlagen, was offenbar Wirkung zeigte.

Die abweisende Miene des Mannes, der, wie Fanni erst jetzt sehen konnte, noch recht jung war und einen Wuschelkopf voll krauser Locken hatte, wurde zugänglicher. »Zwei Frauen. Hm. Halb drei. Hm.« Er zog die Unterlippe zwischen die Zähne und kaute darauf herum, bevor er weitersprach. »Besonders viel war ja nicht los heute. Obwohl natürlich ein paar reinkamen, die gemeint haben, sie könnten abwarten, bis sich der Nebel verzieht. Aber die Sicht ist dann eher schlechter als besser geworden.«

Fanni zügelte ihre Ungeduld. Offenbar arbeitete der Verstand des Burschen ein wenig schwerfällig. Ihn zu drängen hatte also überhaupt keinen Sinn, würde ihn nur verwirren und aus dem Konzept bringen. Sie musste wohl oder übel ausharren, bis er so weit war, ihre Frage zu beantworten.

»Irgendwann ist sogar der Gondelbetrieb eingestellt worden«, fuhr der Bursche fort. »Das hat alle vertrieben. Aber dann. Stimmt. Später dann sind noch zwei Mädels aufgetaucht. Ganz verschwitzt. Ich hab zuerst gedacht, das sind Tourengeherinnen. Über die Osthangverlängerung kommen oft Tourengeher rauf, müssen Sie wissen. Aber dann hab ich gesehen, dass sie normale Skischuhe anhatten, keine Tourenskischuhe, die schauen nämlich anders aus. Nicht so klobig.«

Fanni nickte ihm lächelnd zu. »Die Ältere blond, lange Haare? Die Jüngere dunkel, Kurzhaarfrisur?«

Der Bursche begann zu strahlen. »Die Blonde ein bisschen blass, aber die Dunkle schön braun, tolle Figur, hübsche Augen.«

Fanni hätte beinahe auch gestrahlt. »Minna, meine Enkelin. Wann sind die beiden wieder fortgegangen?«

Der Bursche dachte gründlich nach. »Sie haben Tee getrunken und ihre Sachen getrocknet. Das hab ich von der Küche aus gesehen. Ich bin ja nicht im Service. Den macht die Maria, aber die ist schon weg. Hat schnell abkassiert und ist auf und davon. Mieses Geschäft heute.« Er schaute deprimiert zu den verwaisten Gondeln hinüber.

»Und wann sind die beiden Mädels aufgebrochen?«, erinnerte ihn Fanni sanft an ihre Frage.

»Das war, als der Regen nachgelassen hat und die Sicht ein kleines bisschen besser geworden ist.« Er sah Fanni stirnrunzelnd an. »Willst du etwa die genaue Uhrzeit wissen? Die kann ich dir leider nicht sagen. Aber – hm – es muss so um drei herum gewesen sein.«

Fanni war dem Burschen wirklich dankbar für die Auskünfte und sagte es ihm auch. Dann nahm sie den Fuß aus der Tür, die gleich darauf ins Schloss fiel.

»Wir haben sie um eine gute halbe Stunde verfehlt.« Sprudel studierte das Zifferblatt seiner Armbanduhr. »Die Bedienung muss gleichzeitig mit, wenn nicht schon vor ihnen gegangen sein. Als Tobi hier anrief, war demnach nur noch der junge Bursche da, der wohl keine Anrufe entgegennimmt.« Er blickte auf und sah Fanni ermunternd an. »Minna und Rita müssten inzwischen längst unten am Parkplatz angelangt und dort eigentlich mit Hans und Erna zusammengetroffen sein.«

Hätte Hans uns da nicht Bescheid gegeben?, überlegte Fanni.

Sie entschloss sich, ihn anzurufen und nachzufragen. Als sie ihr Mobiltelefon hervorholte, merkte sie, dass es vibrierte. Eilig nahm sie das Gespräch an.

»Na, endlich gehst du ran.« Hans' Stimme klang verärgert.

Fanni schenkte sich eine Antwort darauf.

Sie hatte den Klingelton ihres Smartphones von Anfang an ab- und nie wieder angestellt, weil ihr das ständige Ein und Aus zu umständlich war. Außerdem fürchtete sie, das Ausschalten dann und wann zu vergessen, und wollte sich die Peinlichkeit ersparen, im unpassendsten Moment ihr Handy klingeln hören zu müssen.

Als Hans weitersprach, merkte sie, dass die Verbindung ziemlich schlecht war, und trat ein paar Schritte zur Seite, was nichts besser machte.

Sie hörte ihn aber »… Rita« sagen. Dann gab es Rauschen, durch das allerdings gut verständlich »… getroffen« und »… mitnehmen …« drang.

Fanni atmete erleichtert auf. Das konnte nur eines bedeuten: Minna und Rita waren am Parkplatz auf Hans und Erna gestoßen und würden mit den beiden zurück ins Hotel fahren.

Offenbar hatte sie richtiggelegen, als sie annahm, dass die beiden über den Schmugglerweg zum Schutzhaus aufgestiegen waren (hatte Wuschelkopf nicht gesagt, sie wären ganz verschwitzt angekommen?), weil sie sich rings um die Bergstation und in den beiden Hütten nach Rainer hatten umsehen wollen. Im Schutzhaus hatten sie sich eine Weile ausgeruht und waren dann, weil sie wohl einsahen, dass er nicht einfach so zu finden sein würde, oder weil sie erfahren hatten, dass bereits Bergwachtleute nach ihm suchten, über die Gondelschneise zum Parkplatz abgefahren.

Es war also alles umsonst gewesen: Ritas irgendwie überstürzter Aufbruch, Fannis Aufregung um Minna und die Suchaktion, die Sprudel und sie hierhergeführt hatte. Dafür, dass

Minna und Rita nicht erreichbar gewesen waren, gab es sicher eine ganz einfache Erklärung. Womöglich hatten sie ihre Handys abgeschaltet gehabt, oder die Akkus waren leer; vielleicht hatten sie sich immer dann gerade in einem Funkloch befunden, wenn jemand anrief, oder …

… sie scheuen Klingeltöne! Solche Leute soll es geben! Das Emoticon zog eine despektierliche Grimasse.

Unwillkürlich war Fanni noch ein paar Schritte weitergegangen, und plötzlich zeigte sich die Verbindung ganz prima. Sie konnte Hans auf einmal klar und deutlich hören. »Es hat keinen Sinn, abzuwarten, bis ihr unten seid. Rita hat wie gesagt keinen Autoschlüssel, den hat ja Rainer einstecken. Ich muss also die zwei in meinem Wagen mitnehmen. Das heißt, wir sind zu viert. Ohne das ganze Skizeug würde ich euch beide ja auch noch unterbringen, aber für die Skier muss ich den einen Sitz umklappen. Ihr könnt euch also Zeit lassen bei der Abfahrt, weil ich die erste Fuhre ins Hotel bringen und dann zurückfahren muss, um euch beide einzuladen.«

Hans hatte recht. Sprudel und sie hatten ihr Auto am Morgen beim Hotel stehen lassen und waren bei Hans und Erna eingestiegen. Deshalb würde Hans jetzt zweimal fahren müssen. Außer …

Als der Gedanke in ihrem Kopf aufblitzte, erkannte sie sofort, welche Möglichkeiten sich damit eröffneten. Deshalb sagte sie schnell: »Das musst du nicht. Wir können die Tourenabfahrt nach Bodenmais nehmen und von da mit der Waldbahn nach Zwiesel fahren.«

»Wenn ihr zur Tourenabfahrt wollt, müsst ihr zu Fuß den Osthang rauf«, wandte Hans ein. »Die Lifte stehen ja schon. Der Osthangschlepper war den ganzen Tag nicht in Betrieb.«

»Ach, das macht nichts«, sagte Fanni lässig. »Der Osthang ist ja nicht sehr steil und gar nicht lang.« Sie sah Sprudel die Augen verdrehen. Er hatte wohl gehofft, für heute wäre es genug.

Unversehens brach die Verbindung wieder ab, sodass sie nicht verstehen konnte, was Hans als Nächstes sagte. Sie hörte nur noch ein Grunzen und unverständliches Gemurmel, bevor auch das in einem Rauschen unterging, und legte schließlich auf. Sie glaubte ohnehin zu wissen, was sie von ihm zu hören bekommen hätte: »Wie du willst. Auf meine Meinung hast du ja noch nie was gegeben.«

Stimmt, dachte sie und verstaute ihr Handy.

Als sie sich zu Sprudel umdrehte, begegnete sie seinem erschrockenen Blick.

»Die Tourenabfahrt«, stöhnte er, als hätte sie von ihm verlangt, beim Engadin Skimarathon mitzumachen.

Fanni drückte seinen Arm. »Ich weiß, dass es da zwei lästige Gegenanstiege gibt und dass wir uns zuerst noch über den Osthang raufquälen müssen, um überhaupt zum Startpunkt zu kommen. Aber …«, sie setzte den Skihelm auf, zog die Handschuhe an und machte sich fertig zum Aufbruch, »… denk an Rainer und daran, dass er sich über die Tourenroute abgeseilt haben könnte, vorausgesetzt, Wieser hat mit seiner Theorie recht. Sollen wir uns die Gelegenheit, der Spur zu folgen, wirklich entgehen lassen? Wann könnte es denn besser passen als jetzt?«

Sie konnte Sprudel ansehen, dass er so gut wie kein Interesse daran hatte, der Frage nachzugehen, wie Rainer Renker sich verdrückt haben mochte. Sollte der Kerl doch untertauchen, wenn ihm danach war. Für einen verletzten Rainer Renker hätte Sprudel sicher gern weitere Anstrengungen auf sich genommen, aber einen, der falsche Spuren gelegt und einen Fluchtweg ausgetüftelt hatte, um alle hinters Licht zu führen, wollte er gewiss liebend gern der Kripo überlassen.

»Bitte, Sprudel«, sagte Fanni, weil sie wusste, dass er dann nicht Nein sagen würde.

Und deshalb ist dieses »Bitte« eine ganz fiese Masche! Das Emoticon zeigte ein grimmiges Gesicht.

Sprudel griff nach seinen Skiern. »Dann sollten wir uns wohl besser auf den Weg machen. Wenn der Nebel wieder einfällt und es auch noch dämmrig wird, landen wir womöglich kopfüber im Arber-See.«

Fanni wollte ihm einen Kuss geben, der aber sein Ziel nicht

erreichte, weil ihre Skihelme im Weg waren. »Dazu müssten wir schon komplett die Orientierung verlieren.«

Der Osthang, den Fanni und Sprudel wiederum mit geschulterten Skiern zu Fuß hinaufsteigen mussten, war um einiges steiler als der Schmugglerweg. Zudem zeigte sich die Schneedecke viel weniger platt gefahren als auf dem Ziehweg und den Pisten an Nord- und Sonnenhang, sodass sich der Aufstieg als höchst beschwerlich erwies. Sie mussten mehrere Pausen einlegen, die sie sich wegen der nahenden Dämmerung eigentlich gar nicht leisten konnten.

Einmal, als sie stehen geblieben waren, um durchzuatmen und die angespannten Muskeln zu lockern, hörte Fanni erneut das Brummen eines Motors. Diesmal zweifelte sie nicht daran, dass irgendwo in der Nähe ein Fahrzeug unterwegs war, dachte aber, es müsse sich um eine der Pistenraupen handeln, die nach Betriebsschluss der Bahnen täglich die Skiabfahrten präparierten.

Als sie endlich das Plateau erreichten, auf dem sich linker Hand der felsige Arber-Gipfel und rechter Hand die beiden Radartürme erhoben, fühlte Fanni sich regelrecht erschöpft. Auch Sprudel wirkte, als könne er keinen weiteren Schritt mehr tun.

Doch hier oben war ihnen nicht die kleinste Pause vergönnt, denn der Wind fegte über die Hochfläche, trieb nasskalte Dunstschleier vor sich her und ließ sie nach dem schweißtreibenden Aufstieg vor Kälte schaudern.

Fanni schenkte weder dem Gipfelkreuz einen Blick, das auf seinem Felsaufbau thronte und im diesigen Licht wie ein Gerippe wirkte, noch den beiden Türmen, deren riesige, silbrig glänzende Kugeldächer wie ein grotesker Kopfputz wirkten. Sie stieg, so schnell es ging, in die Bindung ihrer Skier und schob sich dann hastig südwestwärts, bis sie die Stelle erreichte, wo das Gelände wieder abfiel und sich zu einem kurzen Ziehweg verengte, der in die Tourenabfahrt mündete.

Dort zog sie den Reißverschluss ihres Anoraks bis zum Kinn hoch, schloss den Helm fester, gab Sprudel ein Daumenhoch-Zeichen und machte dann den ersten tastenden Schwung.

Der Anfang des Ziehwegs war, weil kahl und ungeschützt, wie immer vereist. Selbst die relativ hohen Temperaturen und die Nässe hatten es nicht geschafft, die Eisschicht aufzutauen, die – gebildet vom bitterkalten Böhmerwaldwind – den Schotterweg überzog.

Als ihr Talski seitlich wegrutschte, wusste sie, wo der Rocker seine Grenzen hatte. Sie spannte sich an und presste die Stahlkanten ins Eis, bis sie meinte, die Verkrampfung in den Beinen würde sich nie wieder lösen lassen.

Endlich wurde die Fahrschneise flacher, griffiger, aber fast übergangslos auch wieder sulzig, und Fanni musste kurz stehen bleiben, um Knie und Oberschenkel ein wenig Entspannung zu verschaffen. Sie warf einen Blick zurück und sah Sprudel mit quer gestellten Skiern über eine Eisplatte herunterrutschen. Unten fing er sich, schwang auf sie zu und kam neben ihr zum Stehen.

Fanni hätte nicht sagen können, was in diesem Augenblick ihren Blick zurück aufs Plateau zog. Vielleicht war es bloß ein seltsamer Reflex, vielleicht hatte sie unbewusst eine Bewegung wahrgenommen. Jedenfalls schaute sie hinauf und sah oben – etwas verschwommen zwar, aber unverkennbar – eine Gestalt stehen, die auf sie herunterblickte.

Erschrocken fuhr sie zu Sprudel herum. »Schau, da oben steht einer. Ich glaube, der beobachtet uns.«

Sprudel sah eine Weile hinauf, dann schüttelte er den Kopf. »Da ist keiner.«

Fanni hatte ebenfalls wieder hochgeblickt und musste zugeben, dass Sprudel recht hatte. Die Gestalt war verschwunden. War sie zuvor tatsächlich da gewesen? Womöglich hatte sie sich ja geirrt. Aber eines war gewiss: Von irgendwo dort oben war wieder das Brummen eines Motors zu hören.

Fanni blieb keine Zeit, über die Sache nachzudenken, denn Sprudel und sie hatten noch ein schönes Wegstück vor sich.

Eine acht Kilometer lange Abfahrt! Bei tückischem Schnee und noch immer eingeschränkter Sicht! Außerdem seid ihr müde und fraglos überanstrengt! Das Emoticon hatte beide Hände über die Augen gelegt, was Fanni im Sinne von »Ich kann das alles nicht mehr mit ansehen« interpretierte und in ihr die Hoffnung keimen ließ, damit wäre der Spuk zu Ende.

Die Tourenabfahrt war kein Neuland für Fanni und Sprudel. Daher wussten sie, dass der erste Abschnitt bis zum Kreuzungspunkt mit der Langlaufloipe recht gemütlich zu befahren war. Danach ging es ein Stück durch eine schmale, recht flache Waldschneise, auf der man mit den Stöcken anschieben musste, um vorwärtszukommen. Das war ein wenig hinderlich, aber nicht wirklich anstrengend. An der Abzweigung zur Chamer Hütte allerdings würde die Tourenroute deutlich ansteigen, und von da an würde es eine Weile wirklich beschwerlich werden.

Eine kurze Abfahrt unterbrach dort den Anstieg und mündete in die Loipe, die an der Auerhahnstraße entlanglief. Danach ging es wieder aufwärts, mäßig aber nur, sodass sich die Steigung mit angeschnallten Skiern im Schlittschuhschritt bewältigen ließ, vorausgesetzt, die Schneedecke war glatt und fest, und man hatte genügend Kraftreserven. Mit beidem war es schlecht bestellt, weshalb Fanni und Sprudel erst gar nicht versuchten, die Strecke im Schlittschuhschritt zu überwinden.

Die Füße wie Zaunpfähle in die Bindung zementiert, schlurften sie steifbeinig nebeneinanderher.

Fanni registrierte, wie Sprudel einen sehnsüchtigen Blick in Richtung Kleiner Arber warf, an dessen Fuß – von ihrer Warte aus nicht sichtbar – sich die Chamer Hütte befand, wo es eine gut beheizte Gaststube gab und eine recht passable Speisekarte. Die ehemalige Jugendherberge war ab 1999 nicht mehr bewirtschaftet worden und hatte fast zehn Jahre lang ein trauriges Dasein gefristet, bis ihr der Bodenmaiser Skiclub, das Loipennetz und eben die Tourenabfahrt zu einem Comeback verhalfen.

Die Chamer Hütte hat sicher geöffnet und bietet sogar Schlafplätze! Sprudel wäre begeistert, wenn du ihm den Vorschlag machen würdest, da zu übernachten!

Fanni rümpfte die Nase. Der Gedanke an den Schweißgeruch, den Hunderte von Langläufern in der Hütte hinterlassen hatten, brachte sie beinahe zum Würgen. Mit geradezu verzweifelter Entschlossenheit stieß sie sich ab, wechselte in einen schwungvollen Schlittschuhschritt und kämpfte sich bis auf die Kuppe, die das Ende des Anstiegs bildete.

Dort blieb sie keuchend stehen und wartete, dass Sprudel zu ihr aufschloss. »Ab jetzt ist es einfach.«

Sprudel nickte. Zum Sprechen fehlte ihm der Atem.

In großen Schwüngen folgten sie dem breiten Weg talwärts, legten erst weit unter dem Buchhüttenschachten eine Pause ein.

Fanni wischte sich die tränenden Augen. »Jetzt haben wir es gleich geschafft.«

Ihre Ankündigung erwies sich als voreilig, denn sie hatte nicht bedacht, dass die Nässe dem Schnee weiter unten viel mehr zugesetzt hatte als in höheren Lagen. Bis zur Steigenfels-Kapelle fanden sie noch eine geschlossene Schneedecke vor, aber danach wurde es haarig. Den ersten aperen Stellen ließ sich noch einigermaßen leicht ausweichen. Aber nach jeder der am Wegrand angebrachten Kreuzwegtafeln (sie standen Fannis Schätzung nach in knapp hundert Metern Entfernung voneinander) gab es immer längere beinahe schneefreie Strecken. An der Station »Veronica reicht Jesus das Schweißtuch« schrappte Fanni über ein paar Kiesel, die sie übersehen hatte, und stürzte.

»Fanni?« Sprudel beugte sich zu ihr hinunter.

»Nichts weiter passiert«, versicherte sie ihm. »Aber jetzt ist es genug. Auf Skiern kommen wir nicht weiter.«

Sprudel nickte, half ihr auf, und zum dritten Mal an diesem Tag schulterten sie ihre Bretter.

Eine knappe Viertelstunde später erreichten sie die ersten Häuser des Ortsteils Klause und gleich darauf die Fahrstraße.

Links davon fiel ein flacher Hang nach Süden ab, über den man bei guter Schneelage bis zum Bodenmaiser Hallenbad abfahren konnte. Vom Hallenbad aus war der Bahnhof zu Fuß durch einen kleinen Park schnell zu erreichen.

Oben am Hang, an einer Biegung des Sträßchens, gab es einen kleinen Parkplatz, der von den Tourengehern gern benutzt wurde.

Fanni ging darauf zu. »Hier könnte Rainer sein Fluchtauto abgestellt haben.«

Sprudel stimmte ihr zu, stellte seine Skier ab und lehnte sich an einen Altglascontainer. »Gut, spielen wir die Variante mal durch: Rainer will untertauchen und das Ganze so hinstellen, als wäre er Opfer eines Verbrechens geworden. Er legt also eine Spur, die glauben macht, er sei in einer Gondel verletzt oder getötet, dann hinausgestoßen und schließlich verschleppt worden. In Wirklichkeit ist er zum Arber-Gipfel aufgestiegen und die Tourenabfahrt runtergefahren. Er ist mit Skiern, in Skiklamotten und ohne Gepäck hier angekommen. Da wäre ein Auto samt Reisegepäck sehr zu wünschen gewesen. Aber wie hätte er es anstellen sollen, hier eines zu deponieren?«

Sprudel hatte recht. Rita und Rainer waren wie alle anderen erst zwei Tage zuvor angereist. Sie lebten in Dresden, waren dort in der Gründung eines kleinen Start-ups, aus dem einmal ein gewinnbringendes Catering-Unternehmen werden sollte.

Zufälligerweise waren Fanni und Sprudel auf dem Parkplatz des Picklerhofes gerade dabei gewesen, ihr restliches Gepäck aus dem Auto zu holen, als die beiden zusammen in dem Wagen angekommen waren, der jetzt auf dem Parkplatz der Talstation am Arber stand, weil Rita offenbar keinen Schlüssel dafür hatte.

Rainer und Rita hatten nach ihrer Ankunft ihr Zimmer bezogen und den Abend dann gemeinsam mit allen anderen verbracht. Sie hatten sich an diesem Morgen um acht zum Frühstück eingefunden und waren dann zusammen mit allen anderen ins Liftgebiet aufgebrochen.

Fanni sah nur zwei Möglichkeiten, wie ein zweites Auto hätte in Stellung gebracht werden können: Rita und Rainer waren getrennt angereist und hatten entweder schon auf der Herfahrt einen Abstecher nach Bodenmais gemacht, oder sie hatten das zweite Auto irgendwo im Umkreis des Hotels stehen lassen und waren in der Nacht ausgerückt, um die Sache unter Dach und Fach zu bringen. Beides setzte voraus, dass Rita mit ihrem Mann unter einer Decke steckte. Aber warum hatte sie keinen Autoschlüssel für den Wagen an der Talstation eingesteckt, wenn sie wusste, dass Rainer fort sein würde?

Winkelzug? Die Miene des Emoticons wirkte zweiflerisch.

Mit Recht, dachte Fanni. Das wäre doch etwas zu ausgeklügelt.

»Er könnte sich ein Taxi bestellt haben«, sagte Sprudel. »Das wäre allerdings relativ leicht nachzuprüfen.«

Eben, dachte Fanni. Und genau das wird Wieser tun. Schließlich braucht er Indizien, um seine Theorie zu untermauern. Auch wenn Rainer als Fahrgast nicht hundertprozentig identifiziert werden könnte, würde ein Skifahrer, der sich hier abholen lässt und auf den Rainers Beschreibung ungefähr passt, sehr für Wiesers Theorie sprechen.

»Aber wohin hätte er mit dem Taxi fahren sollen?«, fragte Sprudel.

Da blieb wohl nur ein Hotel. Im Fremdenverkehrsort Bodenmais gab es genügend. Jetzt, Ende März, waren sicherlich auch etliche Zimmer frei. Aber einem Gast in Skimontur, Skischuhen und ohne weiteres Gepäck, der nach einem Zimmer fragte, würde vielleicht Misstrauen entgegenschlagen.

Er hätte zu Fuß in den Ort gehen, sich dort Klamotten und einen Koffer kaufen und dann nach einem Zimmer suchen können! Das Emoticon linste über den Rand einer Gelehrtenbrille.

Wie so oft musste Fanni der Gedankenstimme recht geben. In dem touristisch geprägten Ort hätte Rainer problemlos untertauchen können.

Wenn es so gelaufen wäre, müsste er noch hier sein!

Auch das wird Wieser nachprüfen, dachte Fanni.

»Klüger wäre es gewesen, die Waldbahn zu nehmen«, sagte Sprudel.

Fanni lächelte ihm zu und schulterte wieder einmal ihre Skier. »Wir fragen den Schaffner.«

Sie hatten Glück und brauchten nur knapp zwanzig Minuten zu warten, bis die Bahn abfuhr. Zusammen mit ihnen stiegen etwa zehn weitere Fahrgäste ein. Ein Langläufer mit entsprechender Ausrüstung, ansonsten Leute, die offenbar von ihrer

Arbeitsstelle kamen oder von einem Besuch bei Freunden oder Angehörigen. An der Haltestelle »Böhmhof« stiegen die ersten schon wieder aus. Bald darauf kam der Schaffner.

»Darf ich Sie was fragen?«, sagte Fanni, nachdem er ihre Fahrkarten kontrolliert hatte.

Er machte ein Gesicht, das deutlich sagte: »Ich kann Sie wohl kaum daran hindern.«

Dass der Mann sich so unzugänglich gab, ließ sie zögern. Wenn sie es falsch anfing, würde er sie abblitzen lassen. Sie musste versuchen, einen Zugang zu ihm zu finden.

Dafür, dachte Fanni, eignet sich nichts besser als eine alltägliche Geschichte.

»Dummerweise haben wir unseren Bekannten verpasst«, begann sie zu flunkern. »Und überlegen gerade, ob er eventuell schon mit einer früheren Bahn zurückgefahren ist. Sie sind ja sicher schon länger im Dienst heute?«

Der Schaffner nickte gnädig. »Seit Mittag – Punkt zwölf.«

Fanni lächelte ihn strahlend an. »Dann ist er Ihnen vielleicht aufgefallen. Er ist Anfang vierzig, war genau wie wir mit Skiausrüstung unterwegs, ist groß und kräftig, hat ein wenig schüttere –«

Der Schaffner ließ sie Rainers Beschreibung nicht zu Ende bringen. »Ich hatte heute keinen Fahrgast mit Skiausrüstung. Jedenfalls bis jetzt nicht«, fügte er nach einer kleinen Pause hinzu, streifte Fanni mit einem missfälligen Blick und sah dann aus dem Zugfenster, an dem Regentropfen hingen.

Draußen war es mittlerweile dämmrig geworden. Erneut war Nebel eingefallen, der aber jetzt nicht mehr milchig wirkte, sondern schmutzig.

»Wer geht denn schon Skifahren bei dem Wetter?«, fuhr der Schaffner mehr mit sich selbst redend fort. »Die Sicht muss den ganzen Tag gleich null gewesen sein.« Schließlich wandte er sich wieder an Fanni. »Ihr Freund ist vermutlich so schlau gewesen, schon am Vormittag wieder zurückzufahren.«

Fanni dankte dem Mann übertrieben höflich für seine Auskunft, während sie still für sich den Kopf schüttelte. Den Vormittag über hatte sich Rainer auf jeden Fall noch im Liftgebiet aufgehalten.

Sie selbst hatte ihn ja gegen Mittag noch gesehen, als sich alle außer Sprudel und ihr in Richtung Arber Stadl aufgemacht hatten. Ihrer Berechnung nach konnte er frühestens um zwei in die Waldbahn gestiegen sein.

4

»Wen rufen wir an?«, fragte Fanni, als Sprudel und sie eine halbe Stunde später in Zwiesel auf dem Bahnsteig standen. »Irgendjemand muss uns hier abholen. Zu Fuß ist es viel zu weit bis zum Picklerhof. Selbst ohne Skier auf den Schultern und ohne Skistiefel an den Füßen würden wir eine gute Stunde brauchen.«

Seit wann muss man Sprudel Offensichtliches erklären? Das Emoticon grinste breit.

Auch Sprudel musste schmunzeln.

Als sie ihn fragend ansah, sagte er: »Wir bitten Hans, uns abzuholen. Leni und Marco haben mit den Kindern genug zu tun.«

Er musste nicht aussprechen, dass man von Leo grundsätzlich keinen Gefallen einforderte, dass man Vera besser nicht aufscheuchte, wenn man sich Wirbel ersparen wollte, und dass sowohl Rita als auch Sigi nicht in Frage kamen, die ja zum einen eigentlich Fremde für sie waren, zum anderen (sofern sich die Sache mit Rainers Verschwinden nicht inzwischen aufgeklärt hatte) geringstenfalls nervös, schlimmstenfalls schwer besorgt.

Der Gedanke an Rita brachte Fanni wieder auf die Frage, warum sie keinen Schlüssel für den Wagen gehabt hatte, der auf dem Parkplatz an der Talstation stand.

Während Sprudel mit Hans telefonierte, gelangte sie zu dem Schluss, dass dieser Punkt deutlich gegen Wiesers Theorie sprach, denn warum hätte Rainer den Autoschlüssel mitnehmen sollen, wenn er untertauchen wollte? Aus Versehen? Oder doch aus Kalkül?

Fanni hüpfte ein wenig auf der Stelle, weil ihr langsam kalt wurde, und dachte zum x-ten Mal über diese Theorie nach.

Manche Hinweise sprechen dafür, überlegte sie, andere dagegen. Mal neigt sich die Waage in die eine, mal in die andere Richtung.

Die Erkenntnisse, die Sprudel und sie durch den Abstecher

nach Bodenmais und die Fahrt mit der Waldbahn gewonnen hatten, wogen zusammen mit dem Rätsel um den Autoschlüssel ganz schön dagegen, fand Fanni.

Hans' Eintreffen riss sie aus ihren Gedanken.

»Sie hat sich noch immer nicht gemeldet«, sagte er, nachdem die Skier in seinem Wagen verstaut waren, Fanni auf dem Rücksitz und Sprudel vorne Platz genommen hatten. »Wo kann sie bloß stecken?«

Fanni wartete, bis er aus der Parklücke rangiert hatte, bevor sie sagte: »Würdest du uns bitte erklären, von wem du redest?«

Hans wandte kurz den Kopf und warf ihr einen verwirrten Blick zu. »Von Minna natürlich. Was hast du denn gedacht?«

»Minna«, wiederholte Fanni, als wäre ihr der Name kein Begriff. »Minna ist doch vor gut zwei Stunden mit euch zum Hotel gefahren.«

Es dauerte eine Weile und bedurfte mehrmaligen Nachfragens, bis sie begriff, dass ihr bei ihrem Telefongespräch mit Hans die wichtigste Information offenbar entgangen war, und gleichzeitig wurde ihr klar, dass Rita nach der Abfahrt vom Schutzhaus allein am Parkplatz angekommen war. Sie und Minna hatten sich anscheinend irgendwo unterwegs verloren.

»Aber hast du nicht gesagt, ihr seid zu viert im Wagen?« Fanni war sich sicher, Hans so verstanden zu haben.

»Waren wir ja auch«, beschied er ihr. »Rita, Sigi, Erna und ich.«

»Und Minna? Verdammt. Warum hat es dich nicht gekümmert, was aus ihr geworden ist? Warum bist du ohne sie losgefahren? Und warum hast du mir gegenüber mit keinem Wort erwähnt, dass sie nicht bei euch ist?« Fanni war fuchsteufelswild. »Wie konntest du einfach abhauen und Minna zurücklassen?«

»Was hätte ich denn machen sollen?«, verteidigte sich Hans. »Wir haben ja eh getan, was wir konnten. Und dass Minna nicht bei uns ist, habe ich dir mehr als einmal gesagt. Gib nicht mir die Schuld, wenn du nicht zuhören kannst.«

Fanni wollte ihm gerade entgegenschleudern: »Wenn du was darüber gesagt hättest, dann wüsste ich davon«, als ihr einfiel, wie schlecht die Verbindung während ihres Telefongesprächs gewesen war.

Hans hatte ihr wohl tatsächlich von Minnas Ausbleiben berichtet, aber sie hatte wegen der vielen Störgeräusche und Unterbrechungen nichts davon mitbekommen.

Sie stöhnte gequält auf. Wie hatte ihr ausgerechnet der entscheidende Punkt seiner Nachricht entgehen können?

»Was hätten wir denn deiner Meinung nach sonst noch machen sollen?«, wiederholte Hans indessen. »Wir haben länger als eine halbe Stunde auf sie gewartet, haben es zigmal auf ihrem Handy versucht. Wir sind die Straße auf- und abgelaufen, haben nach ihr gerufen, haben sogar in den Toiletten nachgesehen. Aber irgendwann haben wir einfach nicht mehr weitergewusst.« Er verstummte und fragte dann erneut: »Was hättest du denn an unserer Stelle getan?«

Fanni presste die Kiefer aufeinander, bis es wehtat. Was hatte es für einen Sinn, sich mit Hans wegen irgendwelcher Versäumnisse herumzustreiten?

Sie lehnte sich in die Polster zurück und atmete durch. Ruhig, befahl sie sich. Du musst dich beruhigen und deinen Verstand arbeiten lassen.

In wenigen Minuten würden sie am Hotel eintreffen, dann konnte sie Rita fragen, wann und wo sie und Minna sich aus den Augen verloren hatten. Sobald das geklärt war, würde sie Marco zurate ziehen. Wozu hatte man einen Profi in der Familie? Und sie würde schwer hinterher sein, dass Marco alles nur Denkbare unternahm.

Fanni schloss die Augen, hörte Hans und Sprudel vorne eine leise Unterhaltung führen, horchte aber nicht auf das, was sie sagten.

Die Frage, was mit Minna geschehen sein mochte, peinigte sie. Die Einsicht, dass sie nicht richtig nachgefragt, sondern einfach von der Annahme ausgegangen war, Minna und Rita seien zusammen am Parkplatz angekommen, verursachte ihr Schuldgefühle.

Sie war so erleichtert gewesen, nachdem der junge Bursche

im Schutzhaus Minna und Rita als die letzten Gäste identifiziert hatte. Und Hans' Aussage: »Ich muss also die zwei in meinem Wagen mitnehmen« (ja, sie erinnerte sich genau an den Wortlaut) hatte sie dann vollends beruhigt. Sie hatte Minna in Sicherheit geglaubt und nichts Besseres zu tun gehabt, als in Sachen Rainer Renker Detektiv zu spielen.

Wenn ich geahnt hätte, dass Minna … Sie brachte den Gedanken nicht zu Ende, denn Hans bog soeben in den Parkplatz des Hotels ein.

Kaum hatte er den Motor abgestellt, sprang Fanni aus dem Wagen. »Wo ist sie?«

Hans sah sie verständnislos an.

»Rita«, fuhr Fanni ihn an. »Ich will mit ihr reden. Weißt du, wo ich sie finden kann?«

Hans stieg aus und deutete auf zwei hell erleuchtete Fenster neben dem Hoteleingang. »Als ich vorhin losgefahren bin, war sie mit den anderen zusammen in der Cafeteria.«

Er sah aus, als wolle er noch etwas hinzufügen, aber Fanni ließ ihn einfach stehen, stürmte auf den Hoteleingang zu, riss die Tür auf und polterte in ihren Skistiefeln ins Foyer.

Auf halbem Weg zur Cafeteria, die sich gleich angrenzend befand, gelang es Sprudel, sie zu stoppen. »Fanni, warte. Lass uns doch erst mal andere Schuhe anziehen.«

Aber sie schüttelte nur störrisch den Kopf und eilte weiter. Für höfliche Rücksichtnahme hatte sie keine Zeit.

Ihre Skischuhe verursachten ein unangenehm knirschendes Geräusch auf den Keramikfliesen in der Hotelhalle und einen dumpf dröhnenden Ton auf dem Spannteppich in der Cafeteria.

Ungerührt marschierte sie am Bartresen vorbei, kümmerte sich weder um das Stirnrunzeln eines Kellners, der gerade ein Bier zapfte, noch um die Blicke der Gäste und hielt auf den runden Tisch zu, an dem sie Rita und Erna entdeckt hatte. Mit einem Anflug von Ärger registrierte sie, dass beide leere Kaffeetassen und Kuchenteller vor sich stehen hatten. Weder Rainers noch Minnas Verschwinden schien ihnen den Appetit verschlagen zu haben.

Apropos Appetit verschlagen! Vera wird sich sicherlich große Sorgen machen! Bernhard und Max sorgen sich natürlich auch! Wahrscheinlich haben sie längst die Polizei informiert! Eine ganze Reihe von Emoticons in verschiedenen Stadien der Erregung erschien in Fannis Kopf.

Ohne sich mit irgendeiner Form von Begrüßung aufzuhalten, ließ sie sich auf einen der freien Stühle fallen. »Und jetzt, Rita, berichtest du mir haarklein, wie es sein kann, dass du ohne Minna am Parkplatz angekommen bist.«

»Das hab ich inzwischen schon dreimal erzählt«, wehrte Rita ab.

»Dann erzählst du es eben ein viertes Mal.« Fannis Ton war scharf.

Als sie merkte, dass Erna sich einmischen wollte, warf sie ihr einen derart vernichtenden Blick zu, dass die den Mund schnell wieder zuklappte.

»Ihr seid im Schutzhaus gewesen«, half sie Rita auf die Sprünge.

»Weil es so geregnet hat, haben –«, begann Rita, aber Fanni schnitt ihr sogleich das Wort ab.

»Das ist mir schon klar. Und als der Regen wieder nachgelassen hat, habt ihr beschlossen aufzubrechen. Anscheinend seid ihr die letzten Gäste gewesen.«

Rita nickte. »Ich glaube schon.«

»Ihr seid hinausgegangen und habt die Skier angeschnallt.«

Erneutes Nicken.

»Dann seid ihr in die Schneise gefahren.«

Diesmal kam ein Kopfschütteln. »Das haben wir zwar vorgehabt, aber schon nach ein paar Metern ist Minna auf einmal stehen geblieben und hat gesagt, sie muss kurz was nachschauen. Ich sollte schon mal vorausfahren und – wie ausgemacht – den rechten Rand der Schneise absuchen. Sie würde den linken übernehmen und mich ja leicht einholen. Minna fährt viel besser als ich und hätte sowieso irgendwann auf mich warten müssen. Also bin ich los.«

»Aber Minna kam nicht nach.«

»Jedenfalls habe ich sie ab da nicht mehr gesehen«, antwortete Rita.

Das klingt plausibel, dachte Fanni. Minna könnte auf der linken Seite der Schneise hinuntergefahren sein, ohne dass Rita sie bemerkt haben müsste. Minna könnte sogar noch vor ihr an der Talstation angekommen sein.

Und da ist sie zu jemandem ins Auto gestiegen und ist mit ihm auf und davon!

Fanni tat den Gedanken als vollkommen absurd ab.

Selbst wenn Minna an der Talstation überraschend einen Bekannten getroffen hätte (was so unwahrscheinlich war wie eine Wintersaison bis Pfingsten) und zu ihm ins Auto gestiegen wäre, um wo auch immer mit ihm hinzufahren, dann hätte sie sich längst gemeldet.

Für viel wahrscheinlicher hielt Fanni, dass Minna gar nicht erst so weit gekommen war.

Was aber konnte ihr unterwegs zugestoßen sein?

Fanni versuchte sich zu erinnern, ob es in der Schneise irgendwelche Steilabbrüche oder Klüfte gab, die bei schlechter Sicht zur Falle werden konnten. Aber da war nichts. Die Pisten im Arber-Gebiet waren bestens gesichert.

Wenn sie weder im Tal angekommen noch unterwegs verschüttgegangen ist, dann müsste Minna sich ja noch in der Nähe des Schutzhauses befinden!

Eigenartigerweise fühlte sich diese Auslegung irgendwie stimmig an.

Nur was konnte Minna im Umkreis des Schutzhauses widerfahren sein?

Ranken sich um die Bayerwaldberge nicht eine Menge Legenden? Mythen von der Lusenhexe zum Beispiel, die im Teufelsloch hausen und Leute dort verschwinden lassen soll? Oder Sagen von der Alten vom Arber, die vorzugsweise im Nebel auftaucht …

Fanni unterdrückte ein Stöhnen und wandte sich wieder den beiden Frauen zu. »Was genau habt ihr unternommen, nachdem Minna nicht aufzufinden war?«

Außer ohne sie ins Hotel zu fahren, Kaffee zu trinken und Kuchen zu essen, setzte sie in Gedanken hinzu.

»Wir haben es dauernd auf ihrem Handy versucht«, sagte Erna.

Fanni wusste nicht, ob sie sie anschreien oder auslachen sollte. Warum hatten sie nicht Alarm geschlagen? Einen Suchtrupp organisiert?

Sie wandte sich mit einem Ruck um, als Sprudel ihr die Hand auf die Schulter legte. »Marco hat Wieser verständigt, nachdem er von Hans erfahren hatte, dass Minna …« Er stockte kurz und sagte dann nachdrücklich: »… vermisst wird. Wieser hat daraufhin die Bergwacht auf den Plan gerufen. Die suchen jetzt schon seit einer ganzen Weile nach ihr.«

Woher hatte Sprudel diese Information? Die konnte eigentlich bloß von Marco selbst stammen. Wann hatte Sprudel mit ihm gesprochen?

Fanni warf einen kurzen Blick in die Runde, weil sie meinte, ihr Schwiegersohn müsse an einem der Tische sitzen, aber er war nirgends zu entdecken. Die Cafeteria zeigte sich zwar gut besucht, aber außer Erna, Rita, Sprudel und Hans, der eben hereinkam, sah Fanni niemanden, den sie kannte.

Erst als ihr Blick zu Sprudel zurückkehrte und registrierte, dass Sprudel im Skikeller und sogar auf dem Zimmer gewesen war, denn er trug jetzt Straßenschuhe und eine Wollhose, wurde ihr klar, dass er Marco irgendwo auf dem Weg getroffen haben musste.

Er könnte ihn aber auch angerufen haben! Das Emoticon hielt eine Faust mit abgespreiztem Daumen und kleinem Finger ans Ohr.

Fanni bezichtigte die Gedankenstimme erbost, sie mit derartigen Belanglosigkeiten ganz konfus zu machen, und begann sich besorgt zu fragen, ob der Suchtrupp der Bergwacht gründlich genug vorging, ob genug Leute für die Suche abgestellt waren, ob Wind, Nebel und Dunkelheit die Mannschaft nicht frühzeitig zum Aufgeben zwangen.

»Die sind noch mal ausgerückt?«, fragte Rita erstaunt

mit (wie Fanni herauszuhören meinte) einer Spur Missgunst in der Stimme. »Hieß es nicht am Nachmittag, dass bei dem Wetter …« Sie verstummte und senkte den Blick verlegen in ihre Kaffeetasse.

»Es ist zwar inzwischen dunkel«, erklärte Sprudel, »aber es hat aufgeklart. Mit ordentlichen Stirnlampen hat man relativ gute Sicht.«

Am liebsten wäre Fanni wieder ins Skigebiet zurückgekehrt, musste sich vernünftigerweise aber eingestehen, dass sie dort absolut nichts ausrichten konnte. So oder so blieb ihr nichts anderes übrig, als sich auf die Erfahrung und Kompetenz der Bergwachtleute zu verlassen und darauf zu hoffen, dass Minna bald gefunden werden würde.

Ließe sich die Wartezeit mit einer Tasse Kaffee und einem Stück Kuchen nicht ein wenig leichter ertragen?

Fanni hatte gerade aus purem Trotz verneinen wollen, sah stattdessen aber irritiert auf, weil im Raum eine gewisse Unruhe entstanden war. Gespräche wurden unterbrochen und erst nach einigen Augenblicken wieder fortgesetzt. Stühle wurden gerückt. Köpfe wandten sich dem Eingang zu. Automatisch schaute auch Fanni dorthin und erblickte einen Mann in voller Skimontur, der sich suchend umsah. Als ihre Blicke sich kreuzten, setzte er sich in Bewegung und stapfte in seinen schweren Skistiefeln unter missbilligendem Gemurmel einiger Gäste auf ihren Tisch zu. Erst als er schon neben ihr stand, erkannte Fanni ihn.

Patrick pochte mit den Fingerknöcheln auf die Tischplatte. »Wir haben sie.«

»Minna?« Fanni sprang von ihrem Stuhl auf, setzte sich jedoch wieder, als ihr bewusst wurde, dass so gut wie alle Gäste jetzt zu ihr herübersahen. »Wo ist sie? Geht es ihr gut?«

Patricks Miene drückte Besorgnis aus. »Wir haben sie ins Krankenhaus gebracht. Sie hat eine schlimme Verletzung.«

Wie schlimm? Was ist mit ihr passiert? Wo habt ihr sie gefunden?

Fanni wusste nicht, was sie zuerst fragen sollte, und brachte kein Wort heraus. Stumm schaute sie zu, wie Sprudel für Patrick einen Stuhl zurechtrückte und ihn bat, Platz zu nehmen.

Nachdem Patrick sich gesetzt hatte, fragte Sprudel: »Wissen Minnas Eltern schon Bescheid?«

Patrick nickte. »Die sind bereits auf dem Weg ins Krankenhaus. Sie konnten umgehend informiert werden, weil sie sowieso in der Einsatzzentrale waren und auf Meldungen gewartet haben.« Sprudels nächster Frage kam er gleich zuvor. »Was genau passiert ist, kann bis jetzt noch niemand sagen. Ihre Enkelin war nicht bei Bewusstsein, als sie gefunden wurde.« Er sah Fanni forschend an und begriff anscheinend, dass sie alles hören wollte, was es zu berichten gab. Er berührte kurz ihre Hand, bevor er fortfuhr: »Wäre Minnas Bruder nicht gewesen, würde die Suchmannschaft wahrscheinlich noch immer in der Gondelschneise patrouillieren. Aber Max ist irgendwann zu uns gestoßen und hat mehrmals darauf hingewiesen, dass Minna zuletzt in der Nähe vom Schutzhaus gesehen worden ist. Er wollte unbedingt, dass dort verstärkt gesucht wird, und hat nicht lockergelassen, bis sich ein ganzer Trupp rund ums Schutzhaus verteilt hat. Mittlerweile waren ja auch ein paar von den Soldaten aus den Radartürmen mit von der Partie. Die werden zur Vermisstensuche abgestellt, wenn die Bergwacht sie zur Verstärkung anfordert. Max hat Minna schließlich in dem alten Schuppen entdeckt, der auf der Rückseite ans Schutzhaus angebaut ist. Wenn er nicht so beharrlich gewesen wäre …« Patrick ließ den Rest des Satzes in der Luft hängen.

Fanni dankte allen Göttern, existent oder nicht, dafür, dass sie Max zu seiner verletzten Schwester geführt hatten.

»Sie muss überfallen worden sein«, mutmaßte Sprudel.

Patrick nickte. »Sieht ganz danach aus.«

Fanni erhob sich von ihrem Stuhl, wobei sie sich mit beiden Händen auf der Tischplatte abstützte. »Ich muss zu Minna ins Krankenhaus.«

Sprudels Hand zwang sie auf den Sitz zurück. »Nicht in diesem Aufzug und nicht, ohne was getrunken und gegessen zu haben.«

Patrick betrachtete sie prüfend. »Ihr Mann hat recht. Der Tag war anstrengend genug. Sie dürfen sich nicht zu viel zumuten …«

… in Ihrem Alter! Das Emoticon lachte sich schlapp.

Falls Patrick vorgehabt hatte, den Satz so zu beenden, überlegte er es sich jedoch anders und sagte stattdessen: »… und im Krankenhaus können Sie sowieso nichts anderes tun, als auf dem Flur herumzusitzen. Minnas Eltern sind ja vor Ort. Sobald sie etwas über ihren Zustand erfahren, werden sie Sie bestimmt benachrichtigen. Es ist also wirklich ganz und gar unnötig, jetzt ins Krankenhaus zu fahren.«

Während Patrick sprach, hatte Sprudel mehrmals bekräftigend genickt, und Fanni sah ein, dass es keinen Sinn hatte, sich querzustellen. Sie würde schweren Herzens abwarten müssen, bis Vera und Bernhard ihnen eine Nachricht aus dem Krankenhaus schickten.

Sprudel hatte ihr Mienenspiel offenbar genau beobachtet, denn er strich ihr sanft über den Arm, wandte sich aber an Patrick. »Wir sind Ihnen sehr zu Dank verpflichtet. Sie haben sich heute Nachmittag bereits an der Suche nach Rainer beteiligt und ohne Zögern weitergemacht, als dann auch noch Minna vermisst wurde. Das alles hätten Sie nicht tun müssen.«

»Doch«, entgegnete Patrick voller Ernst. »Ich konnte schließlich nicht einfach Feierabend machen und mir einreden, es ginge mich nichts an, wenn mitten im Liftgebiet jemand verschwindet.« Er wischte sich über die Stirn, auf der Schweißtropfen standen. »Ich hätte es mir nie verziehen, wenn ich nicht alles Menschenmögliche dafür getan hätte, dass Minna gefunden wird.«

»Aber jetzt können Sie Feierabend machen«, sagte Sprudel.

Patrick nickte, worauf Sprudel sagte: »Darf ich Sie einladen, mit uns zu essen?« Als Patrick nicht gleich antwortete, fügte er hinzu: »Oder wartet zu Hause Ihre Familie auf sie?«

Patrick schüttelte schmunzelnd den Kopf. »Aber ich will mich Ihnen nicht aufdrängen.«

Daraufhin gab es das übliche Hin und Her: »Das tun Sie

ja nicht.« – »Aber Sie möchten bestimmt unter sich sein.« – »Durch Sie fühlen wir uns kein bisschen gestört.« Und so weiter, und so weiter.

Schließlich willigte Patrick ein, und Sprudel rief die Bedienung an den Tisch.

Nachdem sie ihre Bestellung aufgegeben hatten, machte Fanni erneut Anstalten, aufzustehen. Obwohl Sprudel sie diesmal gewähren ließ, hätte sie es beinahe nicht geschafft. Erst als sie sich auf der Tischplatte abstützte und sich mit aller Kraft hochdrückte, gelang es ihr, auf die Füße zu kommen. Sie musste Sprudel nicht ansehen, um zu wissen, wie besorgt er sie beobachtete.

Um ihn zu beruhigen, hätte sie gern etwas Elan gezeigt, aber sosehr sie sich auch bemühte, die Erschöpfung ließ sich nicht so einfach abschütteln. Als sie den ersten Schritt tat, hatte sie das Gefühl, ihre Skischuhe würden Zentner wiegen. Auch der zweite Schritt machte nichts leichter, der dritte ebenso wenig. Sie spürte, wie Sprudels Blick sich in ihren Rücken brannte und sie nicht losließ, bis die Tür der Cafeteria hinter ihr zufiel.

Im Skikeller sank Fanni schwer atmend auf die Sitzbank, die an der Stirnwand entlanglief, und stellte dann mit einem kurzen Blick fest, dass sich ihre Skier und Stöcke bereits in derjenigen Halterung befanden, unter der sie am Morgen ihre Straßenschuhe abgestellt hatte. Ihr Skihelm hing über der Spitze eines ihrer Skier.

Hans, dachte sie. Er muss unsere Ausrüstung aus seinem Wagen geräumt und hergebracht haben.

Es war typisch für Fannis Exmann, dass er ihre Skier samt Stöcken und Helm nicht einfach in die nächstbeste Halterung geklemmt hatte, sondern sie – indem er sich an den Schuhen orientierte – an den Platz gebracht hatte, an dem sie zuvor gestanden haben mussten.

In solchen Dingen war Hans Perfektionist.

Mit einem leisen Stöhnen beugte Fanni sich hinunter, öffnete die Schnallen ihrer Skischuhe und befreite ihre Füße von der Last.

Gern wäre sie noch ein wenig sitzen geblieben, aber wenn sie noch schnell die Kleidung wechseln wollte, bevor das Essen kam, blieb ihr dafür keine Zeit.

Sie befahl sich gerade, aufzustehen, in ihre bequemen Sneakers zu schlüpfen und schleunigst zum Zimmertrakt zu eilen, als sie die Stimmen hörte.

Die weibliche war ihr unbekannt, die männliche konnte sie jedoch zuordnen. Die beiden Personen, denen die Stimmen gehörten, mussten sich in dem schmalen Gang aufhalten, der von der Treppe aus zum Skikeller führte. Schlug man an dieser Treppe die entgegengesetzte Richtung ein, dann gelangte man über einen recht breiten Flur zum Wellnessbereich.

Wären ihr beide Stimmen unbekannt gewesen, dann hätte Fanni sicherlich nicht gelauscht. Aber was Sigi Huber im Souterrain des Hotels mit einer Fremden zu besprechen hatte, schien ihr hörenswert, zumal die Unterhaltung nicht nach Small Talk klang.

»Du lässt mich also im Stich«, sagte die Frau in frustriertem Ton.

»Tu ich nicht«, antwortete Sigi merklich verkrampft. »Aber du musst doch einsehen, dass es jetzt gerade ganz schlecht ist.«

Die Antwort darauf konnte Fanni nicht verstehen, die Stimmen entfernten sich bereits wieder. Sie nahm an, dass Sigi und die Frau die Treppe heruntergekommen und unten kurz stehen geblieben waren, jetzt aber in Richtung Wellnessbereich davongingen.

Fannis Erschöpfung war wie weggeblasen, als sie rasch aufsprang und hastig hinauslief, um Sigis Gesprächspartnerin noch zu sehen zu bekommen.

Wozu die Eile? Spielt es denn eine Rolle, mit wem Sigi da schwatzt?

Vielleicht nicht, dachte Fanni. Wenn aber doch, dann wäre es gut zu wissen, wer diese Frau ist.

Als Fanni die Treppe erreichte, verschwanden Sigi und seine Begleiterin soeben hinter der Milchglastür, die in den Wellnessbereich führte. Von der Frau konnte Fanni gerade noch einen blonden Pferdeschwanz sehen, der über einem dunklen Pullover hing.

So, das war's! Jetzt aber flott auf dein Zimmer und raus aus den Skiklamotten! Das Emoticon hatte die Augenbrauen zu einem einzigen durchgehenden Strich zusammengezogen.

In den Sneakers fühlte sich das Gehen fast wie ein Schweben an. Fanni flog quasi die Treppe hinauf, bog um zwei Ecken, nahm die nächste Treppe und stand einen Augenblick später in ihrem und Sprudels Zimmer. Sie stieg aus der Skihose und schlüpfte schnell in dunkle Jeans, behielt den Fleecepullover einfach an, nahm sich aber die Zeit, die Hände gründlich zu waschen, sich einmal durch die Haare zu fahren und sich die Augen mit einem feuchten Kleenex zu tupfen, weil sie das Gefühl hatte, sie wären ganz verklebt.

Als sie in die Cafeteria zurückkam, saßen Patrick und Sprudel allein am Tisch.

»Wieser war gerade da«, berichtete Sprudel, »und hat Rita mit auf die Dienststelle genommen. Sie muss eine offizielle Aussage machen. Erna wollte unbedingt mitkommen, und Hans – na, du kennst ihn ja. Bevor er loszog, hat er mir noch aufgetragen, an alle durchzugeben, dass das gemeinsame Abendessen ausfällt. Aber ich denke, das kann ich mir sparen. Das ist sowieso jedem klar.«

Jedem außer Hans Rot, dachte Fanni, tadelte sich jedoch sofort dafür und sagte sich, dass Hans wegen Minna gewiss genauso in Sorge war wie sie selbst. Bei ihm zeigte es sich nur auf andere Weise. Er fuhrwerkte noch bedeutend mehr herum als üblich.

Fanni schnippelte an ihrem »Toast nach Art des Hauses« herum, der soeben serviert worden war, und folgte dabei der Unterhaltung, die Sprudel und Patrick offenbar vor ihrer Rückkehr an den Tisch angefangen hatten und nun weiterführten. Das Gespräch drehte sich um die Arber-Bergbahnen, deren Auslastung und die Anzahl der Bediensteten, die bei dem Unternehmen angestellt waren. Ohne Überraschung vernahm sie, dass Patrick nicht zum Stammpersonal gehörte. Das hatte sie bereits vermutet, als Tobi von Patrick als dem Kerl sprach, »der neuerdings manchmal an den Liften aushilft«.

Patrick hatte anscheinend vor Kurzem irgendein technisches Studium abgeschlossen, sich dann von einer Praktikumsbörse vermitteln lassen und war hier gelandet.

Sieht er nicht ein bisschen zu alt aus für einen, der gerade mit dem Studium fertig ist? Die Augen des Emoticons waren wieder durch Fragezeichen ersetzt.

Fanni hob den Blick und sah sich den Mann zum ersten Mal ganz bewusst an.

Patrick hatte dunkle, sehr kurz geschnittene Haare und helle Augen – was Fanni nicht recht zusammenzupassen schien –, eine schmale Nase und ein eher rundes Kinn. Und ja, er sah älter aus, als man einen Studienabgänger einschätzen würde. Viel älter.

Die Frage, weshalb das so war, wurde bereits wenige Minuten später beantwortet, als Patrick erzählte, dass er über den zweiten Bildungsweg und eine längere Dienstzeit bei der Bundeswehr zu seinem Studienabschluss gekommen war. Ein Praktikum hatte er nur deshalb ins Auge gefasst, weil er auf der Suche nach einem Job war, der ihn wirklich reizen würde. »Technische Betriebsleitung einer Bergbahn wäre da eine Option«, sagte er soeben. »Ich könnte mir aber genauso gut vorstellen, für den TÜV zu arbeiten oder …«

Fanni begann, eigenen Gedanken nachzuhängen. Irgendwann bekam sie mit, dass Sprudel nach Patricks ehemaligem Bundeswehrstandort fragte, und horchte wieder auf.

»Ich bin ziemlich herumgekommen«, erzählte Patrick. »Sachsen, Franken, Niederbayern …«

Nach seinem Abschied vom Bund hatte er in Nürnberg eine Wohnung gemietet, sich dann aber für die paar Wochen, die das Praktikum dauern sollte, der Einfachheit halber noch ein Zimmer im Schutzhaus genommen.

In eine Gesprächspause hinein fragte Fanni: »Haben Sie tatsächlich den ganzen Nachmittag – also von dem Zeitpunkt an, als Sie den Helm und das Blut in der Gondel gesehen haben – nach Rainer gesucht?«

Patrick nickte. »Ich habe Tourenski. Kennen Sie die?«

Obwohl Fanni bejahte, fuhr er fort: »Sie können Felle anschnallen und die Bindung so umstellen, dass der Skischuh beweglich ist. So schaffen Sie so gut wie jeden Anstieg. Für die Abfahrt nehmen Sie die Felle ab und stellen die Bindung wieder fest.«

Fanni hatte selbst schon oft genug Skitouren gemacht, um zu wissen, wie umständlich das war. Vor allem wenn man mehrere kurze Anstiege und Abfahrten zu bewältigen hatte, erwies es sich als ausgesprochen leidig. Sie musste jedoch zugeben, dass sich Patrick auf seinen Tourenskiern im Gelände freier und müheloser bewegen konnte als beispielsweise Tobi und Paul, die auf Abfahrtsskiern unterwegs gewesen waren.

»Von den Bergwachtmännern haben auch einige Tourenski gehabt«, sagte Patrick, »aber die Burschen sind ja dann informiert worden, dass sie die Suche nach dem Mann wegen Schlechtwetter vorerst abbrechen können.«

»Da haben Sie allein weitergemacht.« Fanni sah Patrick forschend an. »Warum?«

Er zuckte die Schultern. »Was konnte es schaden?«

»Und Sie haben ein ums andere Mal die Gondelschneise abgesucht«, sagte Fanni halb zu sich selbst.

Patrick verneinte. »Ich hab immer größere Kreise gezogen. Die Schneise war ja schon durchkämmt. Und aufgeben wollte ich einfach nicht.«

»Minna und Rita haben diese Kreise nicht zufällig gekreuzt?«, fragte Fanni.

Patrick sah erschrocken auf. »Ich hätte sie bestimmt nicht allein weiterziehen lassen.«

»Sonst jemand?«

Patrick brauchte einen Moment, bis er begriff, was Fanni damit meinte. »Nachdem die Suche offiziell eingestellt war, habe ich niemanden mehr getroffen.«

»Und davor?« Fanni spürte Sprudels warnenden Blick und sah ein, dass sie behutsamer vorgehen musste, wenn sie keine Abfuhr riskieren wollte.

Aber Patrick antwortete bereitwillig. »Etliche vom Suchtrupp. Tobi. Paul. Die anderen kannte ich nur vom Sehen.«

»Sind Sie irgendwann mit Sigi Huber zusammengetroffen?« Fannis Ton war jetzt übertrieben freundlich, der Blick, mit dem sie Patrick bedachte, geradezu gefühlvoll. »Er gibt sich recht lässig, trägt einen knallroten Skioverall und eine Compact-Skibrille mit blau getönter Scheibe. Sie haben ihn sicher zuvor schon gesehen – an der Gondel oder vielleicht auf der Piste.«

»Steht auf Skiern wie Bart Simpson und grüßt mit ›Hi‹?«, fragte Patrick.

Fanni nickte.

Patrick dachte eine ganze Weile nach, bevor er antwortete. »Ich glaube nicht, dass ich den während der Suchaktion irgendwo getroffen habe. Jedenfalls kann ich mich nicht daran erinnern. Und danach war ja sowieso niemand mehr unterwegs.«

In Fannis Kopf blitzte auf einmal eine Frage auf, mit der sie auf der Stelle herausplatzte und dabei prompt vergaß, sich um einen liebenswürdigen Ton zu bemühen. »Wie haben Sie eigentlich in Erfahrung gebracht, dass Minna vermisst wird, wenn Sie nach fünfzehn, spätestens sechzehn Uhr zu niemandem mehr Kontakt hatten?«

Patrick schien ihr die Verhörmethoden nicht zu verübeln. »So gegen halb fünf wollte ich mit meiner Suche langsam Schluss machen, weil wieder dichter Nebel aufzog, und bin zum Schutzhaus aufgestiegen. Als ich dort ankam, sind gerade die Soldaten aus der Radarstation eingetroffen.«

»Denen Sie sich sofort angeschlossen haben.« Es war mehr eine Feststellung als eine Frage.

Aber Patrick schüttelte den Kopf. »Nicht sofort. Dass am selben Tag noch eine zweite Person als vermisst gemeldet worden sein sollte, schien mir so abwegig, dass ich Genaueres darüber wissen wollte. Deshalb bin ich erst einmal ins Schutzhaus gegangen und habe gehofft, dort jemanden zu treffen, der über die Sache Bescheid weiß. Es war aber bloß Micha da, der Prospekte eingeordnet hat. Und der wusste noch nicht einmal, dass schon wieder eine Suchaktion im Gange war. Als ich ihm erzählt habe, dass es anscheinend um eine junge Frau geht, hat er gesagt, dass zwei Mädels am Nachmittag in der Gaststube Tee getrunken haben und dass später – als sie schon wieder weg waren – jemand nach ihnen gefragt hat.«

Patrick trank sein Bier aus und lehnte nicht ab, als Sprudel anbot, ihm ein zweites zu bestellen. »Micha hat anscheinend gesehen, wie die beiden ihre Skier vom Ständer genommen haben und gemeinsam aufgebrochen sind. Aber ich habe mich gefragt, ob nicht eine wieder zurückgekommen sein könnte. Weil sie auf die Toilette musste oder weil sie ihre Skibrille vergessen hatte oder so etwas. Micha hat gemeint, das könnte natürlich sein. Und er hätte auch nicht unbedingt was davon merken müssen.« Patrick tippte sich an die Stirn. »Das hat uns auf die Idee gebracht, im Untergeschoss nachzusehen und schließlich auch noch alle Räume im Erdgeschoss zu durchsuchen.«

Patrick bedankte sich für das Bier, das ihm soeben serviert wurde, und nahm gleich einen großen Schluck. »Aber es kam nichts dabei heraus. Deshalb bin ich wieder nach draußen gegangen und habe mich den Soldaten angeschlossen, die die Schneise absuchen wollten, weil es hieß, das Mädel habe da runterfahren wollen. In der Schneise haben wir dann Max getroffen. Und den Rest kennen Sie ja. Max hat dafür gesorgt, dass rund ums Schutzhaus jeder Stein umgedreht wurde. Es war, als wüsste er ganz genau, dass seine Schwester gar nicht erst losgefahren ist.«

»Wo waren denn Minnas Ski und Stöcke?«, fragte Fanni. »Wenn Minna sie wieder in einen Ständer gestellt hätte, wären sie euch doch aufgefallen.«

»In den Ständern waren keine Skier«, antwortete Patrick. »Da bin ich mir sicher«, fügte er ein wenig verlegen hinzu, woraus Fanni schloss, dass niemand daran gedacht hatte, gezielt nach Minnas Skiern zu suchen.

»Wenn Max und ich nicht noch den Schuppen aufs Korn genommen hätten«, sagte Patrick halb zu sich selbst, »dann hätten wir Minna nicht gefunden. Bestimmt wäre niemand auf den Gedanken gekommen, da drin nachzusehen.«

»Sie waren also in der Nähe, als Max sie entdeckt hat?«, fragte Fanni.

»Ja«, antwortete Patrick. »Ich hatte die Tür aufgemacht, und er ist rein. Im nächsten Moment habe ich ihn schon rufen gehört. Aber als ich dann reinkam, konnte ich Minna gar nicht sehen, weil er sie mit seinem Körper verdeckt hat. Erst als ich neben Max zwei Füße in weißen Skischuhen gesehen habe, ist mir klar geworden, dass da jemand liegt. Als Nächstes habe ich mitbekommen, wie ein Soldat, der uns nachgegangen sein muss, einen Notruf abgesetzt hat.«

Fanni vermochte die Szene geradezu überdeutlich vor sich zu sehen: Minna bewusstlos am Boden. Max über sie gebeugt, hilflos angesichts ihrer Verletzung. Soldaten und Bergwachtleute, die in den Schuppen drängten und nichts für sie tun konnten.

Aber der Notarzt hat bestimmt nicht lang auf sich warten lassen, überlegte sie. Per Hubschrauber konnte er in wenigen Minuten vor Ort gewesen sein.

Sie schrak zusammen, als sie Patrick sagen hörte: »Ich hätte nicht gedacht, dass sich die Bergung so lange hinziehen würde. Weil ein Hubschraubereinsatz wegen des Wetters und der einsetzenden Dunkelheit nicht in Frage kam, musste der Notarzt im Sanka von Zwiesel zur Arber-Talstation fahren. Von da aus hat ihn dann ein Bergwachtmann mit dem Quad zum Schutzhaus gebracht. Das alles hat natürlich gedauert. Und wir sind die ganze Zeit neben Minna gehockt und konnten nichts machen, außer zu versuchen, sie warm zu halten. Wir haben uns ja nicht einmal getraut, sie zu bewegen.«

»Hat der Arzt irgendetwas …«, begann Fanni.

Patrick antwortete schon, bevor sie wusste, wie sie den Satz beenden sollte. »Nein, kein Wort über ihren Zustand. Der Kerl war überhaupt recht wortkarg. Der Einzige, zu dem er was gesagt hat, war der Einsatzleiter der Bergwacht. Den ließ er ein Akja-Team anfordern und hat ihm Anweisungen für Minnas Transport gegeben.«

Fanni glaubte sich verhört zu haben. »Minna ist von zwei Bergwachtleuten auf Skiern in so einer Wanne zur Talstation gebracht worden? Das gibt's doch nicht. Wir reden doch hier von einem Liftgebiet in Deutschland und nicht vom Khumbu-Gletscher in Nepal.«

»Es ging nicht anders«, erklärte Patrick. »Minna musste im Liegen transportiert werden, da kam das Quad nicht in Frage.«

Fanni schob den Teller mit dem halb aufgegessenen Toast nun endgültig beiseite. Sie sah sich nicht in der Lage, auch nur einen einzigen weiteren Bissen hinunterzuwürgen. Die Vorstellung, wie Minna, schwer verletzt, in einer Blechwanne von zwei Skifahrern die Piste hinuntergerüttelt wurde, verursachte ihr Übelkeit.

Patricks Teller war längst abgeräumt, und in seinem Bierglas befand sich nur noch ein kleiner Rest. Aber als Sprudel fragte, ob er ihm noch eines bestellen dürfe, lehnte er dankend ab.

In Fannis Kopf überschlugen sich unterdessen die Gedanken: Max hatte Minna schwer verletzt in einem Schuppen gefunden, der offenbar kaum genutzt wurde. Was hatte sie dort gewollt? War sie freiwillig hineingegangen, oder hatte sie jemand dazu gezwungen? Oder war sie draußen überfallen, niedergeschlagen und dann hineingezerrt worden?

Inwiefern sollte von Bedeutung sein, ob sie draußen oder drinnen angegriffen wurde? Das Emoticon machte Schlitzaugen.

Es ist nicht von Bedeutung, räumte Fanni ein. Jedenfalls im Moment nicht.

Die maßgebenden Fragen waren vielmehr: Warum wurde Minna angegriffen? Wer hat sie so schwer verletzt?

»Es muss Hinweise geben«, überlegte sie und merkte nicht, dass sie es laut aussprach. »Irgendetwas, das auf den Täter schließen lässt.« An Patrick gewandt fragte sie: »Habt ihr auf Fußspuren geachtet?«

Patrick lachte freudlos auf. »Was denn für Fußspuren? Der Schnee war ja überall platt getreten und platt gefahren. Vor der Schuppentür war sogar eine apere Stelle.«

»Und die Tür war offen«, mutmaßte Fanni.

»Ich habe sie offen gelassen«, sagte Patrick. »Aber vorher war sie zu oder zumindest angelehnt – ich erinnere mich nicht genau. Offen war sie jedenfalls nicht. Das wäre mir wahrscheinlich aufgefallen, als ich etwas früher daran vorbeigegangen bin.«

»Gab es Licht dort drin?«

Patrick schüttelte den Kopf. »Da war keine elektrische Beleuchtung, wenn Sie das meinen. Aber wir hatten natürlich alle Lampen. Die Soldaten hatten sogar superhelle Strahler.«

Die nicht viel nutzten, dachte Fanni. Weil Minna damit nicht zu helfen war und weil anscheinend niemand auf die Idee kam, nach Spuren des Täters zu suchen.

Und sie dabei zu verwischen? Die Kriminaltechniker, die den Schuppen ja irgendwann untersuchen werden, würden Zeter und Mordio schreien! Der Mund des Emoticons war so weit aufgerissen, dass er zwei Drittel des Gesichts einnahm.

Eine abrupte Bewegung Patricks stoppte Fannis Gedankengang. Als sie aufsah, merkte sie, dass Hans zurückgekommen und an ihren Tisch getreten war. Ritas Vernehmung musste demnach abgeschlossen sein.

»Vera hat gerade angerufen«, sagte Hans. »Die wichtigsten Untersuchungen sind inzwischen gemacht worden. Minna sei zwar schwer, aber nicht lebensgefährlich verletzt, heißt es. Soweit ich verstanden habe – Vera war ziemlich aufgeregt –, hat es sie am Kopf erwischt. Schlag mit einem Kantholz oder so. Sie ist jetzt bei Bewusstsein, aber nicht wirklich ansprechbar, weil man sie offenbar mit Schmerzmitteln vollgepumpt hat.«

Fanni atmete erleichtert auf. Minna war außer Gefahr. Ihre Verletzungen würden heilen. Sie würde eine Aussage machen, und der Kerl, der über sie hergefallen war, würde gefasst werden und seine Strafe kriegen.

Sie war davon überzeugt, dass es sich ganz genauso abspielen würde, als sie sagte: »Morgen früh wird Minna uns haarklein erzählen, was beim Schutzhaus geschehen ist.«

»Das glaube ich nicht«, erwiderte Hans.

Fanni sah ihn verdutzt an.

»Vera sagt, Minnas Kiefer ist fixiert. Scheint gebrochen zu sein. Und das kuriert sich nicht von heute auf morgen.«

5

Erneut mit rotierenden Gedanken beschäftigt, bekam Fanni nur am Rande mit, wie Patrick sich verabschiedete und Hans die Cafeteria verließ.

»Wir sollten uns mit Marco darüber unterhalten«, sagte sie zu Sprudel, als sie allein am Tisch saßen.

Er sah sie fragend an. »Worüber genau?«

Fanni wusste recht gut, was er damit sagen wollte: Minna ist gefunden und in besten Händen. Was wollen wir mehr? Um Rainers Verschwinden – das uns ja eigentlich gar nichts angeht – kümmert sich Wieser, und dabei können wir es getrost bewenden lassen.

Erna, Rita, Sigi, Rainer! Das sind doch völlig Fremde für dich! Und von Anfang an konntest du keinen von ihnen besonders leiden! Gib doch zu, dass du speziell über Rainer insgeheim heftig genörgelt hast!

Natürlich hatte die Gedankenstimme recht. Und Sprudel sowieso. Allerdings gab es einen wichtigen Punkt, der dafür sprach, tätig zu werden.

Fanni nahm Sprudels Hand und drückte sie. »Seit wann glaubst du an Zufälle?«

Sprudels Blick verriet ihr, dass er bereits ahnte, worauf sie hinauswollte.

»Meinst du nicht, wir sollten davon ausgehen, dass Rainers Verschwinden und der Überfall auf Minna zusammenhängen?«, fuhr sie fort und erwartete, dass er zumindest nicken würde.

Doch statt auf sie einzugehen, wandte er sich von ihr ab und dem Eingang der Cafeteria zu. Als auch sie dorthin schaute, sah sie Marco gerade in Richtung Bartresen steuern.

Der Herr Schwiegersohn kommt ja wie gerufen!

Wenige Minuten später erschien Marco mit einer Flasche Pils in der Hand an ihrem Tisch und ließ sich auf den freien Stuhl neben Fanni fallen.

»Schlafen sie schon?«, fragte Fanni.

Marco warf einen bezeichnenden Blick auf seine Armbanduhr. »›Schon‹ ist gut. Ja, Hanna schläft jetzt, nachdem ich ihr dreimal ›Prinzessin Vivi‹ vorgelesen habe. Timmi ist noch auf, weil er in seinem Wimmelbuch noch die Bagger zählen muss. Das könnte sich hinziehen. – Es ging nicht früher«, fügte er mit einer bedauernden Geste hinzu.

»Du bist genau zum richtigen Zeitpunkt aufgekreuzt«, versicherte ihm Fanni und fragte im gleichen Atemzug, ob Wieser mit Informationen über seine bisherigen Ermittlungsergebnisse rausgerückt sei.

Marco setzte die Flasche an und trank, wobei ihr seine Augen ein »Nein« zu verstehen gaben.

»Wieser ist einer von denen, die sich nicht gern in die Karten schauen lassen«, sagte er, nachdem er die Flasche auf dem Tisch abgestellt hatte. »Der will sein eigenes Süppchen kochen. Das kann und darf er natürlich, weil ich hier keine offiziellen Befugnisse habe. Für ihn bin ich eine Privatperson wie jeder andere auch.«

»Er lässt also nichts raus über die beiden Fälle, die ihm da in den Schoß gefallen sind«, sagte Fanni säuerlich.

Marco griff wieder nach der Flasche. »Er hat mir, wie allen anderen, Fragen gestellt, und wir haben ein bisschen geredet. Dabei hat er sich schließlich zu der einen oder anderen Bemerkung hinreißen lassen.«

»Lass mich raten«, sagte Fanni. »Was Rainer betrifft, hätschelt Wieser seine Theorie vom Untertauchen und der absichtlich gelegten falschen Spur.«

»Sieht ganz danach aus«, bestätigte Marco.

»Meinst du, er hat mittlerweile einen konkreten Hinweis darauf?«

»Glaube ich eher nicht«, antwortete Marco nach kurzem Nachdenken. »Aber er hat angedeutet, dass nachgeforscht wird, ob Rainer heute nach vierzehn Uhr irgendwo gesehen worden ist. Ich nehme an, dass Busfahrer, Bahnschaffner, Taxizentralen und Hoteliers in der Umgegend befragt werden.«

»Mit der Waldbahn ist er jedenfalls nicht gefahren«, sagte Fanni.

Marco lachte, wurde aber gleich wieder ernst. »Wenn ich aus welchem Grund auch immer untertauchen und meinen Tod vortäuschen wollte, dann würde ich mir – als Operationsbasis quasi – sicher kein Familientreffen auf dem Land aussuchen, sondern einen bevölkerten Ort, wo mich niemand kennt, sich niemand für mich interessiert und sich niemand an mich erinnern wird. Einen Ort, der sich als Sprungbrett eignet, sodass ich mit einem einzigen Satz von der Bildfläche verschwinden könnte.«

»Eben«, sagte Fanni.

Unvermittelt musste sie lächeln. Es war ziemlich ungewohnt, mit Marco eine Unterhaltung zu führen, ohne ihm jedes Wort aus der Nase ziehen zu müssen. Obwohl ihr Gedächtnis neuerdings wieder zur alten Form aufgelaufen war, erinnerte sie sich nicht, ihn je so zwanglos reden gehört zu haben. Sie hätte auch beim besten Willen nicht sagen können, wann und wie diese Wandlung vor sich gegangen war.

»Du glaubst, dass Wieser falschliegt?«, sagte Marco und ließ es wie eine Frage klingen.

Fanni nickte. »Und ich frage mich, warum er sich umso mehr auf seine Theorie versteift, je weniger sich ein Hinweis findet, der sie untermauert.«

»Du traust ihm nicht.«

Dass Marco ein gutes Gespür für Schwingungen und Stimmungen besaß, hatte er schon oft bewiesen. Erstaunlich fand Fanni allerdings, dass er seine Wahrnehmung ganz selbstverständlich ins Gespräch brachte.

»Er hat so etwas Finsteres, Undurchsichtiges an sich«, antwortete sie.

»Was ihn noch lange nicht zum schlechten Polizisten macht«, mischte sich Sprudel ein.

»Das nicht«, gab Fanni zu. »Aber dass er eine so auffällig eingleisige Ermittlung fährt, schon.«

Marco nahm den letzten Schluck aus seiner Bierflasche,

schaute sie dann mit einem deutlichen Ausdruck des Bedauerns an und stellte sie schließlich auf der Fensterbank ab. »Wieser hat wohl tatsächlich nichts, um seine Theorie zu stützen, aber man sollte ihm zugutehalten, dass das, was uns die Spuren in der Gondel weismachen wollen, nicht wirklich glaubwürdig ist.« Er verstummte, wartete offenbar auf Fannis Zustimmung. Als die nicht kam, fuhr er fort: »Es ist ja noch einigermaßen plausibel, dass es in der Gondel zu einem Kampf gekommen sein könnte. Dass dabei das Heckfenster aus dem Rahmen gebrochen ist, klingt schon weniger nachvollziehbar. Aber lassen wir es mal so sein, denn das würde möglich machen, dass Rainer tatsächlich aus der Gondel gestürzt ist. Dass allerdings sein Kontrahent hinterhergesprungen sein und auch noch daran gedacht haben soll, Ski und Stöcke runterzuwerfen, halte ich für unrealistisch. Aber selbst wenn es so gewesen wäre – was ist dann?«

Marco hielt inne und suchte Fannis Blick. »Dann wird die ganze Sache endgültig abstrus. Rainers Kontrahent, den wir in diesem Fall wohl Täter nennen dürften, hätte nicht nur unverletzt bleiben, sondern es auch schaffen müssen, samt dem toten oder verletzten Rainer, dessen Skiausrüstung und seiner eigenen innerhalb kürzester Zeit zu verschwinden. Und wohin? Wieser sagt, das ganze in Frage kommende Gelände sei gründlich abgesucht worden. Was stimmt, wie ich mit einem Anruf bei der Bergwacht nachgeprüft habe.« Nach einer kurzen Pause fügte er hinzu: »Täter und Opfer müssten sich in Luft aufgelöst haben. Aber so kann es wohl nicht gelaufen sein.«

So tatsächlich nicht, dachte Fanni. Was nicht heißen muss, dass Rainer putzmunter irgendwo herumspaziert oder in einer Kneipe einen draufmacht.

Sie kaute auf ihrer Unterlippe und haderte wieder einmal mit der Erkenntnis, dass es zwei denkbare Theorien gab, von denen keine richtig passen wollte.

Und was lässt sich daraus schließen?, fragte sie sich.

Dass ihr nicht schlau genug seid! Das Emoticon tippte ein Stakkato an seine Stirn.

Wir müssen etwas übersehen haben, gestand Fanni ein. Etwas Wichtiges, das alles in einem anderen Licht erscheinen lässt.

Im Licht der Logik und Vernunft!

Fanni merkte zu spät, dass Marco weitergesprochen hatte. »... Minna überfallen worden ist. Man macht es sich definitiv zu einfach, wenn man nicht nach einem Zusammenhang zwischen den beiden Vorfällen sucht.«

»Und sucht Wieser danach?«, fragte Fanni.

Marco zuckte die Schultern.

»Dann müssen wir es eben tun«, verkündete Fanni und begann den beiden Männern zu erklären, weshalb.

»Rita sagt, dass sie und Minna ihre Skier am Schutzhaus angeschnallt hatten und losgefahren waren, dass aber Minna nach ein paar Metern auf einmal stehen geblieben ist und verkündet hat, sie müsse kurz was nachschauen. Rita sollte schon mal vorausfahren und wie ausgemacht den rechten Rand der Schneise absuchen.« Fanni sah erst Marco, dann Sprudel eindringlich an, als müsse sie sich ihrer Aufmerksamkeit versichern, die sie aber ohnehin hatte. »Minna hat nicht gesagt: ›Ich muss aufs Klo‹ oder ›Ich hab meine Handschuhe vergessen‹. Sie hat gesagt: ›Ich muss was nachschauen.‹ Was könnte das denn gewesen sein?«

»Das hat sie zu Rita gesagt?« Marco schien überrascht und verfiel in nachdenkliches Schweigen. Schließlich sagte er: »Es muss nicht wirklich was heißen.«

Fanni gestattete sich ein spöttisches Lächeln. »Falls aber doch, was hieße es dann?«

Die Antwort kam von Sprudel. »Dass Minna da draußen etwas aufgefallen ist und sie dem nachgehen wollte. Aber leider hat sie sich damit ganz unwissentlich in größte Gefahr gebracht.«

»Vielleicht hat sie aus dem Schuppen ein Geräusch gehört«, führte Fanni weiter aus, »und wollte deswegen kurz einen Blick hineinwerfen. Drinnen aber muss sie eine brisante Entdeckung gemacht haben und durfte deshalb nicht mehr entkommen. Dass sie lebend gefunden wurde, zwingt den Täter ...« Sie schluckte, mochte den Satz nicht zu Ende bringen.

Marco seufzte schwer. »Zwingt ihn zu handeln.«

»Fahren wir?«, fragte Fanni. Wohin, musste sie nicht erklären.

Marco nickte. »Ich gebe Leni noch kurz Bescheid.«

Sie mussten Sprudels Wagen nehmen, weil die Rückbank von Marcos Auto mit den Kindersitzen belegt war.

»Die Fahrt zum Krankenhaus dauert vermutlich keine zehn Minuten«, sagte Sprudel, während sie zum Parkplatz gingen. »Es muss an der Regener Straße liegen. Wir sind gestern am Hinweisschild vorbeigekommen.«

Fanni bot Marco den Beifahrersitz an, stieg hinten ein, beugte sich jedoch nach vorn, sobald Sprudel aus der Parklücke rangiert hatte, und kam wieder auf die Frage zurück, was Minna in den Schuppen getrieben hatte. »War es tatsächlich ein Geräusch aus dem Schuppen? Oder was sonst könnte Minna beim Schutzhaus aufgefallen sein?«

»Was – oder wer?«, ergänzte Sprudel. »Und warum hat sie Rita nicht gesagt, worum es ging?«

Vielleicht weil sie mehr einem Gefühl als einer echten Wahrnehmung gefolgt ist, dachte Fanni. Laut sagte sie: »Angeblich war ja außer dem Burschen, der die Gaststube aufgeräumt hat, keiner mehr da.«

»Jedenfalls keiner, der sich sehen lassen wollte«, ergänzte Sprudel erneut.

Fanni lehnte sich zurück, bereute es aber sofort, denn in ihrem Kopf begann wieder alles zu rotieren: Rainer, Minna. Gab es eine Verbindung? Gab es keine? Ja. Nein. Ja. Es musste eine geben. Und weil es eine gab, sollten sie sich besser beeilen.

Sie fühlte Panik in sich aufsteigen. Aber bevor die Woge über ihr zusammenschlagen konnte, bog Sprudel bereits auf die Zufahrtsstraße zur Klinik ab.

Parkplätze gab es um diese Zeit mehr als genug, sodass sie sich mit der Suche nicht lange aufhalten mussten und den Wagen sogar ganz in der Nähe des Eingangs abstellen konnten.

Als sie durch die sich selbsttätig öffnende Tür traten, sahen sie sich Vera, Bernhard und Max gegenüber.

»Minna schläft«, sagte Vera knapp. »Was wollt ihr überhaupt so spät noch hier?« Sie warf einen missbilligenden Blick auf ihre Armbanduhr. »Glaubt ihr etwa, dass ihr sie jetzt noch besuchen könnt?«

Fanni wusste genau, dass Vera auf diese Fragen, die ja eigentlich Vorhaltungen waren, keine Antworten erwartete.

Ihre Tochter stand, falls nicht unter Schock, so zumindest unter gewaltiger Anspannung. Wie würde sie reagieren, wenn sie erfuhr, dass ihre Mutter befürchtete, Minna schwebe in Gefahr, hier im Krankenhaus ermordet zu werden?

Wir müssen sie heraushalten, dachte Fanni, und zuerst einmal mit Bernhard und Max sprechen.

Sie warf Sprudel einen bedeutsamen Blick zu und zog Vera dann ein Stück beiseite. Während sie ihr Fragen stellte wie: »Was genau haben die ärztlichen Untersuchungen ergeben? Ist Minna zwischendurch mal aufgewacht? Hat sie irgendwie auf euch reagiert? Die Hand gehoben? Geblinzelt?«, beobachtete sie, wie die Männer miteinander debattierten. Plötzlich drehten sich Bernhard und Max um und strebten auf den Fahrstuhl zu.

Vera sah ihnen verdattert nach. »Wo wollen die denn jetzt noch hin?«

Sprudel trat auf sie zu. »Sie fragen den Stationsarzt, ob jemand über Nacht bei Minna bleiben darf.«

»Das erlauben die nur bei Kleinkindern«, belehrte Vera ihn. »Außerdem braucht Minna nur auf einen Knopf zu drücken, wenn sie sich irgendwie komisch fühlen sollte. Dann kommt eine Schwester. Mehr könnten wir ja auch nicht für sie tun, als eine Schwester zu rufen.«

Ihr werdet Vera reinen Wein einschenken müssen! Warum auch nicht? Schließlich geht es um ihr Kind! Vera wird jedem dankbar sein, der Minna beschützen will! Das Emoticon wartete mit strenger Miene auf.

Fanni zögerte, denn sie erinnerte sich mit Schaudern an den Mordfall im Loher Kessel vor gut einem Jahr.

Bei dem als »Elefantentreffen« bekannten winterlichen

Biker-Event war ein junger Mann erwürgt worden, und Max war unter Verdacht geraten. Fanni und Sprudel hatten den wirklichen Täter entlarvt, bevor es für Max wirklich eng werden konnte. Vera hatte zwar erst im Nachhinein von der Geschichte erfahren, aber ausgerechnet von Hans, für den Tatsachen das waren, was er daraus machte. Woraufhin Vera zu der Ansicht gelangt war, Max sei nur deshalb verdächtigt worden, weil Fanni und Sprudel sich in den Fall eingemischt hatten. Sie hatte sich daraufhin entsprechend garstig aufgeführt. Wie immer, wenn Vera tobte und giftete, hatte Fanni sich erst gar nicht die Mühe gemacht, irgendetwas richtigzustellen, denn Vera hätte sowieso nicht zugehört. Da kam sie ganz nach ihrem Vater.

Bernhard und Max kamen mit frustrierten Mienen zurück.

»Der Arzt sagt, er kann und darf niemanden auf der Station übernachten lassen, auch besorgte Verwandte nicht«, berichtete Max. »Wenn das Schule machen würde, müsste man dreistöckige Etagenbetten aufstellen.«

»Er kann auch keine Ausnahmen gestatten«, fügte Bernhard hinzu. »Denn das würde sich schnell herumsprechen, und andere könnten ihn dann damit unter Druck setzen.«

Vera nickte auf eine Weise, die besagte »Wusste ich es doch«, und marschierte in Richtung Ausgang.

»Bekloppte Idee, überhaupt danach zu fragen«, glaubte Fanni sie noch zu vernehmen.

Als seine Mutter außer Hörweite war, sagte Max: »Der Arzt hat uns zugesichert, dass wir, was Minnas Sicherheit betrifft, absolut nichts zu befürchten hätten. Ab zweiundzwanzig Uhr achtet der Pförtner anscheinend verstärkt darauf, wer kommt und geht, und auf der Station werden die Augen sowieso immer offen gehalten. Außerdem dreht die Nachtschwester ständig ihre Runden. Bei den Neueingängen schaut sie besonders oft und besonders aufmerksam nach.«

Max' Miene zeigte sich allerdings deutlich besorgt, als er hinzufügte: »Aber was der Doktor ganz am Schluss gesagt hat, bevor er uns recht entschieden hinauskomplimentiert hat, beweist, dass er die Sache auf die leichte Schulter nimmt.« Er machte eine kurze Pause und wiederholte dann die Worte, die ihnen der Arzt mit auf den Weg gegeben hatte: »Wir sind hier doch nicht in einem Fernsehkrimi. Bei uns kommt kein als Pfleger verkleideter Killer herein und spritzt zehn Kubikzentimeter Luft in einen Infusionsschlauch.«

Max hat recht, dachte Fanni. Der Doktor nimmt uns nicht ernst. Wie kann man ihn bloß umstimmen?

Sie standen im Kreis und sahen sich ratlos an, bis Fanni schließlich sagte: »Wir sollten versuchen, Wieser davon zu überzeugen, dass Minna bewacht werden muss.«

»Ich ruf ihn an«, erbot sich Marco und scrollte sich auf seinem Smartphone zu Wiesers Nummer, die er offensichtlich gespeichert hatte.

Das Gespräch verlief bedenklich knapp. Schon nach weniger als einer Minute legte Marco auf und schüttelte bedauernd den Kopf. »Wieser sieht keine Gefahr für Minna und hält das Anordnen einer Bewachung für komplett überzogen.« Er rieb sich über die Stirn. »Vielleicht war es ein Fehler, dass ich den Anruf gemacht habe und nicht einer von euch. Wieser könnte sich durch mich bevormundet gefühlt und aus purem Trotz abgelehnt haben.«

Bernhard winkte ab. »Wenn ich ihn angerufen hätte, dann hätte er gesagt, ich soll aufhören, mir Räuberpistolen auszudenken.« Er schaute zum Ausgang und machte eine Geste, die Fanni im Sinne von »Wir kommen ja gleich« interpretierte. Vera stand bereits draußen und rief irgendetwas durch die geschlossene Tür, das zwar nicht zu verstehen, aber leicht zu erraten war.

»Was tun wir denn jetzt?«, fragte Fanni in die Runde.

»Ich könnte mich reinschleichen und mich in Minnas Zimmer verstecken«, sagte Max.

»Von wo sie dich schneller wieder rausscheuchen würden, als du drin bist«, meinte Bernhard dazu.

Vera rief erneut, diesmal lauter.

Fanni ignorierte es. »Wir werden wohl oder übel darauf vertrauen müssen, dass die Sicherheitskontrollen so gut sind, wie der Arzt sagt.«

Die anderen nickten, aber keiner schien sich wohlzufühlen dabei.

Schließlich sagte Marco: »Das Einzige, was wir machen können, ist, den Täter in Sicherheit zu wiegen und überall herumzuerzählen, dass Minna nicht ansprechbar ist und es für lange Zeit nicht sein wird. Dass sie einen Kieferbruch hat – was ja nicht gelogen ist – und wegen der Schmerzen ins künstliche Koma versetzt wurde, was nur halb gelogen ist.«

Erneutes Nicken, nach wie vor mit verkrampften Mienen, antwortete ihm, dann gingen sie langsam zum Ausgang.

Marco hat recht, dachte Fanni. Der Täter wird zu dem Schluss kommen, dass er nicht heute schon zuschlagen muss. Vielleicht hält er auch morgen oder übermorgen noch still. Aber irgendwann nicht mehr.

Sie hatten also keine Zeit zu verlieren.

6

Als Fanni in die Hotelhalle trat, sah sie Sigi Huber in der Cafeteria an der Bar sitzen.

Hastig packte sie Sprudel am Arm. »Wir reden mal ein Wörtchen mit Sigi.«

Die Gelegenheit, ihm ein paar Fragen zu stellen und im passenden Moment zu betonen, dass Minna nicht vernehmungsfähig war und es lange Zeit nicht sein würde, konnte sie sich auf keinen Fall entgehen lassen.

Resolut steuerte sie auf Sigi zu und lehnte sich neben ihm an den Tresen.

Sigi erwies ihr den Gefallen, sich sogleich nach Minna zu erkundigen, sodass sich Fanni des Langen und Breiten über Kieferbruch und künstliches Koma auslassen konnte, was sie in voller Lautstärke tat.

Was tönst du gar so laut herum? Glaubst du, der Täter hockt hier irgendwo und spitzt die Ohren?

Wer weiß, dachte Fanni und schaute sich um, entdeckte jedoch niemanden, den sie kannte.

Sigi spitzte definitiv die Ohren, stellte sogar Fragen wie: »Was meinen die Ärzte, wann wird man sie aus dem Koma zurückholen können? Hat sie irgendeinen Hinweis gegeben, wer ihr das angetan hat? Liegt sie auf Intensiv?«

Dass Sigi derartiges Interesse an den Tag legte, erregte Fannis Argwohn. Sie wurde zunehmend einsilbiger und begann darüber nachzudenken, wo Sigi sich zum Zeitpunkt des Überfalls auf Minna aufgehalten haben mochte. Dabei überhörte sie die nächste Frage, die er stellte. Sprudel übernahm es, ihm zu antworten, sodass sich Fanni auf ein weiteres Rechenexempel konzentrieren konnte.

Würde es sich nicht allmählich lohnen, mit Excel zu arbeiten?

Minna und Rita waren irgendwann zwischen zwölf Uhr dreißig und dreizehn Uhr am Arber Stadl aufgebrochen, um nach Rainer zu suchen. Sigi war mit den anderen ins Tal abgefahren, hatte es sich aber dann anders überlegt, war in die Gondel gestiegen und wieder nach oben geschwebt. Gegen Viertel nach drei etwa war er im Arber Stadl aufgetaucht.

Er könnte es getan haben, dachte Fanni.

Das wäre aber zeitlich ziemlich eng geworden!

Im Gegenteil, widersprach Fanni, es kommt sehr gut hin. Der Bursche im Schutzhaus hat gesagt, dass Rita und Minna so um drei Uhr herum aufgebrochen sind. Wenige Minuten später muss Minna niedergeschlagen worden sein. Wenn Sigi das getan hat und dann sofort losgefahren ist, konnte er durchaus um Viertel nach im Arber Stadl zur Tür hereinkommen.

Nachdem das geklärt war, begann sie dem Gespräch zwischen Sigi und Sprudel zu folgen, und bekam mit, dass sie sich einem ganz anderen Thema zugewandt hatten.

»Alles vom Feinsten«, schwärmte Sigi gerade. »Der Zutritt ist gratis, und der Wellnessbereich ist wie gesagt eine Wucht. Ihr solltet ihn unbedingt mal nutzen. Dass in den Zimmern für jeden Gast ein flauschiger Bademantel bereitliegt, habt ihr ja sicher schon gesehen.«

Fanni nickte und sah Sigi vor sich, wie er in besagtem Bademantel in der Tür zum Wellnessbereich verschwand.

In Begleitung!

Fanni nippte gerade an dem Wein, den Sprudel für sie bestellt hatte, und hätte sich beinahe verschluckt, als ihr bewusst wurde, dass Sigis Begleiterin keinen von diesen hoteleigenen flauschigen weißen Bademänteln angehabt hatte, sondern einen dunklen Pullover.

Was doch eigentlich bedeuten musste, dass sie kein Hotelgast war.

Eine Angestellte also?

Das schien nahezuliegen, weshalb Fanni fragte: »Was wird denn in dem Wellnessbereich an Extras angeboten? Massagen? Kosmetik? Fußpflege?«

»Alles«, antwortete Sigi. »Aber für die Behandlungen muss

man sich natürlich anmelden und extra bezahlen. Das kann man an dem kleinen Tresen im Eingangsbereich tun.«

»Du kennst dich ja recht gut aus.«

Sigi winkte bloß lässig ab, aber Fanni sah ihm an, dass er sich auf einmal darüber ärgerte, preisgegeben zu haben, wie gut er darüber Bescheid wusste.

Sein plötzlicher Unwille, fand sie, war bemerkenswert und ließ darauf schließen, dass Sigi etwas vor ihr verbergen wollte.

Ein Techtelmechtel mit der Fußpflegerin?

Könnte sein, dachte Fanni und beschloss, es herauszukriegen.

Morgen gleich in aller Frühe würde sie sich im Wellnessbereich einfinden und sich für eine der dort angebotenen Behandlungen anmelden.

Jetzt ist es längst zu spät dafür, dachte sie und fühlte die bleierne Müdigkeit zurückkehren, die sie bereits am Nachmittag verspürt hatte. Sie griff nach ihrem Weinglas, um auszutrinken und es für heute gut sein zu lassen.

Sprudel und ich werden jetzt endlich schlafen gehen, dachte sie gerade, als es in der Lobby laut wurde.

»Da sind sie ja.« Sigi rutschte vom Barhocker. Als er Fannis verwirrte Miene bemerkte, sagte er: »Bernhard hat die Bergwachtleute, die Minna gesucht und ins Tal gebracht haben, auf einen Umtrunk und eine Brotzeit in die Cafeteria eingeladen. Ihr kommt doch mit an den Tisch?«

Fanni nickte und bestellte sich Kaffee.

Wenig später kam sie neben dem hellhaarigen Burschen zu sitzen, den sie bereits aus dem Arber Stadl kannte. Sie erinnerte sich auch an seinen Namen: Er hieß Tobi und war derjenige, der Rainers Schlüsselanhänger an sich genommen hatte.

»War ein langer Tag heute«, sprach sie ihn an. »Erst musstet ihr wegen Rainer ausrücken, und kaum war die Suche abgeblasen, kam Alarm wegen Minna.«

»Das Mädel haben wir wenigstens gefunden«, antwortete Tobi. »Aber was aus dem, der aus der Gondel gefallen sein soll, geworden ist, kann sich keiner von uns erklären. Sollte die Sicht morgen besser sein, dann rücken wir noch mal aus. Vielleicht findet sich ja doch noch eine Spur von ihm.«

»Wer macht denn alles mit?«, erkundigte sich Fanni.

»Paul und ich natürlich«, sagte Tobi. »Stefan und Bernd. Sogar Patrick. Der will auf keinen Fall aufgeben.«

»Und Sigi?«, erkundigte sich Fanni. »Will er nicht dabei sein? Schließlich geht es um seinen Schwager. Und heute war er ja auch mit von der Partie.«

Tobi warf einen Blick zu Sigi hinüber, der sich gerade mit einem Burschen unterhielt, den Fanni nicht kannte. »Ich glaube, Stefan informiert ihn gerade.«

Fanni hoffte, etwas darüber zu erfahren, wo Sigi sich gegen fünfzehn Uhr aufgehalten hatte, weshalb sie fragte: »Wann seid ihr denn heute Nachmittag mit Sigi zusammengetroffen und wo?«

Tobi zuckte die Schultern. »Keine Ahnung. In der Suppe hat man ja jedes Gefühl für Zeit und Raum verloren. Das war ja, als ob man …«

»In einem Milchtank untertaucht«, half Fanni aus.

Tobi nickte mit einem kurzen Auflachen.

Zwecklos, musste Fanni sich eingestehen. Herauszufinden, wo genau Sigi sich aufgehalten hatte, als Minna niedergeschlagen wurde, würde schlichtweg unmöglich sein.

»Die kommen aus der Bundeswehrkaserne in Regen«, hörte sie plötzlich jemanden sagen und begriff, dass von den Soldaten die Rede war, die sich an der Suche nach Minna beteiligt hatten.

Soweit sie wusste, waren diese Soldaten in den beiden Türmen mit den Kugeldächern stationiert, die weithin sichtbar auf dem Arber thronten.

»Die Anlage ist während des Kalten Krieges als Abhörstation eingerichtet worden«, erklärte gerade jemand.

»Dann braucht man sie jetzt ja gar nicht mehr«, meldete sich Rita zu Wort.

»Offenbar schon«, wurde sie belehrt. »Die Station ist später sogar noch ausgebaut worden. Und seit ein paar Jahren gibt es einen Schrägaufzug von der Eisensteiner Hütte da hinauf, fürs

Material und für die Soldaten, die im Winter mit der Gondelbahn zur Bergstation fahren müssen, weil dann die Zufahrtsstraße nicht geräumt wird.«

»Wie viele sind dort eigentlich stationiert?«, fragte jemand.

Die Meinungen, ob sich normalerweise zwanzig oder dreißig Bundeswehrangehörige in den Türmen aufhielten, gingen ziemlich auseinander. Einig war man sich allerdings, dass die Soldaten im Schichtbetrieb eingesetzt waren und nach ihren Dienststunden wieder in die Bayerwald-Kaserne zurückgebracht wurden.

Als die Bezeichnung »Technisch abgesetzter Zug« fiel, nahm Fanni an, dass das der Fachausdruck für die Gruppe Soldaten in der Radarstation war.

»Und was machen die jetzt da oben?«, fragte Rita.

»Beobachten und horchen«, bekam sie zur Antwort.

»Wen denn? Was denn?«

»Also ich hab gehört, die haben den Flughafen München im Visier«, sagte Tobi.

»Die sehen bis Rom, heißt es«, sagte ein anderer. »Aber wie weit sie nach Osten schauen können, darüber hört man nichts. In dem Punkt herrscht strikte Nachrichtensperre, wie es scheint.«

Dass sich das Militär, speziell was das Lauschen in Richtung Osten betraf, lieber bedeckt hielt, fand Fanni nicht weiter verwunderlich. Erstaunt war sie allerdings darüber, dass die Einheimischen über die Abhörstation am Arber mehr spekulierten als wirklich wussten.

Die Unterhaltung hatte sich mittlerweile verschiedenen Bundeswehrstandorten zugewandt – noch bestehenden, wie Regen, wo man allerdings Personal abgebaut hatte, und solchen, die seit 2011 der Abschaffung der Wehrpflicht komplett zum Opfer gefallen waren.

Fanni ließ das Gerede an sich vorüberziehen, horchte aber auf, als sie Sigi sagen hörte, dass er in Bogen stationiert gewesen war. »Rainer und ich, wir waren zusammen auf der Stube.«

Überrascht wandte sie sich an Rita. »Ich dachte, ihr kommt aus den neuen Bundesländern?«

»Hörst du uns vielleicht sächseln?«, fragte Rita spitz.

Fanni fühlte sich brüskiert und verzichtete auf eine Antwort.

Sie steht wegen Rainers Verschwinden unter enormem Stress! Du solltest ihr die unfreundliche Reaktion auf deine Frage wirklich nachsehen!

Fanni hatte kein bisschen darauf geachtet, ob die Hubers und Renkers Mundart sprachen, und wenn ja, welche. Besonders krasser Dialekt wäre ihr aber wohl aufgefallen.

»Wir stammen aus Wunsiedel«, erklärte Rita jetzt einlenkend. »Fichtelgebirge. Luisenburg. Schneeberg. Sagen dir die Namen was?«

Fanni nickte. Das Fichtelgebirge und die Luisenburg kannte sie zwar nur dem Hörensagen nach, aber in Wunsiedel waren Sprudel und sie vor Jahren einmal gelandet, als sie auf dem Weg in die Sächsische Schweiz die nächstbeste Autobahnausfahrt genommen hatten, um irgendwo Kaffee zu trinken.

Ein breit grinsendes Emoticon erschien in ihrem Kopf, und Fanni hätte beinahe selbst gegrinst. Der Ort schien in den Fünfzigern oder Sechzigern stehen geblieben zu sein. Selbst das Café, das sie schließlich gefunden hatten, erinnerte an eine Landbäckerei von anno dazumal. Sprudel und sie waren schnell zu der Überzeugung gekommen, dass die geografische Lage Wunsiedels an der Ostgrenze der Republik jeglichen Aufschwung verhinderte und einer bedenklichen Abwanderung Vorschub leistete. Die Grenzöffnung zu Tschechien schien wenig zum Besseren beigetragen zu haben.

»Und was hat euch nach Sachsen verschlagen?«, fragte sie Rita.

Am heutigen Morgen, selbst am Vormittag noch hätte sie sich nicht im Mindesten dafür interessiert. Jetzt aber sah sie sich gezwungen, so viel wie möglich über die Hubers und Renkers herauszufinden: Lebensumstände, Bekanntschaften, Hintergrund, alles.

Fanni hatte schon oft die Erfahrung gemacht, dass die meisten Menschen bereitwillig und oft peinlich ausufernd zu erzählen begannen, sobald jemand Interesse an ihrem Lebensweg bekundete.

Rita war eine der wenigen Ausnahmen. Sie beschränkte sich auf zweieinhalb Sätze. »Mit achtzehn sind Rainer und Sigi zur Bundeswehr, und ich habe in Regensburg eine Banklehre angefangen. Sachsen hat sich später ganz zufällig ergeben.« Daraufhin wandte sie sich demonstrativ wieder der Unterhaltung zu, die Bernhard und Sigi mit den Bergwachtleuten führten, und Fanni versuchte, die spärlichen Informationen, die sie über die Hubers und Renkers hatte, zu einem sinnvollen Gebilde zusammenzufügen.

Rainer und Rita waren also auch nach dem Verlassen der Heimatstadt in Kontakt geblieben, hatten irgendwann geheiratet und waren nach Dresden gezogen, wo sie jetzt dieses Start-up gründen wollten, von dem am Abend zuvor kurz die Rede gewesen war.

Catering, erinnerte sich Fanni.

Darüber, wo Sigi jetzt lebte, hatte sie bisher nichts gehört, aber das würde ja leicht in Erfahrung zu bringen sein.

Vielleicht ist er nach wie vor bei der Bundeswehr!

Der Einwurf der Gedankenstimme, dem ein nachdenkliches Emoticon folgte, ließ Fanni an die Soldaten denken, die in der Radarstation Dienst taten. Und das wiederum brachte sie auf die Frage, ob einer von ihnen mit Rainer oder Sigi oder mit beiden bekannt sein könnte.

Wenn ja, dachte sie, dann hätte Sigi das eigentlich vorhin erwähnen müssen. Außer er hatte gute Gründe, es nicht zu tun. Ob Rita wollte oder nicht, sie würde noch mit ein paar Auskünften herausrücken müssen.

Fanni zupfte sie am Ärmel, sodass Rita nichts anderes übrig blieb, als sich ihr zuzuwenden. »Sind Sigi und Rainer die ganze Zeit zusammen beim Bund gewesen?«

Rita wirkte etwas verdutzt. »Wie kommst du denn darauf? Rainer war zehn Jahre dabei, Sigi nur zwei.«

»Zehn Jahre sind eine lange Zeit«, konstatierte Fanni. »Da lernt man eine Menge Leute kennen, hat Kameraden, die irgendwann abkommandiert werden. In die Bayerwald-Kaserne beispielsweise, für den Dienst in der Radarstation am Arber.«

Es war offensichtlich, dass Rita nicht gleich wusste, worauf Fanni hinauswollte, aber schließlich schien es ihr zu dämmern, und sie riss die Augen auf. »Stimmt. Rainer hat sogar erwähnt, dass er an der Gondelbahn einen alten Bekannten gesehen hat.«

»Meinst du, er wollte zur Station, um ihn zu treffen, und ist deshalb nicht zum Arber Stadl mitgekommen?

Rita war plötzlich ganz bei der Sache. »Das könnte gut sein. Aber gesagt hat er nichts davon.« Dann schüttelte sie kraftlos den Kopf. »Und vermutlich ist es auch nicht wichtig.«

Wann kann diese Begegnung stattgefunden haben?, fragte sich Fanni.

Jedenfalls vor dem Aufbruch zum Arber Stadl!

Richtig, dachte Fanni. Sonst hätte er sie Rita gegenüber nicht mehr erwähnen können.

Aber bis dahin war die ganze Gruppe zusammen gewesen. Ein Trupp Soldaten in der Talstation der Gondelbahn wäre allen aufgefallen. Ein einzelner – je nachdem, wie er gekleidet war – vielleicht nicht. Aber konnten die Soldaten während ihres Dienstes denn kommen und gehen, wie sie wollten?

Wohl kaum.

An diesem Punkt stellte Fanni ihre Überlegungen, die offensichtlich zu nichts führten, ein und wandte sich wieder dem Gespräch am Tisch zu. Mittlerweile drehte es sich um die Weltcup-Rennen am Arber, die einst Sportgrößen wie Ingemar Stenmark, Maria Epple und Tamara McKinney in die Arber-Region gebracht hatten. Doch seit einigen Jahren ging der Bayerwaldberg, angeblich wegen der oft schwierigen Wetterbedingungen (von denen Fanni ein Lied singen konnte), bei der Vergabe des Weltcups leer aus. Aus einigen Kommentaren glaubte sie aber herauszuhören, dass man hoffte, eines Tages wieder ins Spiel zu kommen.

Natürlich hoffen die Einheimischen, dass etwas geschieht, das dem Tourismus wieder auf die Sprünge hilft, dachte sie. Die Übernachtungszahlen …

Fanni war trotz der Tasse Kaffee mittlerweile so müde, dass sie den Gedanken nicht zu Ende denken konnten. Auch dem Tischgespräch zu folgen fiel ihr zunehmend schwerer.

Sie musste endlich ins Bett. Eine leichte Berührung genügte normalerweise, um Sprudel zu unterrichten, doch der saß drei Plätze weiter auf der anderen Seite des Tisches und damit viel zu weit entfernt.

Macht nichts, dachte sie. Es funktioniert auch mit Blicken.

Und so war es auch. Sprudel nickte kurz und stand auf.

»Frühstück um halb neun«, rief Hans ihnen nach, als sie schon fast aus der Tür waren.

Und dann?, dachte Fanni. Fahren dann alle seelenruhig nach Hause?

»Anreise am Freitag« hatte es in der Einladung geheißen, die Hans verschickt hatte. »Gemeinsames Abendessen im Hotel. Samstag Skifahren am Arber. Sonntag nach dem Frühstück allseitige Abreise.«

Allseitig. Der Begriff schlingerte in Fannis müdem Kopf herum. Was für ein Wort? Typisch für Hans, so ein Wort zu verwenden. Allseitig!

Hallo! Driftest du gerade in den Irrsinn ab? Das Emoticon zeigte eine plissierte Stirn.

Fanni riss sich zusammen. Duschen, Zähne putzen, ins Bett legen – und aufhören zu denken.

Sprudel weckte sie um acht. Sie hatte tief geschlafen und fühlte sich einigermaßen ausgeruht.

Obwohl sie die Augen noch geschlossen hielt, merkte sie, dass irgendetwas anders war als tags zuvor.

Es ist viel heller im Zimmer! Das Emoticon hatte eine riesige Sonnenbrille auf.

Als Fanni schließlich aufstand und ans Fenster trat, musste sie die Augen zusammenkneifen, so sehr blendete die Sonne.

»Die Märzsonne wird den Skipisten den Rest geben«, sagte Sprudel.

Und was wird dann zutage kommen?, dachte Fanni. Rainer Renkers Leiche?

Unmöglich! So tief kann sie nicht im Schnee vergraben sein, dass man sie nicht gestern schon gefunden hätte!

»Fanni?« Sprudel tippte bezeichnend auf das Zifferblatt seiner Armbanduhr.

Fanni verdrehte die Augen und hastete in das kleine Badezimmer. Wenn sie Hans nicht verärgern wollte (Unpünktlichkeit konnte er auf den Tod nicht ausstehen), sollte sie sich lieber ganz schnell fertig machen, anstatt am Fenster herumzulungern und den letzten Schneehäufchen beim Wegtauen zuzusehen.

Sie beeilte sich, so gut es ging, verzichtete wieder einmal auf Schminke, Kamm und Düfte und war in kürzester Zeit fertig. Sprudel und sie stiegen gerade die Treppe zum Frühstücksraum hinunter, als Fanni feststellte, dass ihr noch Zeit für einen Abstecher in den Wellnessbereich blieb. Sie bat Sprudel, schon mal vorzugehen, und versprach ihm, in weniger als fünf Minuten nachzukommen.

Er warf ihr einen leicht befremdeten Blick zu, stellte aber keine Fragen.

Fanni folgte den Treppenstufen ins Untergeschoss und wandte sich dann nach links, um zum Wellnessbereich zu gelangen. Als sie durch die Milchglastür trat, kam sie in einen schmalen Vorraum, an dessen Längsseite der kleine Tresen stand, den Sigi erwähnt hatte. Er zeigte sich verwaist, was Fanni durchaus begrüßte, denn das verschaffte ihr Gelegenheit, die verschiedenen Angebote zu studieren. Massagen aller Art (von Thai bis Hot Stone) wurden angepriesen, aber auch Kosmetik und Pediküre, wie Sigi gesagt hatte. Zwei Masseurinnen waren auf Faltblättern abgebildet, die für Shiatsu warben, aber keine von ihnen konnte die Frau sein, die sie mit Sigi zusammen gesehen hatte, denn die eine hatte eine schwarze Kurzhaarfrisur, die andere einen braunen Pagenkopf, während die Frau, nach der Fanni Ausschau hielt, blond gewesen war.

Die Blonde betrat soeben den Vorraum und stellte sich hinter den Tresen. »Kann ich etwas für Sie tun?«

Mit Schrecken wurde Fanni bewusst, dass sie versäumt hatte, sich eine Strategie zurechtzulegen. Sie konnte ja schlecht mit der Tür ins Haus fallen und sagen: »Woher kennen Sie Sigi Huber, und was haben Sie für ein Problem mit ihm?«

Während Fanni noch fieberhaft nachdachte, wie sie mit der Frau hinterm Tresen ins Gespräch kommen sollte, fiel ihr Blick auf ein weiteres Faltblatt, auf dem die Blonde abgebildet war. »Kosmetik. Peeling. Fußpflege« stand darunter.

Sie atmete auf. »Ich hatte an eine Kosmetikbehandlung gedacht.«

»Selbstverständlich gern«, erwiderte die Blonde und begann, in einem Vormerkkalender zu blättern, was Fanni ermöglichte, sie sich genauer anzuschauen. Die Frau war nicht mehr ganz jung, Mitte oder Ende dreißig vielleicht, und sah irgendwie abgehärmt aus. Obwohl sie reichlich Make-up aufgelegt hatte, ließ sich erkennen, dass ihre Gesichtshaut einen ungesunden Grauton aufwies.

Schade, dachte Fanni, denn sie ist wirklich hübsch. Fasziniert betrachtete sie die fein geschwungenen Brauen über den im Moment gesenkten Lidern, die schmale Nase, den ansprechend modellierten Mund. Als ihr Blick tiefer glitt, fand er einen Anstecker auf dem dunklen Pullover: »Anja«.

»Wann würde es Ihnen denn passen?«, fragte Anja.

»Am liebsten hätte ich, wenn es heute noch ginge.«

Heute ist Sonntag! Das Emoticon hatte steile Falten auf der Stirn.

»Aber nein, heute ist ja Sonntag«, korrigierte sich Fanni eilig.

Anja lächelte. »Am Wochenende ist bei uns immer Hochbetrieb. Was allerdings heißt, dass wir samstags und sonntags meist ausgebucht sind.«

Erneut senkte sie den Blick auf den Vormerkkalender. »Aber ich sehe gerade, dass die Kundin, die heute für den Zehn-Uhr-Termin eingetragen war, abgesagt hat. Würde Ihnen der Zeitpunkt passen?«

»Sehr«, antwortete Fanni.

Als sie kurz darauf den Frühstücksraum betrat, waren schon alle da. Leo mit Familie; Leni mit Marco und den Kindern; Vera mit Bernhard und Max; Erna, Hans, Sigi und Rita.

Rita war blass und hatte glanzlose Augen.

Fanni musste sich eingestehen, dass sie aus dieser Frau einfach nicht schlau wurde. Heute Morgen sah Rita aus, als hätte sie vor Kummer und Sorge die ganze Nacht kein Auge zugetan. Gestern hatte sie – die meiste Zeit zumindest – beinahe gleichgültig gewirkt.

Hatte sie unter Schock gestanden? Oder war das glatte Gegenteil der Fall? Handelte es sich tatsächlich um einen detailliert geplanten Versicherungsbetrug wie in jenem Film, dessen Titel Fanni längst vergessen hatte?

Aber warum wirkte Rita auf einmal so mitgenommen?

Als Fanni an der Saftbar mit ihr zusammentraf, fragte sie sie, ob sie wie geplant nach dem Frühstück auschecken würde.

Rita schüttelte den Kopf. »Ich bleibe natürlich hier, bis wir wissen, was mit Rainer passiert ist. Mama, Hans und Sigi haben auch verlängert. Das war zum Glück kein Problem, weil die Saison ja quasi vorbei ist.«

Wie sich herausstellte, wollten auch Vera und Bernhard mit Max im Hotel wohnen bleiben, bis Minna aus dem Krankenhaus entlassen werden würde. »Ich rechne damit, dass sie in drei, vier Tagen so weit ist«, sagte Vera. »Da lohnt es sich nicht, eine günstigere Unterkunft zu suchen.«

Fanni hätte ihrer Tochter am liebsten eingebläut, mit niemandem über Minnas tatsächliche Verfassung zu sprechen, wagte jedoch nicht, es auf eine Debatte mit ihr ankommen zu lassen.

»Spätestens Ende der Woche können wir sie mit heimnehmen«, fuhr Vera fort. »Die Nachsorge kann man dann dem Hausarzt überlassen.« Fanni hoffte, dass alles so einfach werden würde, wie Vera es sich vorstellte.

Leo wollte wie geplant auschecken. Davon war Fanni ohnehin ausgegangen, und sie fand die Entscheidung vernünftig. Wem würde es etwas nützen, wenn er blieb? Er hatte vor, mit seiner Familie gegen Mittag abzureisen. Am Vormittag sollten die Kinder – das war ihnen versprochen worden – ins ArBär Kinderland zum Skifahren dürfen.

Als Fanni am Kaffeeautomaten darauf wartete, dass sich ihre Tasse füllte, tauchte Leni neben ihr auf. »Marco und ich haben heute früh schon alles so arrangiert, dass wir noch einen Tag dranhängen können.« Sie lächelte. »Die Kinder sind begeistert. Marco meint zwar, viel kann er nicht tun, aber jetzt abreisen geht einfach nicht.« Sie legte einen Moment lang die Hand auf Fannis Arm. »Ihr bleibt doch auch?«

Fanni war überhaupt nicht auf den Gedanken gekommen, Sprudel und sie könnten etwas anderes tun.

Als Fanni ihr Frühstück beendet hatte, wollte sie gleich noch die Tablette schlucken, die ihren seit gut einem Jahr deutlich erhöhten Blutdruck deckeln sollte.

»Das Alter bringt so etwas oft mit sich«, hatte Leni auf Fannis Frage, woher dieser hohe Blutdruck denn plötzlich komme, lapidar geantwortet. »Dagegen sind auch schlanke, sportliche Nichtraucherinnen nicht unbedingt gefeit.«

Sie musste jedoch feststellen, dass die Packung leer war.

Sprudel legte sein Brötchen zurück auf den Teller. »Die neue, die wir aus der Apotheke geholt haben, liegt noch im Handschuhfach. Ich bring sie dir.«

Fanni hielt ihn zurück. »Iss in Ruhe weiter. Ich kann doch selbst gehen.«

Ein wenig zögernd reichte er ihr den Autoschlüssel.

In dem kleinen, sehr gepflegten Garten, der den Hoteleingang vom Parkplatz trennte, blieb Fanni einen Augenblick stehen.

Ein Tag für den Reiseprospekt, dachte sie.

Knallblauer Himmel, ein paar watteweiße Schäfchenwolken als Dekoration darauf. Eine kräftige Märzsonne, die alles zum Glänzen brachte, während sie die gestrige Nässe aufsog.

Der Parkplatz des Hotels lag am »Schwarzen Regen«, einem Flüsschen, das besonders im späteren Verlauf bei Kanufahrern sehr beliebt war.

Fanni trat an die einen knappen Meter hohe Begrenzungsmauer, um sich das Gewässer anzusehen, und erkannte erst jetzt, dass es eine steile, gut zwanzig Meter hohe Böschung aus Feldsteinen und vereinzeltem struppigem Bewuchs vom

Hotelgelände trennte. Sie entdeckte einen Trittstein und stieg auf die Mauer, um einen besseren Blick aufs Wasser zu haben.

Da stand sie eine ganze Weile, schaute auf die kleinen Wirbel und auf die Wellen, die sich an Felsbrocken oder sonstigen Hindernissen brachen. Ihr Blick folgte müßig einem Ast, der durch eine winzige Stromschnelle trieb, ihr Blutdruck sank aus freien Stücken, ihr Hirn schaltete ab, blendete alles aus, was ringsherum geschah.

Fanni bemerkte weder die Hotelangestellte, die über den Parkplatz eilte, noch hörte sie die Kirchenglocken. Sie vernahm das Hundegebell nicht, das von irgendwo herüberhallte, noch sah sie die Katze am Mauerloch auf Beute lauern.

Und die Schritte in ihrem Rücken hörte sie ebenso wenig.

Es war nur ein Schubs. Sie registrierte ihn kaum. Aber er reichte aus, um sie aus dem Gleichgewicht zu bringen.

Fanni stürzte vornüber und begann, die Böschung hinunterzukugeln.

Ihre rechte Hüfte schrappte schmerzhaft an einer Felszacke entlang, über ihr linkes Ohr fuhr ein stechender Ratsch.

Trotz allem hatte sie Glück. Bereits nach wenigen Metern blieb sie in einem verkrüppelten Busch hängen, dessen dürre Zweige sich wie eine Kralle um sie schlossen und sie festhielten.

Was für ein Dusel! Hättest du einen halben Meter weiter links oder rechts gestanden, dann wärst du bis ganz nach unten gekullert! Ob du das wohl überlebt hättest? Das Emoticon presste die Faust auf den Mund.

Fanni schluckte, rieb sich die Augen, fuhr sich übers Gesicht, atmete durch.

Du solltest um Hilfe rufen, sonst findet dich hier keiner! Das Emoticon hatte den Mund zum Schrei geöffnet.

Den Teufel werde ich tun, dachte Fanni.

Sich die paar Meter wieder hochzuarbeiten konnte ja nicht so schwer sein.

Du wirst abstürzen, und nichts wird dich mehr bremsen!

Werde ich nicht!

Aber sie wusste, dass sie besonnen zu Werke gehen musste.

Vorsichtig bog sie die Zweige zur Seite, hielt sich aber daran fest, bis sie sich mit dem Gesicht zur Böschung gedreht und mit den Füßen sicheren Stand gefunden hatte. Dann begann sie mit größtem Bedacht hochzuklettern, jeden Stein prüfend, ob er der Belastung auch standhalten würde.

Relativ schnell und recht problemlos erreichte sie die Begrenzungsmauer, wo sie erkannte, dass es nun schwierig werden würde, denn die wuchs senkrecht aus der Böschung. Es blieb ihr nichts anderes übrig, als sich daran hochzuziehen und in akrobatischer Höchstleistung ein Bein hinaufzuschwingen, was ihr tatsächlich gelang. Ziemlich unelegant robbte sie vorwärts, bis sie schließlich bäuchlings auf der Mauer lag. Sie gönnte sich zwei Atemzüge, setzte sich dann auf und hopste auf ebenen Boden.

Dein Ohr blutet, und dein Pulli hängt in Fetzen!

Fanni ging zum Wagen und betrachtete sich im Seitenspiegel.

Halb so schlimm. Das Blut kann man abwischen, und wenn ich den Pulli in den Hosenbund stecke, kann man den Riss nicht sehen.

Soll das heißen, du willst die Sache verheimlichen?

Unbedingt, dachte Fanni.

War sie überhaupt geschubst worden, oder hatte sie sich das nur eingebildet? Womöglich hatte sie einen kurzen Schwindelanfall gehabt und deshalb das Gleichgewicht verloren.

Das Emoticon tippte sich an die Stirn.

Fanni wagte sich nicht mehr in den Frühstücksraum, denn Sprudel würde ihr sofort anmerken, dass etwas geschehen war. Sie blieb nur kurz an der Eingangstür stehen und zeigte auf das Zifferblatt ihrer Armbanduhr, um ihm anzudeuten, dass sie sich für die Kosmetikbehandlung bereitmachen musste, von der sie ihm beim Frühstück erzählt hatte.

Er nickte, und sie beeilte sich zu verschwinden.

7

Anja hatte geschickte Hände, und Fanni genoss die kleinen kreisenden Bewegungen, mit denen sie ihr Gesicht und Dekolleté massierte, mochte die Kühle des Gesichtswassers, das sie anschließend auftrug.

Du sitzt nicht hier, um was auch immer zu genießen! Das Emoticon hatte einen erhobenen Zeigefinger.

Anja hatte sich erkundigt, ob Fanni zum ersten Mal im Picklerhof wohnte, ob ihr das Hotel gefiel und ob sie vorhatte, irgendwann wiederzukommen.

Fanni hatte bereitwillig Auskunft gegeben und ganz bewusst erwähnt, welche Umstände sie hergeführt hatten, sodass sie Sigi ins Spiel bringen konnte. »Ich habe Sie zusammen gesehen«, sagte sie schließlich. »Sie scheinen ihn recht gut zu kennen.«

Der Seufzer, den Anja zu unterdrücken suchte, entging ihr keineswegs. »Wir haben uns vergangenes Jahr hier im Hotel kennengelernt. Sigi war mit ein paar Freunden zum Skifahren da.«

Anjas Antwort überraschte Fanni. Sigi hatte mit keinem Wort verlauten lassen, dass er schon einmal im Picklerhof abgestiegen war. Hatte er das mit voller Absicht verschwiegen oder es einfach für belanglos gehalten?

Diese Frage ließ sich im Moment nicht klären; diejenige, die Fanni hergeführt hatte, hoffentlich schon.

Warum hatte Anja zu Sigi gesagt: »Du lässt mich also im Stich«?

Womöglich war es ja nur um eine Nebensächlichkeit gegangen, hatte überhaupt nichts zu bedeuten gehabt. Aber ebenso gut möglich war, dass die wie auch immer geartete Beziehung zwischen Anja und Sigi für die Lösung des Falles eine Rolle spielte.

Wenn ja, dann musste Fanni alles darüber wissen.

Anja hatte anscheinend nicht vor, über ihre Bekanntschaft

mit Sigi Huber viele Worte zu verlieren, deshalb musste Fanni ihr gesamtes Einfühlungsvermögen, ihr Feingefühl und ihre Gewitztheit aufbieten, bis sich bei Anja die Schleusen öffneten.

Anja war sechsunddreißig und alleinerziehende Mutter eines zwölfjährigen Sohnes.

»Sie können sich gar nicht vorstellen, wie schwer es ist, Beruf, Kind, Haushalt und was sonst noch alles unter einen Hut zu bringen.«

»Doch«, sagte Fanni. »Ich glaube, das kann ich.«

Sigi hatte vergangenes Jahr eine ganze Woche im Hotel gewohnt und Anja am zweiten Tag seines Aufenthalts gefragt, ob er sie nach Feierabend zum Essen einladen dürfe. Sie hatte die Einladung angenommen, weil er sich so höflich verhielt, weil sie ihn sympathisch fand und weil … Den Rest ließ sie offen. Aber Fanni konnte sich denken, was Anja nicht aussprechen wollte. Sie hatte wohl nur wenige Freunde, und ihr letztes Date lag vermutlich Jahre zurück.

Wie auch immer, Sigi machte ihr den Hof, und sie verabredeten sich so oft wie möglich. Als es für Sigi Zeit wurde, abzureisen, versprach er, bald wiederzukommen, und hielt sein Versprechen. Ihre Beziehung festigte sich und gestaltete sich sehr harmonisch, hatte jedoch eine beklagenswerte Schattenseite.

»Zwischen Dresden und Zwiesel liegen gut fünfhundert Kilometer«, sagte Anja. »Da kann man sich nur einmal im Monat treffen, wenn es hochkommt.«

Fanni speicherte die Information, dass Sigi, wie seine Schwester und sein Schwager, in Dresden lebte, und erfuhr außerdem, dass er dort für eine bekannte Versicherung arbeitete.

»Er verdient da wirklich gut«, vertraute Anja ihr an. »Wie könnte er so einen Job einfach kündigen?«

Wie könnte er nur?, dachte Fanni zynisch. Sie fand, dass Anja sich von ihm hatte einseifen lassen. Sigi hatte sich ja offenbar nicht einmal die Mühe gemacht, herauszufinden, ob es in Niederbayern nicht ähnlich gute Jobs gab.

Aber dann, erzählte Anja, habe Sigi ihr den Vorschlag gemacht, nach Dresden zu ziehen und bei dem Start-up mitzumachen, das seine Schwester und sein Schwager im Sinn hatten. Sie war sofort Feuer und Flamme gewesen.

»Bevor ich die Kosmetikkurse belegt habe, habe ich in der Catering-Branche gearbeitet«, verriet sie Fanni. »Und die Arbeit hat mir wahnsinnig gut gefallen.«

Aber wegen des Kindes hatte sie den Job aufgeben und sich einen suchen müssen, der ihr mehr freie Zeiteinteilung erlaubte.

Sie hatte mit Sigi abgemacht, dass er mit Rainer und Rita über die Sache sprechen sollte. Aber dazu war es dann nicht mehr gekommen.

Fanni merkte, dass Anja das Thema damit beenden wollte, fragte aber trotzdem: »Warum?«

Statt zu antworten, hielt ihr Anja zwei Schälchen hin. »Welche Maske soll ich bei Ihnen auftragen? Mandel oder Aloe Vera?«

Fanni entschied sich für Aloe Vera, und während Anja mehrere Komponenten zusammenrührte, fragte sie: »Glauben Sie, Sigi ist …« Sie stockte und fuhr dann fort: »… nicht mehr interessiert?«

»Sie meinen, ob er mich abservieren will?« Anja verstummte und hantierte mit Rührlöffel und Messbecher. Dabei gelangte sie offenbar zu der Ansicht, dass sie Fanni schon zu viel über ihre Beziehung mit Sigi anvertraut hatte, um jetzt auf einmal abzublocken.

Schließlich sagte sie, während sie die Maske auftrug: »Bis vor drei Tagen hätte ich das für undenkbar gehalten. Aber seit Sigi gestern angekommen ist, ist er irgendwie anders.«

»Und Sie können sich nicht vorstellen, woran das liegt?«

Als darauf keine Antwort kam, öffnete Fanni die Augen, begegnete Anjas misstrauischem Blick und hätte sich ohrfeigen wollen. Wie hatte sie nur so direkt und unsensibel fragen können?

Anja drehte sich zum Waschbecken um, wusch sich die Hände, befüllte das Bedampfungsgerät, rollte es an die Liege und schaltete es ein.

Als es lief, fragte sie, ob Fanni sich gut fühle und alles in Ordnung sei.

Fanni bejahte knapp, denn die zähe Schicht, die Anja aufgetragen hatte, hinderte sie am Sprechen.

Daraufhin erklärte ihr Anja, sie würde jetzt den Raum für eine Weile verlassen, damit Fanni sich auch wirklich entspannen könne.

Fanni blieb auf der Beauty-Liege zurück und blickte zur Zimmerdecke hinauf, wo kleine Leuchtkörper funkelten, was anscheinend suggerieren sollte, dort oben wölbe sich ein Sternenhimmel. Von irgendwoher aus der Wand klang leises Meeresrauschen.

Doch statt sich davon einlullen zu lassen und sich romantischen Träumen hinzugeben, grübelte Fanni über Sigi Huber nach. Noch immer wusste sie kaum etwas über ihn, und obwohl sie sich am Abend zuvor einige Zeit mit ihm unterhalten hatte, gelang es ihr nicht, ihn wirklich einzuschätzen.

Ich muss mit Sprudel über ihn reden, dachte sie schläfrig. Muss Sprudel fragen, ob Sigi auch ihm irgendwie undurchsichtig erscheint. Ob er es für möglich hält, dass er etwas mit Rainers Verschwinden zu tun hat und mit dem Anschlag auf Minna. Sprudel und ich müssen zusammen noch einmal ganz genau nachrechnen, wann Sigi sich gestern wo aufgehalten hat.

Als Anja zurückkehrte, war Fanni eingenickt.

Wasserrauschen ließ sie aufschrecken. Anja befeuchtete soeben ein Tuch, mit dem sie dann die inzwischen krümeligen Überreste der Maske abwusch. Als Nächstes begann sie, eine Tagescreme aufzutragen. »Sie haben da eine üble Schramme am Ohr. Ich habe sie gleich zu Anfang mit einem Aseptikum betupft. Soll ich sie mit Abdeckcreme unsichtbar machen, bevor Sie gehen?«

Fanni nickte begeistert.

Anjas Finger massierten die Tagescreme mit diesen kleinen, kreisenden Bewegungen ein, die sich angenehm anfühlten, aber Fanni konnte an der Berührung und an Anjas ganzer Körperhaltung erkennen, dass sie sich hinter eine Art Schutzschild zurückgezogen hatte. Sie würde sie nun keinen Schritt weiter in ihre Privatsphäre eindringen lassen.

Die letzten Minuten überbrückten Anja und Fanni mit dem für solche Gelegenheiten üblichen Small Talk: Wetter heute gut, viel besser als gestern. Endlich wieder Sonne. Erstaunlich warmer März. Irgendwann in diesem Frühjahr wird es aber bestimmt noch mal Frost geben. Vielleicht auch Schnee. Weiße Ostern wären nichts Ungewöhnliches.

Am Ende war Fanni froh, als Anja die leichte Decke zusammenfaltete, die über sie gebreitet gewesen war, und ihr vorsichtig die Duschkappe abnahm, die ihre Frisur schützen sollte.

Von »Frisur« kann wohl keine Rede sein!

Fanni seufzte leise. Ob wegen der Stichelei der Gedankenstimme oder wegen Anja, die sie verstimmt, vielleicht sogar gekränkt hatte, hätte sie selbst nicht zu sagen gewusst.

Unzufrieden mit sich und ihren kriminalistischen Fähigkeiten schlüpfte sie in den hoteleigenen Bademantel, verließ den Kosmetikraum und begab sich zur Poollandschaft.

Sprudel hatte es sich auf einem Relaxsessel am Rand des Schwimmerbeckens bequem gemacht und las in dem Krimi, den sie ihm empfohlen hatte.

Sie beugte sich über ihn. »Fertig. Und was machen wir jetzt?«

Er betrachtete sie schmunzelnd. »Was macht ein Mann mit einer so schönen Frau?«

»Er geht mit ihr Ski fahren«, sagte Fanni trocken.

Sprudel produzierte eine derart enttäuschte Miene, dass sie laut auflachen musste.

Vom Sessel nebenan kam ein vorwurfsvolles: »Schsch.«

»Leo ist schon fort«, berichtete Sprudel auf dem Weg zu ihrem Zimmer. »Leni und Marco mussten mit den Kindern noch in den Sportshop, weil Timmis Sonnenbrille kaputt war, sind aber inzwischen auch unterwegs zum Arber. Hans und Erna wollten einen Spaziergang machen und danach Minna besuchen. Vera, Bernhard und Max sind schon bei ihr. Was Rita und Sigi vorhaben, habe ich nicht mitgekriegt. Willst du wirklich Ski fahren? Der Schnee war gestern schon schlecht. Und was die Nässe gestern nicht geschafft hat, schafft heute die Sonne. Bis zum Abend gibt es haufenweise apere Stellen.«

»Dann sollten wir uns beeilen«, sagte Fanni.

Der Parkplatz an der Talstation zeigte sich stärker belegt als tags zuvor, was natürlich an dem guten Wetter lag, das nicht nur Skifahrer (jedenfalls die unverdrossenen unter ihnen), sondern auch Ausflügler angelockt hatte, die zum Gipfel hochfahren und dort ein wenig herumstapfen wollten.

Fanni hielt zielstrebig auf die Gondelbahn zu, die wieder lief, als hätte es den gestrigen Tag nie gegeben.

Unwillkürlich ging ihr die Frage durch den Kopf, ob die Kuschelgondel nur gereinigt worden war oder ob man sie ausgehängt und irgendwo gelagert hatte.

»Du willst nach Hinweisen Ausschau halten.« Sprudel ließ es wie eine Feststellung klingen, in der allerdings ein leichter Tadel mitschwang, sodass Fanni sich zur Verteidigung genötigt sah.

»Ich weiß, dass ich mit wirklichen Hinweisen nicht rechnen kann. Ich suche ja auch eher nach einem … einer …«

»Inspiration«, schlug Sprudel vor, und Fanni nickte lächelnd.

Während der Bergfahrt blickte sie konzentriert aus dem Fenster und prägte sich die Eigenschaften des Geländes ein, das heute gut überschaubar in der Sonne lag.

Die Gondelschneise und die Abfahrt vom Nordhang, über der die Sessel verkehrten, verliefen fast parallel zueinander. Im oberen Bereich trennte sie ein Waldstück, weiter unten, nahe den beiden Talstationen, vereinigten sie sich.

Als ihre Gondel nicht mehr weit von der Bergstation entfernt war, bemerkte Fanni, dass sie sich nicht mehr über der Skipiste befanden, sondern über Baumwipfeln und Gesträuch.

Sie machte Sprudel darauf aufmerksam. »Schau. Das letzte Stück hängen die Gondeln über dem Wäldchen.«

Sprudel nickte begreifend.

Falls Rainers Verschwinden sich so abgespielt hatte, wie die

Spurenlage in der Gondel glauben ließ, dann war er womöglich zwischen Büschen und Bäumen gelandet.

»Hältst du es für vorstellbar, dass gestern gar nicht in dem Wäldchen gesucht wurde, weil alle dachten, Rainer müsse – wenn überhaupt – erst weiter unten aus der Gondel gestürzt sein?«

Sprudel nickte erneut. Diesmal allerdings erschrocken. Offensichtlich ahnte er, was ihm bevorstand.

»Wir fahren in die Schneise«, sagte Fanni, nachdem sie ausgestiegen waren und draußen unter blauem Himmel und strahlender Sonne ihre Skier angeschnallt hatten.

Als ob er das nicht längst wüsste! Das Emoticon verdrehte die Augen.

Fanni bog in die Schneise ein und querte dann sofort zum Waldrand hinüber, wo sie verblüfft stehen blieb und auf den Boden starrte.

Die Schneedecke war von zahlreichen Fußspuren durchzogen, die in das Waldstück hinein- und wieder herausführten.

»Die müssen von heute Vormittag sein«, sagte Sprudel. »Sonst hätten sie nicht so klare Ränder.«

Die Suchmannschaft, zumindest ein Teil davon, war also am Morgen zurückgekommen, um sich auch hier umzusehen.

Hatte Wieser sie angefordert, weil sich für seine Theorie so gar keine Beweise fanden?

»Falls es in dem Waldstück Spuren gab, sind sie bei den guten Lichtverhältnissen heute fraglos entdeckt worden«, sagte Sprudel.

»Warum ist eigentlich bei den Vermisstensuchen gestern nicht schnellstens ein Suchhund eingesetzt worden?« Fanni sprach aus, was ihr gerade in den Sinn gekommen war.

»Das weiß ich auch nicht, Fanni«, antwortete Sprudel. »Aber ich könnte mir vorstellen, dass nur ein ganz speziell ausgebildeter Hund Spuren im Schnee, insbesondere in einer durchweichten Schneedecke, verfolgen kann. Und ich möchte bezweifeln, dass die örtliche Polizei oder die örtliche Bergwacht über so einen verfügt.«

Wie immer hörte es sich absolut vernünftig an, was Sprudel sagte.

Fanni starrte auf das Waldstück, die dunklen Bäume, den in der Sonne glitzernden Schnee, die schimmernden Pfützen, die sich in den Fußstapfen der Suchmannschaft gebildet hatten, und sagte sich, dass es keinen Sinn hatte, jetzt noch in das Gehölz einzudringen.

Sprudel hat recht, dachte sie. Wenn es hier etwas zu finden gab, dann ist es schon gefunden worden.

Es gab aber wohl nichts, sonst wäre doch hier eine Absperrung!

Sprudel war offenbar zum selben Ergebnis gekommen, denn er sagte: »Falls Rainer tatsächlich über dem Waldstück aus der Gondel gestoßen wurde, dann hat der Täter beim Verschwindenlassen der Leiche anscheinend gründliche Arbeit geleistet.«

Fanni horchte seinen Worten nach, weil sie meinte, einen bestimmten Gedanken daraus aufgreifen zu müssen.

Der Täter hat beim Verschwindenlassen der Leiche gründliche Arbeit geleistet, hallte es in ihrem Kopf wider.

Warum? Ja, warum hatte er sich – zur Abwechslung einmal vorausgesetzt, die Sache hatte sich so abgespielt, wie die Spurenlage in der Gondel vermuten ließ – die Mühe gemacht, den Toten verschwinden zu lassen? Er hätte ihn doch einfach liegen lassen können.

Dafür, dass er das nicht getan hat, muss er einen guten Grund gehabt haben, überlegte Fanni. Nur welchen?

Hatte er befürchtet, bei der Untersuchung der Leiche würde man Rückschlüsse auf seine Person ziehen können? Über DNA-Spuren beispielsweise oder Gewebefasern?

In Liftgebieten tragen so gut wie alle Leute Anoraks, und die sind aus recht ähnlichen Materialien!

Und was ist mit Bundeswehrbekleidung?, fragte Fanni die Gedankenstimme. Kann es sein, dass die sich anhand von Gewebefasern eindeutig identifizieren lässt?

Darauf wusste die Gedankenstimme offenbar keine Antwort, und statt des inzwischen vertrauten Emoticons erschien ein fettes Fragezeichen.

Daraufhin sinnierte Fanni eine Weile vor sich hin, und plötzlich fiel ihr der Schrägaufzug ein, von dem am Abend zuvor in der Cafeteria die Rede gewesen war. Soweit sie sich an das Gesagte erinnerte, führte er vom Kellergeschoss der Eisensteiner Hütte direkt in die Radaranlage.

Ihr Blick wanderte bergwärts und fand bestätigt, was sie ohnehin wusste. Die Eisensteiner Hütte lag – wenn auch ein Stück östlich versetzt – nur wenige Meter unterhalb der Bergstation.

»Der Schrägaufzug«, sagte sie zu Sprudel. »Der Täter könnte Rainer auf Höhe der Eisensteiner Hütte aus der Gondel geworfen und mit dem Schrägaufzug in die Radarstation gebracht haben.«

Sprudels Miene zeigte deutlich, für wie bizarr er diese Theorie hielt. Insbesondere wenn man die Frage aufwarf, was dann mit der Leiche geschehen sein sollte. Aber da sie beide im Laufe der Zeit gelernt hatten, dass es auch bizarre, unhaltbar scheinende Theorien oft wert waren, nachgeprüft zu werden, brachte er keine grundsätzlichen Einwände vor.

Einen Kommentar dazu hatte er allerdings schon. »Ich befürchte, unser Ermittlungsspielraum endet beim Zugang zu diesem Schrägaufzug. Was sich in den Radartürmen da oben abspielt, ist vermutlich geheimer als geheim. Von denen, die da oben stationiert sind, wird keiner mit uns reden. Sie werden uns nicht einmal an sich heranlassen. Da wird das Reglement streng eingehalten.«

Fanni zwinkerte ihm zu. »Und gerade weil es beim Militär so streng zugeht, ist nichts einfacher, als die Alibis der Soldaten zu überprüfen. Wieser muss das veranlassen.« Damit stieß sie sich ab, segelte in großen Schwüngen die Schneise hinunter und fuhr ohne anzuhalten auf das Drehkreuz am Zugang zur Gondelbahn zu.

Sprudel und sie schaukelten diesmal schweigend bergwärts, weil sich ein junger Mann zu ihnen gesellt hatte, den sie nicht an ihren Gesprächen teilhaben lassen wollten.

Oben stieg Fanni in ihre Skier, machte ein paar kurze

Schwünge in Richtung Schneise, bremste aber an der Eisensteiner Hütte schon wieder ab, blieb stehen und schaute hinüber.

Vor der Hütte hatte man mittlerweile Biertische, Bierbänke und sogar ein paar Liegestühle aufgestellt, denn in der Sonne war es warm genug, um draußen zu sitzen. Es waren allerdings nur wenige Plätze belegt.

»Wie wär's mit Kaffee und Kuchen?«, fragte Sprudel hoffnungsvoll.

Fanni verdrehte die Augen. »Wir sind gerade mal eine halbe Stunde unterwegs.«

»Frühstück ist aber mindestens drei Stunden her, eher vier.« Sprudel murmelte es vor sich hin, aber Fanni hörte es genau.

Sie stieg aus den Skiern.

Die leise Enttäuschung in Sprudels Miene verwandelte sich in blankes Entsetzen. »Willst du dich etwa in diesen Schrägaufzug schleichen?«

Fanni beruhigte ihn mit einem leichten Kopfschütteln. »Ich will mir den Schuppen anschauen, wo Minna niedergeschlagen wurde.«

Sprudel atmete erleichtert auf.

Als sie Seite an Seite auf den breiten Durchgang zugingen, der die Eisensteiner Hütte vom Schutzhaus trennte, dachte Fanni daran, wie sie tags zuvor schwer atmend hier angekommen waren, am Schutzhaus ans Fenster geklopft und nach Minna gefragt hatten, ohne zu ahnen, dass sie nur wenige Meter von ihnen entfernt verletzt in einem Schuppen lag. Der musste sich, sofern sie Patrick nicht missverstanden hatte, an der Rückseite des Gebäudes befinden.

Dort gab es tatsächlich einen kleinen Anbau, bei dem es sich aber mehr um einen Bretterverschlag handelte, der sich an die Außenmauer lehnte. Wozu er diente, war nicht festzustellen, denn um ihn herum zog sich ein Absperrband, und an der Tür klebte ein Polizeisiegel.

Fanni spürte, wie Sprudel sich anspannte, und drückte seinen Arm, was ihm so viel sagen sollte wie: Keine Sorge. Ich habe nicht vor, mich strafbar zu machen. Die Kriminaltechniker haben bestimmt ganze Arbeit geleistet und alle Spuren längst gesichert.

Sie konnten also hier nichts weiter tun, als die klobige Tür anzustarren, hinter der Minna niedergeschlagen worden war.

Der Kerl muss sie mit dem Kantholz seitlich am Kopf erwischt haben, überlegte Fanni. An Schläfe, Wangenknochen und Kiefer, den er ihr offenbar zertrümmert hat.

Aber wir finden ihn, schwor sie sich. Und er wird sich wünschen, Minna nie begegnet zu sein.

Schließlich wandte sie sich vom Schuppen ab und kehrte, wieder Seite an Seite mit Sprudel, langsam zu dem hölzernen Gestell neben der Eisensteiner Hütte zurück, wo sie die Skier verstaut hatten.

Als Fanni den Blick zur Bergstation und weiter zum Arber-Gipfel und darüber hinweg schweifen ließ, fiel ihr auf, dass der Schlepplift am Osthang in Betrieb war. Der lief grundsätzlich nur, wenn das Wetter es zuließ, und war eigentlich nie ausgelastet. Jetzt ratterten die ankommenden Bügel wie vergessen durchs Räderwerk und schlingerten ungenutzt wieder bergwärts.

Gestern hätte er uns gute Dienste geleistet, dachte Fanni. Wir hätten uns kräftesparend hochziehen lassen können und hätten nicht den ganzen Hang durch matschigen Schnee hinaufstapfen müssen.

Ihre Augen suchten nach der Trittspur, die Sprudel und sie am gegenüberliegenden Rand der Piste hinterlassen haben mussten, wobei ihr einfiel, dass Rainer – man durfte ja nicht außer Acht lassen, dass Wieser womöglich doch recht hatte und Rainer untertauchen wollte – etwa zwei Stunden vor ihnen ebenfalls über den Osthang zum Gipfel gestapft sein musste, wenn er über die Tourenstrecke nach Bodenmais hatte abfahren wollen.

»Wir nehmen den Schlepper«, sagte sie zu Sprudel.

Der grinste breit, weswegen ihm Fanni die Zunge herausstreckte.

Sprudel wusste ganz genau, dass sie Schleppliftfahren hasste und es möglichst umging. Noch immer schmunzelnd sorgte er dafür, dass sie auf der rechten Spur zu stehen kam, die sie, warum auch immer, bevorzugte, und passte den Bügel auf ihre Größe an, was die Sache für ihn allerdings nicht gerade einfach machte.

Fanni dankte es ihm mit einem flüchtigen Lächeln, denn ihr Augenmerk galt dem breiten Streifen neben der Schleppspur, auf dem die Fahrspuren eines Gefährts mit Ketten anstatt Rädern sowie Fußstapfen zu erkennen waren.

Die von wer weiß wem stammen und erst heute Vormittag entstanden sein können!

Das war keinesfalls zu bestreiten. Trotzdem behielt Fanni die Trasse scharf im Auge. Warum, hätte sie selbst nicht sagen können.

Weil du stur bist wie eine Eislawine! Das Emoticon hatte eine Delle im Kopf.

Etwa zehn Meter vor dem Ausstieg sah Fanni den Handschuh liegen. Er befand sich in einer kleinen Mulde zwischen Schlepp- und Fußspur, so nahe an ihrem rechten Ski, dass sie sich danach bücken und ihn aufheben konnte.

Und jetzt bildest du dir ein, der gehört Rainer? Ist es nicht viel wahrscheinlicher, dass ihn einer der Skifahrer verloren hat, die heute den Lift benutzt haben?

Fanni schüttelte den Handschuh, und ein kleines Rinnsal floss heraus.

Er hat über Nacht dagelegen und gestern wohl eine Zeit lang Regen abgekriegt, teilte sie der Gedankenstimme mit.

Die hüllte sich daraufhin in Schweigen.

Sprudel warf einen prüfenden Blick auf den Handschuh. »Selbst wenn der tatsächlich Rainer gehören würde, wie sollte das herauszufinden sein?«

Gar nicht, ohne DNA-Analyse, dachte Fanni frustriert.

Skihandschuhe, besonders die für Herren, sahen sich recht ähnlich. Wenn dieser hier kein besonderes Kennzeichen besaß, war er schwerlich jemandem zuzuordnen.

»Fanni?« Sprudel musste ihr den Bügel unterm Hintern wegziehen, sonst wäre sie geradewegs gegen die Bretterwand am

Ende der Schleppspur gefahren, an der die Bügel abprallten, bevor sie automatisch nach oben gehievt wurden.

Hastig stieß sie sich ab, rutschte ein paar Meter zur Seite und blieb dann stehen, um ihren Fund genauer zu inspizieren.

Der Handschuh war schwarz und hatte quer über dem Handrücken einen neongelben, leicht gepolsterten Streifen. Am Daumen war die Naht gut zwei Zentimeter weit aufgeplatzt und ausgefranst.

»So alltäglich ist der gar nicht«, sagte sie halb zu sich selbst, wrang ihn aus und steckte ihn in eine Außentasche ihres Anoraks.

Auf Sprudels fragenden Blick hin erklärte sie: »Rita müsste doch eigentlich sagen können, ob der Handschuh Rainer gehört oder nicht. Sobald ich Gelegenheit dazu habe, zeige ich ihn ihr.«

Die Gelegenheit bot sich bereits fünf Minuten später.

Fanni hatte sich etwas unschlüssig auf die Radartürme zubewegt, wohl wissend, dass ihr Handlungsspielraum hier an unüberwindliche Grenzen stieß.

Als sie näher kam, sah sie, dass zwei Skifahrer und zwei Fußgänger vor den Türmen standen und sie anstarrten.

Anfangs erkannte sie nur Hans und Erna, die offenbar doch noch hergekommen waren, aber ohne Ski, was sie sehr erstaunte.

Erst als Sprudel sagte: »Rita und Sigi sind also Ski fahren gegangen«, wurde ihr bewusst, um wen es sich bei den beiden in Skiausrüstung handelte. Sie wirkte anscheinend so verdutzt, dass Hans sich genötigt fühlte, eine Erklärung abzugeben.

»Erna und ich hatten keine Lust mehr auf Skifahren und wollten rund um den Arber-See spazieren. Da hat uns ein Anruf von Rita erreicht. Sie hatte da so eine Idee.«

Fanni wartete darauf, dass er ihnen Ritas »Idee« unterbreiten würde, aber bevor er weitersprechen konnte, sagte Rita: »Eigentlich hast du mich darauf gebracht, Fanni. Und zwar, als du mich gestern Abend gefragt hast, ob ich mir vorstellen kann, dass Rainer jemanden aus der Radarstation kennt.« Sie stützte sich auf ihre Skistöcke und neigte sich Fanni zu. »Erinnerst du dich, wie wir davon geredet haben, dass Rainer einem alten

Bekannten über den Weg gelaufen ist? Und wie du gefragt hast, ob Rainer vielleicht deshalb nicht zum Arber Stadl gekommen ist, weil er ihn treffen wollte?«

Selbstverständlich erinnerte sich Fanni. Sie hatte ja lang genug darüber nachgedacht. Und Rita hatte irgendwann anscheinend ähnliche Überlegungen angestellt wie sie. Blieben die Fragen: Was wollte sie hier vor den zugeknöpften Radartürmen, und warum hatte sie Hans und Erna herbestellt?

Etwas verlegen fuhr Rita fort: »Irgendwie hatte ich gehofft, dass man mit den Soldaten reden kann.«

Das hatte Fanni insgeheim auch, obwohl sie es besser wusste. Man konnte ja wohl kaum damit rechnen, dass es an den Radartürmen Klingelschilder gab wie an einem Wohnblock.

»Aber man hat ja hier nicht einmal eine Möglichkeit, sich bemerkbar zu machen«, regte sich Hans Rot auf.

Erna war mittlerweile näher an einen der Türme herangetreten und streckte den Arm aus. »Da ist eine Tür.« Im nächsten Moment fuhr sie erschrocken zurück, aber auch Fanni und die anderen schreckten auf, als plötzlich ein Rauschen zu hören war und eine blecherne Stimme rasselte: »Verlassen Sie umgehend den Sperrbereich.« Erna leistete dem Befehl hastig Folge.

»An die ist nicht ranzukommen.« Sigi legte seiner Schwester einen Arm um die Schultern. »Habe ich dir ja gleich gesagt.«

Hans warf den Türmen noch einen erbosten Blick zu, dann wandte er sich ab. »Dieser Kommissar will uns einreden, dass Rainer eine falsche Spur gelegt und sich aus dem Staub gemacht hat. Der tickt doch nicht richtig.«

»Und er hat selbst zugeben müssen, dass es nicht den kleinsten Beweis dafür gibt«, fügte Erna hinzu.

»Rainer hat sich nie und nimmer aus dem Staub gemacht«, sagte Rita mit Nachdruck. »Und im Gegensatz zu dem Kommissar kann ich es beweisen.«

Fanni sah sie erstaunt an.

»Wie«, fuhr Rita fort, »sollte Rainer denn irgendwohin kommen, ohne Geld und ohne Papiere? Seine Geldbörse liegt auf dem Nachttisch in unserem Zimmer und seine Brieftasche mit

Ausweis, Kreditkarten und Führerschein in dem kleinen Safe im Kleiderschrank. Von unserem Konto fehlt kein Cent, das habe ich online überprüft.«

»Da siehst du es«, sagte Hans an Fanni gewandt, als hätte sie Wiesers Theorie verteidigt.

Sie schenkte sich eine Erwiderung.

Was Rita gesagt hat, klingt logisch, dachte sie.

Ein hieb- und stichfester Beweis schien es ihr allerdings nicht zu sein.

Hans deutete den Osthang hinunter. »Erna und ich gehen auf ein Gläschen ins Schutzhaus. Wer kommt mit?«

Fanni fing Sprudels hoffnungsvollen Blick auf, schüttelte jedoch den Kopf. Zum einen hatte sie mit Rita noch etwas zu besprechen, zum anderen keine Lust auf Hans' Tiraden.

Der schickte sich bereits an, den Hang hinunterzustiefeln.

Fanni holte den Handschuh aus ihrer Anoraktasche und hielt ihn Rita hin. »Könnte der Rainer gehören?«

Rita griff danach und studierte nachdenklich den gelben Streifen, dann drehte sie den Handschuh um und befühlte die aufgeplatzte Naht. »Wo hast du den her?«

Fanni sagte es ihr.

»Rainer hat mich gestern früh gefragt, ob ich das nähen kann«, berichtete Rita daraufhin mit gepresster Stimme.

Sigi drückte sie kurz an sich. »Wir sollten den Handschuh zu Wieser auf die Dienststelle bringen. Hier können wir sowieso nichts tun.«

»Aber zuerst sagen wir noch Mama und Hans Bescheid«, entschied Rita. »Ihr kommt doch mit?«

Fanni verneinte, schob sich wieder zur Schleppspur zurück und blickte sie versonnen entlang.

Was hatte der Fund zu bedeuten?

Dass Wieser richtigliegt!

Sie sah Sprudel verstört an. »Rainer kann den Handschuh nicht beim Skifahren verloren haben, weil der Osthangschlepper wegen des Nebels gestern gar nicht gelaufen ist.«

Sprudel nickte zustimmend.

»Er muss also hier hochgestapft sein«, folgerte sie daraus und biss sich auf die Lippen.

Wieso hatte sich dann nicht der kleinste Hinweis auf seinen Verbleib gefunden? Wieser hatte nichts, davon war sie überzeugt.

Und Rita tappt genauso im Dunkeln wie wir, dachte sie. Sonst hätte sie wohl kaum versucht, in die Abhörstation zu gelangen, um nach diesem alten Bekannten zu fahnden, von dem ihr Rainer erzählt hat.

Ritas plötzliches Engagement könnte allerdings auch ein fauler Trick sein!

Das wagte Fanni zu bezweifeln.

Natürlich hätte Rita diesen Bekannten erfinden können. Aber die Sache so weit zu treiben und auf der angeblichen Suche nach ihm vor einem streng gesicherten Militärstützpunkt aufzutauchen, wäre verrückt, dachte sie. Ihr liegt wohl tatsächlich daran, herauszufinden, was geschehen ist.

Ritas Stimme riss sie aus ihren Gedanken. »Seit du gestern Abend davon angefangen hast, will mir nicht mehr aus dem Kopf, dass es sich bei dem alten Bekannten um einen früheren Kameraden bei der Bundeswehr handeln könnte.« Sie seufzte leise. »Warum habe ich nicht nachgehakt? Warum habe ich nicht einmal richtig zugehört? Und jetzt weiß ich nicht, wie ich den Kerl ausfindig machen könnte.«

»Dass dieses Zusammentreffen etwas mit Rainers Verschwinden zu tun hat, ist ja gar nicht gesagt«, versuchte Fanni sie zu beruhigen, obwohl sie selbst gerade den Gedanken verfolgte, es sei eben kein Zufall gewesen.

Offenbar hatte Rita in eine ähnliche Richtung gedacht. »Was, wenn ihm einer von denen aus der Station aufgelauert hat? Weil, weil …« Sie wusste nicht weiter.

Dazu hätte derjenige aber wissen müssen, dass Rainer zum Skifahren herkommt, überlegte Fanni. Aber war nicht auch denkbar, dass Rainer zufällig mit jemandem zusammengetroffen war, der eine Rechnung mit ihm offen hatte und die Gunst der Stunde nutzte?

Und um stets für die Gunst der Stunde gewappnet zu sein, hat er immer einen Hammer dabei!

Fanni kniff einige Sekunden lang die Augen zu, um sich besser konzentrieren zu können und Ordnung in das Chaos ihrer Gedanken zu bringen. Einerseits unterstützte der Handschuhfund die Theorie, dass Rainer den Osthang hinaufgestapft war, um sich über die Tourenabfahrt nach Bodenmais abzusetzen. Andererseits war da dieses Zusammentreffen mit dem »alten Bekannten«. Und, fast völlig aus dem Fokus geraten, es gab da auch noch Meister Yoda vom Jedi-Orden.

Der Schlüsselanhänger lag in der Gondelschneise, überlegte Fanni, spricht also für die Mordtheorie.

Ebenfalls dafür sprach Ritas Aussage, dass Rainer ohne Papiere, Kreditkarten und nennenswerte Barmittel (er mochte ja einen oder zwei Geldscheine in der Hosentasche stecken haben) unterwegs war.

Und damit, resümierte Fanni, liegt die Mordtheorie mit drei zu eins vorn.

»Wer wusste denn von eurem Trip in den Bayerischen Wald?«, fragte sie, nachdem sie innerlich so weit Ordnung geschaffen hatte.

»Alle«, antwortete Rita. »Jeder, mit dem wir in letzter Zeit geredet haben.«

»Und wer von denen könnte ein Interesse daran haben …« Fanni suchte nach den richtigen Worten und entschied sich schließlich für: »… euch zu schaden?«

Ritas Antwort kam wie aus der Pistole geschossen. »Sabrina. Sie packt es nicht, dass sich Rainer von ihr abnabeln will.«

Fanni schluckte. Was sollte das denn heißen? War Rainer mit dieser Sabrina liiert? Sie sah Rita verwirrt an, hoffte auf eine Erklärung.

Rita lehnte sich an die Planke, die den Bereich des Schlepplifts absicherte, in dem die leeren Bügel gegen die Bretterwand knallten, bevor sie nach oben gezogen wurden. Seit Fanni und Sprudel angekommen waren, hatte allerdings kein einziger

Bügel hochgezogen werden müssen, weil nach ihnen niemand mehr den Lift benutzt hatte.

»Sabrina und Rainer haben zusammen eine Kneipe betrieben«, sagte Rita in einem Ton, als hätte Fanni das wissen müssen.

Eine Geschäftsbeziehung also, dachte Fanni und wartete schweigend darauf, dass Rita ihr mitteilte, warum Rainer sie beenden wollte. Hatte es Streit gegeben? Warf der Laden nicht genug ab?

Rita holte etwas weiter aus. »Als Rainer vor acht Jahren beim Bund ausgeschieden ist, lief es eine Zeit lang gar nicht gut für ihn. Beruflich meine ich. Wir sind ein paarmal umgezogen und schließlich in Dresden gelandet. Da hat er dann Sabrina kennengelernt.«

Rita hörte sich nicht so an, als sei das in ihren Augen ein Glücksfall gewesen.

»Sabrina hatte die Möglichkeit, die Kneipe ihres Onkels zu übernehmen, aber allein konnte sie das nicht stemmen. Rainer hat sich auf die Sache eingelassen und ist ihr Teilhaber geworden.«

Fanni fragte sich, ob Rainer sich nur aufs Geschäft oder auch auf Sabrina eingelassen hatte. Zu Rita sagte sie: »Und jetzt fühlt Sabrina sich verraten und verkauft, weil Rainer abspringen und mit dir zusammen ein Start-up gründen will.«

»Sie ist fuchsteufelswild«, antwortete Rita.

»Das kann ich mir vorstellen«, meinte Fanni nachdenklich. »Aber glaubst du wirklich, Sabrina ist so ausgerastet, dass sie euch nachgereist ist, Rainer in der Kuschelgondel aufgelauert, ihn erschlagen und dann verschleppt hat?«

Zu ihrer Überraschung antwortete Rita: »Genau das traue ich ihr zu.«

Damit wäre der »alte Bekannte«, den Rainer seiner Frau gegenüber erwähnt hat, aus dem Spiel, dachte Fanni.

Außer Rainer hätte von »einer Bekannten« gesprochen!

Fanni hielt es zwar für denkbar, dass Rita sich in diesem Punkt verhört haben mochte, aber da sie Sabrina offensichtlich kannte, hätte Rainer doch wohl zu ihr gesagt: »Ich habe Sabrina getroffen.«

Und wenn er ihr das nicht auf die Nase binden wollte?

Fanni nickte kaum merklich. Wenn Sabrina und Rainer nicht nur eine geschäftliche Beziehung miteinander gehabt hatten, sondern auch eine intime, dann hätte er seiner Frau mit Sicherheit verschwiegen, dass ihnen Sabrina nachgereist war.

Gut, dachte sie, spielen wir also durch, was sich zugetragen haben könnte, und versuchte, das hypothetische Geschehen im Zeitraffer ablaufen zu lassen:

Sabrina reist den Renkers nach, weil sie in der Hoffnung, Rainer doch noch umzustimmen, ein letztes Mal mit ihm sprechen will. Sie passt ihn ab, steigt zu ihm in die Gondel und redet auf ihn ein. Als weder Drohungen noch Versprechungen was nützen, schlägt sie ihn mit einem Hammer tot.

Den sie extra zu diesem Zweck mitgebracht hat!

Eben. Wieder einmal lief es auf den Hammer hinaus. Der wollte einfach nicht ins Bild passen. Und selbst wenn man so weit ging, anzunehmen, Sabrina hätte ihn tatsächlich mitgebracht gehabt – was dann?

Warum hätte sie den verletzten oder toten Rainer verschwinden lassen sollen und vor allem wie?

Sie müsste Bärenkräfte haben, überlegte Fanni, wenn sie in der Lage gewesen wäre, Rainer aus der Gondel zu stoßen, hinterherzuspringen und ihn fortzuschleifen, ohne Spuren zu hinterlassen.

Oder einen Komplizen!

Fanni unterdrückte ein Stöhnen, was ihr nicht wirklich gelang. »Ob euch Sabrina nachgereist ist, müsste sich ja recht leicht überprüfen lassen. Hätte sie dann die Kneipe nicht schließen oder jemanden zur Vertretung beauftragen müssen?«

Rita warf einen Blick auf ihre Armbanduhr. »Das kriegen wir raus. Die Putzfrau müsste noch bei der Arbeit sein.« Sie hatte bereits ihr Mobiltelefon in der Hand und rief eine Nummer auf.

»Hallo, Dana. Ist Sabrina auch da? – Kommt in einer halben Stunde, aha. – Hast du sie heute schon gesehen? – Sie hat angerufen, aha. Und gestern? Hast du sie gestern gesehen? – Gestern war Sonntag. Da hast du frei. Ja klar. Danke, Dana, ich melde mich dann später wieder.« Damit beendete Rita das Gespräch. »So einfach ist es anscheinend doch nicht.«

»Wir könnten Wieser auf Sabrina ansetzen«, sagte Fanni.

Rita schnitt eine Grimasse. »Der lacht uns aus, wenn wir ihm damit kommen.«

Womit er wahrscheinlich recht hat, dachte Fanni. Trotzdem wollte sie Sabrinas Alibi überprüft wissen. Der Vollständigkeit halber.

»Ich könnte ein paar Leute anrufen, die regelmäßig in die Kneipe kommen. Vielleicht war einer von ihnen gestern da«, sagte Rita. Aber anstatt erneut zu wählen, steckte sie das Handy ein. »Ich mache die Anrufe im Hotel und sage dir dann Bescheid, ob sich was ergeben hat.«

Damit nickte sie Fanni und Sprudel kurz zu und stieß sich von der Planke ab.

Fanni sah Rita nach, wie sie sich in dem Nassschnee mühsam den Hang hinunterackerte. Man merkte ganz deutlich, dass sie keine geübte Skifahrerin war.

Rainer fährt viel besser, ging es Fanni durch den Kopf. Kraftvoll. Ausdauernd. Fast so gut wie Minna. Plötzlich kam ihr ein Gedanke, der sie zusammenfahren ließ.

»Was ist?«, fragte Sprudel.

»Die Spuren bezeugen, dass Rainer mit der Gondel runtergefahren ist«, sagte Fanni.

Es war Sprudel anzusehen, dass er nicht wusste, was daran erschreckend sein sollte.

Fanni stach mit ihrem Skistock in einen Schneebrocken. »Rainer war zum Skifahren hier, und er war ein guter Skifahrer. Warum also hätte er bergab die Gondel nehmen sollen?«

»Weil ihm die Sicht endgültig zu schlecht wurde«, schlug Sprudel vor. »Weil er sich das Knie verrenkt hatte? Weil ihm die Skischuhe zu eng waren?«

Weil Wieser recht hat und die Spuren in der Gondel gefakt sind, Rainer also gar nicht eingestiegen ist!

8

Fanni und Sprudel waren den Arber-Osthang hinuntergefahren und standen nun wieder vor dem Schutzhaus.

Sprudel tippte mit einem vielsagenden Blick auf seine Armbanduhr.

Fanni schnitt ihm eine Grimasse. »Ohne Fleiß kein Preis. Vor der Einkehr geht es erst noch mal runter ins Tal.«

»Aber es ist schon nach drei«, hielt Sprudel dagegen.

Sie gab ihm einen Kuss auf die Nasenspitze. »Komm, Sprudel, sei nicht faul. Einmal runter, dann rauf mit der Gondel und rein ins Schutzhaus zu Kaffee und Kuchen.«

Er nickte ergeben.

Was soll er machen? Frau Fanni hat ja die Hosen an!

Nervtötende Dummschwätzerin!

Das Emoticon in ihrem Kopf ließ breit grinsend Tränenbäche fließen.

An der Talstation trafen Fanni und Sprudel zufällig mit Leni, Marco und ihren Kindern zusammen.

»Wir fahren alle miteinander«, bestimmte Timmi.

Schmunzelnd quetschten sich Fanni und Sprudel zu ihnen in die Gondel.

Timmi plapperte wie aufgezogen. »Ich bin mit Mama, Papa und Hanna heute schon viermal Gondel und fünfmal Sessel gefahren. Und wir fahren noch ganz oft mal. Und wenn meine Freunde zu meiner Geburtstagsfeier kommen – weißt du, wann ich Geburtstag hab, Oma?«

Fanni nannte das Datum.

Timmi schenkte ihr ein Lächeln. »Die Feier ist aber einen Tag später. Und jetzt weiß ich auch, was ich mir als Thema wünsche. Du musst raten, Oma.«

Fanni ahnte es, sagte aber zuerst »Tierpark«, dann »Fußball«, bevor sie auf »Skifahren« kam.

Timmi hielt ihr seine Faust mit hochgerecktem Daumen unter die Nase. »Basti hatte Piraten, Konrad hatte TKKG. Bei Konrad haben wir eine Schnitzeljagd gemacht. Das war super. Konrads Papi hat falsche Spuren gelegt. Ganz viele. Er hat uns in die Irre geführt, verstehst du, Oma?«

»Ja, ich verstehe«, sagte Fanni und empfand auf einmal das drückende Gefühl, dass sie etwas ganz und gar nicht verstanden hatte. Timmis Worte: »Konrads Papi hat falsche Spuren gelegt. Er hat uns in die Irre geführt« hallten in ihrem Kopf wie Gongschläge.

Was konnte daran bedeutsam sein?

Nichts! Es erinnert dich nur an die Tatsache, dass Wiesers Theorie eine Menge für sich hat!

Konrads Papa hat falsche Spuren gelegt, wiederholte Fanni in Gedanken. Konrads Papa. Nicht Konrad selbst.

Und im nächsten Augenblick klickte es.

Nicht Rainer hatte eine falsche Spur gelegt, sondern der Täter. Wie von Zauberhand gelenkt, fielen auf einmal Puzzleteile an ihren Platz. In Sekundenschnelle wurde Fanni klar, weshalb weder ein toter Rainer aufzufinden war noch ein lebendiger irgendwo seine Fährte hinterlassen hatte. Sie begriff, dass Rainer nie in die Kuschelgondel gestiegen war, um talwärts zu fahren, und folglich auch nicht hinausgestoßen worden sein konnte. Sie erfasste aber auch, dass Rainer tot sein musste, denn wozu sonst hätte jemand solchen Aufwand mit falschen Spuren betreiben sollen, als von sich und seiner Mordtat abzulenken.

»Wenn wir oben sind, kehren wir im Schutzhaus ein«, verkündete Timmi soeben. »Ihr kommt doch mit, oder? Ja, ihr müsst mitkommen. Ich bestell mir Pommes. Du darfst ein paar abhaben, Oma.«

»Danke, Timmi, das ist lieb von dir, und ja, wir kommen mit.«

Auf alle Fälle kommen wir mit, dachte sie und hoffte, dass Marco ein paar Minuten Zeit finden würde, ihr zuzuhören. Die Theorie, die sich gerade aufgetan hatte, musste auf Herz und

Nieren geprüft werden. Und falls alle Aspekte standhielten, musste beratschlagt werden, wie weiter vorzugehen war.

Offensichtlich waren Hans und Erna vom Schutzhaus bereits wieder aufgebrochen, was Fanni durchaus gelegen kam.

Freie Tische gab es in der Gaststube genug, denn trotz des guten Wetters hatten sich nur wenige Gäste eingefunden, was wohl daran lag, dass die Skisaison praktisch zu Ende war, die Wanderzeit aber noch nicht begonnen hatte.

Wie zu befürchten gewesen war, ergab sich während des Essens keine Gelegenheit, mit Marco über ihre Erkenntnis zu sprechen, weshalb Fanni sich, nachdem die Teller abgeräumt waren, direkt an die Kinder wandte. »Was haltet ihr davon, wenn ihr noch eine Viertelstunde auf dem kleinen Spielplatz da unten herumhopst, bevor ihr euch an die nächste Abfahrt macht? Ich hätte nämlich noch kurz was mit eurem Papa zu besprechen.«

Timmi zog einen Flunsch. »Ich will Ski fahren. Der Spielplatz ist doof.«

»Da ist eine Rutsche«, wagte Fanni zu insistieren.

»Eine Baby-Rutsche.«

»Wir drei – Hanna, du und ich – gehen jetzt auf den Spielplatz und testen ihn«, entschied Leni. »Dann können wir Oma hinterher ganz genau erklären, wie doof er wirklich ist.«

Timmi bekam eine steile Falte auf die Stirn, dann grinste er. »Alles klar, Mama. Du kannst aber auch gleich sagen, dass wir auf jeden Fall hinmüssen.«

Kluges Kerlchen! Das Emoticon trug eine Gelehrtenbrille.

»Timmis Schnitzeljagd hat mir die Augen geöffnet«, berichtete Fanni, sobald sie mit Sprudel und Marco allein am Tisch saß.

Sie hatte die volle Aufmerksamkeit der beiden, weil geradezu greifbar war, dass sie auf etwas Bedeutsames gekommen sein musste.

»Der Fall hat uns ja von Anfang an Rätsel aufgegeben«, fuhr sie fort. »Die Spuren in der Gondel wiesen zwar auf einen

Kampf hin, aber weit und breit ist kein Toter oder Verletzter. Aber auch für Wiesers Theorie, Rainer hätte eine falsche Spur gelegt, um untertauchen zu können, gibt es keine Indizien. Im Gegenteil, Rita hat uns vorhin erzählt, dass er das Hotel gestern Morgen ohne Geld, Ausweis und Kreditkarte verlassen hat. Keine der beiden Alternativen scheint also stimmig.«

Marco seufzte. »Ich glaube, wir haben uns alle stundenlang die Köpfe darüber zerbrochen und sind dabei keinen Schritt weitergekommen.«

Fanni lächelte ihm zu. »Stimmiger wird die Sache dann, wenn es der Täter war, der die falsche Spur gelegt hat.«

Marco und Sprudel brauchten einen Moment, um das zu verdauen.

»Ich stelle mir das Ganze so vor«, erklärte Fanni. »Der Täter – selbstverständlich käme auch eine Täterin in Frage – hat Rainer in dem Schuppen überfallen, in dem später Minna gefunden worden ist.«

Und was bitte hatte Rainer in dem Schuppen zu suchen?

Die Frage stand überdeutlich in Marcos und Sprudels Gesichtern geschrieben.

Richtig, räumte Fanni ein. Was hatte er dort zu suchen gehabt?

Sie überlegte kurz und korrigierte sich dann. »Nein. Realistischer ist, dass der Angriff auf Rainer draußen, aber ganz in der Nähe des Schuppens stattgefunden hat. Der Nebel hat ja alles verschluckt: Geräusche, Geschehnisse, Gestalten.« Sie hielt inne, um einen Gedanken zu erhaschen, der kurz angeklopft, sich dann aber verflüchtigt hatte.

Unvermittelt kam er zurück.

Ja natürlich, der apere Fleck.

»Es war vor dem Schuppen«, sagte sie, ihrer Sache nun gewiss. »Da ist ein großer schneefreier Fleck. Der Täter muss den Schneematsch später weggeschaufelt haben, um alle Spuren seiner Tat zu beseitigen.«

Ungeklärt blieb die Frage, wieso Rainer an dieser Stelle mit dem Täter zusammengetroffen war. War es Zufall gewesen, oder war er hingelockt worden? Aber im Moment spielte das wohl keine Rolle.

»Und Rainer hat er in den Schuppen geschafft«, setzte Marco Fannis Ausführungen fort. »Wo Minna ihn später gefunden hat.«

Fanni sah ihn grübelnd an. »So oder so ähnlich könnte es sich abgespielt haben.« Daraufhin entstand ein kurzes Schweigen, in das sie dann sagte: »Denkbar ist nämlich auch, dass der Täter im Schuppen gerade dabei war, Rainer …« Sie wusste selbst nicht genau, was ihr eigentlich vorschwebte.

Minna könnte ihn dabei erwischt haben! Das Emoticon hatte weit aufgerissene Augen. Die Brauen waren über die Stirn hinausgerutscht.

Auch Marco und Sprudel machten große Augen, bis Sprudel mit besonnener Stimme sagte: »Ich glaube, wir können erst mal davon ausgehen, dass der Täter Rainers Leiche …«

Fanni schluckte trocken. Es war jetzt wirklich an der Zeit, einzuräumen, dass Rainer nicht mehr lebte.

»… bereits fortgeschafft hatte, als Minna in den Schuppen gekommen ist. Er selbst muss allerdings dort gewesen sein. Minna hat ihn vielleicht rumoren hören. Er hatte ja noch einiges zu tun. Rainers Skiausrüstung musste weg; die Tatwaffe, was immer es auch war, musste entsorgt werden, und auch sonst alles, was irgendwie verräterisch sein konnte.«

»Falls Rainers …« Marco zögerte, dann sah auch er den unvermeidlichen Schlussfolgerungen ins Gesicht. »… Leiche im Schuppen war, müsste die KTU eigentlich Spuren gefunden haben. Sogar Blutspuren.«

»Nicht, wenn der Täter achtsam war«, wandte Fanni ein. »In dem Schuppen liegt vielleicht eine Menge Zeug, von Plastikplanen bis zu Kartoffelsäcken und Kartonagen. Der Täter hätte Rainers Leiche in irgendwas einwickeln können, bevor er sie hineinzerrte.«

Sie konnte sehen, dass ihr Argument Billigung fand.

Blieb die Frage, wohin der Täter sein Opfer letztendlich verfrachtet hatte.

Sprudel stellte sie, und die drei sahen sich ratlos an.

»Er muss Rainer in dem Schuppen zumindest so lange zwischengelagert haben, bis er Helm und Hammer in der Gondel deponiert hatte«, sagte Marco nach einer Weile.

Der Hammer. Jetzt passte plötzlich auch der Hammer ins Bild. Vermutlich stammte er aus dem Schuppen. Der Mörder hatte ihn als Tatwaffe benutzt und ihn dann für seine falsche Spur verwendet, ihn quasi in der Gondel entsorgt. Meister Yoda hatte er als Sahnehäubchen in der Gondelschneise deponiert.

Und was ist mit dem Handschuh neben der Schleppspur?

Fanni musste zugeben, dass der Handschuhfund ein Rätsel aufgab, hoffte aber, es würde sich noch irgendwie klären.

Der Kerl, der das getan hat, ist schlau, dachte sie. Schlauer als Wieser, schlauer als wir alle. Wenn Timmi nicht zufällig von dieser Schnitzeljagd erzählt hätte, würden wir noch immer im Dunkeln tappen. Über kurz oder lang hätte Wieser wahrscheinlich einen Schlussstrich gezogen, hätte entschieden, dass Rainer untergetaucht ist, und den Fall zu den Akten gelegt.

Ein kurzes Auflachen riss sie aus ihren Gedanken.

»Unglaublich«, sagte Sprudel, »wie sich Detail für Detail nahtlos einfügt, sobald eine Theorie stimmig ist.«

Fanni warf ihm einen fragenden Blick zu, und er lachte noch mal. »Hast du dir nicht vorhin erst Gedanken darüber gemacht, warum Rainer, der ja offenbar ein guter Skifahrer war, in einer Gondel hätte talwärts fahren sollen?« Geradezu feierlich erklärte Sprudel dann: »Jetzt wissen wir, dass es nur diesen Anschein hatte. Der Täter musste die kleine Ungereimtheit in Kauf nehmen, denn hätte er Helm und Hammer in eine bergwärts startende Gondel legen wollen, dann hätte er die Sachen erst ins Tal befördern müssen.«

»Ich glaube«, sagte Fanni dazu, »dass er – weil ja praktisch nichts mehr los war – einfach davon ausging, die Gondel würde etliche Runden drehen, bevor jemand einsteigt und die Sachen entdeckt.«

Marco nickte erst Fanni, dann Sprudel beifällig zu. »Alles scheint zu passen. Wir sollten Wieser informieren.«

»Und wenn er uns auslacht?«, sagte Fanni.

»Das wäre weniger schlimm«, antwortete Marco.

Fanni wartete darauf, dass er ihr mitteilte, was er für schlimmer hielt, aber Marco schien in ein Muster zurückgefallen zu sein, das sie überholt geglaubt hatte.

Er schwieg gedankenverloren.

Sprudel half ihm auf die Sprünge. »Du befürchtest von Wieser eine Art Trotzreaktion.«

Marco nickte. »Er hat ja sehr deutlich erkennen lassen, dass die Ermittlung seine Sache ist, dass er sich jede Einmischung meinerseits verbittet. Ich habe das natürlich akzeptiert, musste ich sogar. Schließlich bin ich als Privatperson hier. Solange Wieser sich nicht von mir gegängelt gefühlt hat, sind wir recht gut miteinander ausgekommen. Aber wie reagiert er, wenn ich ihm auf einmal einen plausiblen Lösungsansatz für seinen Fall präsentiere?«

Fanni hatte sich selbst ein Bild von Wieser machen können und wusste, dass Marcos Bedenken nicht unbegründet waren. Wieser derart zu überrumpeln konnte sich als Bumerang erweisen. Er würde womöglich auf stur schalten und jede Ermittlung in die vorgegebene Richtung blockieren. Und nicht nur das. Er konnte es Sprudel und ihr sehr schwer, wenn nicht unmöglich machen, eigenständig Ermittlungen anzustellen.

Um Wieser breitzuschlagen, braucht ihr Rainers Leiche!

»Wenn wir Rainers Leiche vorzuweisen hätten …«, sagte Marco gerade, als Timmi hereinplatzte, an den Tisch stürmte und das Gespräch damit beendete.

»Na, was sagst du? Ist der Spielplatz wirklich so doof?«, fragte ihn Fanni.

Timmi zog ein Äffchengesicht. »Geht so.«

»Die Rutsche ist gar nicht Baby«, erklärte Hanna mit Nachdruck.

»Trotzdem gehen wir jetzt wieder Ski fahren«, bestimmte Timmi und griff nach seinem Skihelm.

Sichtlich unschlüssig stand Marco auf, und Fanni beeilte sich, ihm die Entscheidung leicht zu machen. »Sprudel und ich kommen gut allein zurecht. Außer Nachdenken können wir ja sowieso nicht viel tun.«

»Der Täter könnte Rainer ins Schutzhaus geschafft haben«, sagte Sprudel, nachdem Marco, Leni und die Kinder fort waren. »In den Keller vielleicht. Womöglich gibt es da Ecken und Winkel, wo eine Leiche lange Zeit unentdeckt bleiben könnte. Vor allem, wenn sie in eine Plastikplane gewickelt und gut verschnürt ist.« Es war ihm anzusehen, dass er damit rechnete, Fanni würde sofort aufspringen und mit der Durchsuchung des gesamten Gebäudes beginnen.

Aber Fanni saß regungslos da und starrte unverwandt vor sich hin.

Was Sprudel gesagt hatte, klang logisch und vernünftig. Warum also sträubte sich irgendetwas in ihr dagegen? Und wie kam es, dass ihr ein unterschwelliges Gefühl weismachen wollte, sie wüsste es besser.

Es gibt Hinweise, behauptete dieses Gefühl. Du kennst sie. Du musst sie nur verwerten.

Aber ich kann sie nicht sehen, klagte Fanni stumm.

Sprudel hatte sie aufmerksam beobachtet. »Was beschäftigt dich so tief?«

Sie erklärte es ihm.

»Hinweise, die uns zu Rainers Leiche führen?« Sprudel schüttelte den Kopf. »Könnten wir sie tatsächlich übersehen haben?«

»Sie müssen ja nicht eindeutig sein.« Fanni blickte hoch, weil in der Gaststube Unruhe aufgekommen war. Eine Gruppe junger Leute war hereingekommen. Sie legten die Skihelme ab, zogen die Handschuhe aus, warfen sie auf einen der freien Tische …

»Der Handschuh«, rief Fanni aufgeregt. »Rainers Handschuh. Er hat neben der Schleppspur gelegen.«

Sprudel begriff offenbar nicht sofort, was das bedeutete, weshalb sie sich zu erklären beeilte: »Beim Skifahren kann Rainer ihn nicht verloren haben, weil der Osthanglift gestern nicht in

Betrieb war. Und wenn Rainer nicht zu Fuß über den Hang aufgestiegen ist – was wir ja jetzt nicht mehr für wahrscheinlich halten –, dann kann der Handschuh nur verloren gegangen sein, als der Täter Rainers Leiche weggeschafft hat.«

»Den Osthang hinauf?«, fragte Sprudel ungläubig.

»Da waren Spuren von einem Kettenfahrzeug«, antwortete Fanni.

9

»Die Spuren stammen von einem Quad«, sagte Sprudel. »Die Bergwacht hat so eins. Das war gestern den ganzen Tag im Einsatz. Du hast ja sicher mitbekommen, dass die Suchmannschaft es benutzt hat.«

Fanni erinnerte sich an das Motorengeräusch, das sie hin und wieder zu vernehmen geglaubt hatte, und nickte.

Sprudel und sie waren wieder in den Schlepplift am Osthang eingestiegen, und Sprudels Blick folgte dem Kettenmuster im Schnee. »Aber die Spur ist nicht von gestern. Die ist relativ frisch.«

»Was nicht heißt, dass nicht auch gestern so ein Gefährt hier hochgefahren ist, dessen Spur durch die da überlagert wurde«, sagte Fanni.

Das konnte Sprudel schwerlich bestreiten.

Als Fanni jedoch hinzufügte: »Wenn Rainers Leiche also mit einem Quad transportiert worden ist, dann müssen wir die Bergwachtmänner ins Visier nehmen. Jedenfalls diejenigen, die zur Suchmannschaft gehört haben«, ging ihm das zu weit.

»Erstens wissen wir nicht, ob es tatsächlich so war. Zweitens gibt es inzwischen genügend Leute, die ein Quad besitzen, drittens könnte sich irgendwer das Quad der Bergwacht geschnappt haben, und viertens gibt es keinen Hinweis darauf, dass einer der Bergwachtmänner Rainer Renker kannte.«

Fanni konterte sofort: »Wir haben erstens eine Quadspur, und in der lag Rainers Handschuh. Wie willst du das anders interpretieren, als dass da eine Verbindung besteht? Selbstverständlich gibt es Privatleute, die ein Quad besitzen, aber keiner von denen hat – zweitens – die Erlaubnis, damit im Liftgebiet herumzukurven. Irgendwer könnte sich natürlich, drittens, das Bergwacht-Quad geschnappt haben, aber ein Fremder wäre zumindest einem der Bergwachtmänner aufgefallen, und viertens haben wir keine Ahnung, ob einer der Bergwachtmänner Rainer

Renker kannte, weil wir uns überhaupt nicht dafür interessiert haben.«

Sprudel kapitulierte. »Gut. Konzentrieren wir uns auf das Quad. Wohin könnte der Täter Rainer damit gebracht haben?«

»In die Bodenmaiser Mulde zum Beispiel«, antwortete Fanni. »Da gibt es noch genug Dickicht, in dem man eine Leiche verstecken kann. Oder – nein, dieses Herumrätseln ist sinnlos. Wenn wir es tatsächlich mit einem Bergwachtmann zu tun haben, dann kennt der vielleicht Plätze, die nie jemand aufsucht.« Sie tätschelte Sprudels Arm. »Aber der Verlauf der Quadspur wird uns alles verraten.«

Die Spur endete kurz oberhalb der Stelle, an der die Schleppbügel hochgezogen wurden.

»Das kann gar nicht sein«, sagte Fanni perplex.

Sprudel und sie standen an der Ausstiegsstelle und starrten auf den Halbkreis, den das Quad beschrieben hatte, als es gewendet wurde.

Sprudel fing sich als Erster und zog Fanni von der Ausstiegsstelle weg, um den Weg für mögliche nachfolgende Schleppliftfahrer frei zu machen. »Falls gestern schon ein Quad hier raufkam, dann nicht, um Rainers Leiche zu entsorgen, sondern allenfalls, um nach ihm zu suchen, oder aus irgendeinem anderen Grund.«

»Den ich gern wissen würde«, gab Fanni zurück und hielt auf ein winziges Hüttchen zu, in dem ein Angestellter der Bahn saß und den Ausstieg überwachte, um im Notfall den Stoppschalter betätigen zu können.

Fanni steckte den Kopf durch das weit geöffnete Fenster und fragte den Mann nach dem Quad. Sie fürchtete, er würde sich erkundigen, weshalb sie sich dafür interessierte, worauf sie keine Antwort gehabt hätte. Aber er schien nichts gegen eine kleine Unterhaltung zu haben und erzählte bereitwillig, dass an diesem Vormittag eine Skifahrerin beim Aussteigen am Bügel hängen geblieben war. Der Schlepper sei zwar sofort abgestellt worden, aber die Frau sei unglücklich gestürzt und habe sich dabei den Knöchel verstaucht, vielleicht sogar gebrochen.

»Die Bergwacht hat sie mit dem Quad abtransportiert.«

So viel zu den Spuren!

»Waren heute früh, als Sie den Lift eingeschaltet haben, auch schon Quadspuren zu sehen?«, fragte Fanni. »Alte meine ich. Spuren von gestern.«

Darauf konnte ihr der Mann aus dem Lifthäuschen keine Antwort geben. Er hatte nicht darauf geachtet.

Fanni ließ sich ihre Enttäuschung nicht anmerken, dankte ihm und kehrte an die Stelle zurück, an der das Quad gewendet hatte. Gleich daneben befand sich die Planke, an die Rita sich eine gute Stunde zuvor gelehnt hatte, während sie sich mit Fanni unterhielt.

Als Sprudel zu ihr aufschloss, sah sie ihn geknickt an. »Ich finde keine bessere Erklärung für Rainers Handschuh neben der Schleppspur als die, dass seine Leiche hier herauftransportiert worden sein muss.«

»Sie ist ja auch naheliegend«, gab Sprudel zu.

Fanni ließ ihren Blick von links nach rechts schweifen. »Aber was könnte der Täter hier oben mit der Leiche gemacht haben?« Als sie merkte, dass Sprudel gedankenvoll zu den Radartürmen hinüberstarrte, schüttelte sie den Kopf. »Das sind gut fünfzig Meter. Er kann den Toten nicht hingetragen oder hingeschleift haben. Und wozu auch, wenn er ein Fahrzeug hatte? Außerdem wäre er von den Sicherheitskameras erfasst worden, sobald er in die Nähe eines der beiden Türme gekommen wäre. Erna haben sie ja vorhin auch sofort aufgespürt.« Nach einer Pause fügte sie hinzu: »Und sonst ist da nichts, das sich als Schlupfwinkel eignen würde, nicht einmal Bäume und Sträucher.«

Sprudel stieg aus den Skiern, hob sie hoch und rammte sie neben der Planke senkrecht in den Schnee. »Sehen wir uns doch einfach mal ein bisschen um.«

Was meint er denn zu finden? Das Emoticon machte dreieckige Augen.

Nichts, dachte Fanni. Sprudel will nur, dass wir den Kopf freikriegen, weil wir uns offensichtlich festgefahren haben. Und das klappt immer am besten, wenn wir planlos und ziellos herumstapfen.

Weit werdet ihr nicht kommen in den schweren Schuhen!

Sie gingen an den Radartürmen vorbei, die gewohnt abweisend dastanden, und stiefelten über einen kleinen Hügel, bewachsen mit Sträuchern, die so niedrig waren, dass man nicht einmal eine Katze darin hätte verbergen können. Fuß- und Skispuren führten in alle Richtungen, aber keine Felsspalte, kein Dickicht, kein Unterstand war nah genug, um als Versteck in Frage zu kommen.

Wieder zurück an der Planke, drehte sich Fanni einmal um die eigene Achse und blieb schließlich dem Schlepplift zugewandt stehen. Ein junger Bursche mit einem Snowboard kam an, stieg aus, und der leere Bügel schlug hart an die schräge Bretterwand am Ende der Schneise, bevor er nach oben gezogen wurde.

Fanni hätte nicht sagen können, was sie bewog, minutenlang auf diese Wand zu starren.

Sie war gut zwei Meter lang und in einem Winkel von etwa fünfzig, vielleicht auch sechzig Grad von ihr weggeneigt, was bedeutete, dass auf der anderen Seite eine Art Dachschräge entstanden sein musste.

Fanni fragte sich, was sich darunter befinden mochte.

Kaputte Liftbügel! Ausgediente Seile! Schrott aller Art!

Auch sie hielt das für wahrscheinlich, was sie jedoch nicht daran hinderte, die Bretterwand zu umrunden, um nachzusehen.

Der gesamte Hohlraum unter der Schräge war mit trockenem Gestrüpp, verdorrten Tannenzweigen, abgebrochenen Ästen und verfilzten Gräsern zugestopft.

Da hat der Wind ja einiges zusammengeweht!

Sprudel war neben sie getreten. »Der Windbruch eines halben Jahrhunderts. Bis obenhin hat sich das Zeug in der Schräge verfangen. Sogar außerhalb liegt noch einiges herum.«

Fanni starrte auf das wüst ineinander verkeilte Gehölz und sagte sich, dass es wohl niemandem einfallen würde, da drin herumzuwühlen, um sich Kratzer und Schrammen zu holen.

Eben!

Fanni zögerte. Sollte sie nachsehen? Das musste sie, wenn sie Gewissheit haben wollte.

Unschlüssig zupfte sie an einem Tannenzweig. Ein paar braune Nadeln regneten herunter.

Sprudel warf ihr einen einsichtsvollen Blick zu, riss den Zweig weg, schleuderte ihn zur Seite und griff nach dem nächsten. Da packte auch Fanni kräftig mit an. Sie arbeiteten schweigend, häuften Astwerk neben sich auf. Als sie tiefer in die Schräge eindrangen, mussten sie auf Knien weitermachen. Es wurde zunehmend dunkler da drin, bald konnten sie nur noch verschwommene Konturen wahrnehmen.

Fanni griff gerade nach irgendeinem länglichen Ding, als ein Schatten auf sie zusprang. Im nächsten Augenblick verbiss sich etwas im Ärmel ihres Anoraks.

Sie schrie auf, zuckte zurück und begann hektisch den Arm zu schütteln, um das Ding, das dranhing, schleunigst loszuwerden.

»Halt still!« Sprudel umfasste ihre Schulter.

Im nächsten Moment spürte Fanni einen Schlag, hörte ein Quieken, dann war ihr Arm frei.

»Eine Ratte«, sagte Sprudel gepresst.

Fanni hockte auf den Fersen und atmete schwer. Sprudel half ihr auf. Sie lehnte sich an ihn und schloss die Augen.

Es war doch bloß eine Ratte! Und sie hat es nicht einmal geschafft, dich wirklich zu beißen! Der Ärmel hat allerdings ein Loch!

»Was treiben Sie hier eigentlich?«

Fanni riss die Augen auf und fuhr herum. Es dauerte ein paar Sekunden, bis sie den Mann aus dem Lifthäuschen erkannte, den sie zuvor nach dem Quad gefragt hatte.

»Was treiben Sie da?«, wiederholte er.

Fanni und Sprudel sahen sich ratlos an. Was sollten sie ihm antworten? Dass sie den Verdacht hatten, im hintersten Winkel der Schräge könne eine Leiche versteckt sein?

Ehrlich währt am längsten!

Fanni knirschte mit den Zähnen. Sprüche halfen ihnen bestimmt nicht weiter. Aber was blieb ihnen für eine Wahl? Sie würden den Mann aufklären oder unverrichteter Dinge abziehen müssen.

Der warf einen besorgten Blick zum Lift hinüber und wandte sich zum Gehen. Über die Schulter rief er zurück: »Sie räumen die Sauerei da auf, und dann hauen Sie gefälligst ab.«

Fanni und Sprudel atmeten erleichtert auf, als er im Lifthäuschen verschwand.

Dass der Mann ihnen aufgetragen hatte, das außerhalb der Schräge angehäufte Astwerk wegzuräumen, erlaubte ihnen, die Sache zu Ende zu bringen.

Und was werdet ihr finden? Ein Rattennest!

Der Gedanke ließ Fanni schaudern.

Wir rufen die Polizei, dachte sie panisch, die Bergwacht oder …

Wegen eines Rattennests?

Sie biss sich auf die Lippen.

Nie und nimmer würde sie sich dazu überwinden können, noch einmal unter diese Bretterwand zu kriechen und mit ihren Händen in das Geäst zu greifen.

Schau, das musst du gar nicht!

Fanni hatte gar nicht mitbekommen, dass sich Sprudel ein Stück von ihr entfernt hatte.

In diesem Moment kam er mit seinen Skistöcken zurück. »Das wird sie verjagen.«

Systematisch klopfte er das verbliebene Geäst mit einem der Stöcke ab, stocherte darin herum, aber nichts rührte sich mehr. Schließlich begann er, die größeren Zweige mit Hilfe des Stockes wegzuziehen.

Als Fanni sich wieder auf die Knie sinken ließ, um unter die Schräge spähen zu können, sah sie es in einer Ecke silbern glänzen. Gleichzeitig glaubte sie einen Geruch wahrzunehmen, der zuvor nicht da gewesen zu sein schien. Schwach, aber unverkennbar.

Sprudel hielt soeben inne, suchte offenbar gerade nach einem Ansatzpunkt, um mit seinem Stock in einen größeren Ast einhaken zu können.

»Warte«, rief Fanni unterdrückt, hielt seinen Arm fest und zeigte auf das silbrige Blinken.

Sprudel ließ von dem Ast ab, fegte aber noch ein wenig loses Gesträuch beiseite, und im nächsten Moment konnte Fanni die silberfarbenen Schnallen eines Skischuhs erkennen. Sie rutschte rückwärts und richtete sich auf.

»Wir müssen Wieser verständigen«, sagte Sprudel.

Und wenn da bloß ein kaputter alter Skischuh liegt?

Die Gedankenstimme hatte recht. Sie mussten sich absolute Gewissheit verschaffen, bevor sie Wieser auf den Plan riefen.

Sprudel deutete ihr Zögern richtig. »Ich bin mir sicher. Der Skischuh ragt aus einem mit blauer Plastikfolie umwickelten Bündel.«

Offenbar hatte Sprudel mehr gesehen als sie. Er hatte bereits sein Mobiltelefon in der Hand.

Wieser gab ihnen die Anweisung, sich nicht vom Fleck zu rühren.

»Aber keine Eigenmächtigkeiten mehr«, zitierte ihn Sprudel. »Sie halten still, bis die Beamten vom nächstliegenden Revier eintreffen. Dann ab ins Hotel, dort bis auf Weiteres bleiben und zu niemandem ein Wort.«

Als sie neben der Bretterwand Posten bezogen, rief ihnen der Mann aus dem Lifthäuschen etwas zu, das sie wegen des Ratterns des Räderwerks nicht verstehen konnten und ohnehin ignoriert hätten. Falls er sich dazu entschloss, noch mal herüberzukommen, würden sie ihn an Wieser verweisen.

Statt des Mannes aus dem Lifthäuschen kam Patrick. »Ihr seid das. Was geht denn hier vor? Fritz hat Bescheid gegeben, dass sich zwei Irre hinterm Schlepperausstieg zu schaffen machen.«

Er duckte sich unter die Schräge, aber Sprudel versuchte, ihn wegzuziehen. »Die Polizei wird gleich da sein. Wir dürfen nicht noch mehr Spuren verwischen.«

Patrick war blass geworden. »Soll das heißen, dass der aus der Gondel dort drinsteckt?«

Fanni und Sprudel beschränkten sich auf ein kurzes Nicken.

Daraufhin standen sie alle drei schweigend vor der Schräge und starrten mal hinein, mal irgendwo anders hin.

Schließlich bot Patrick an, das Aufpassen allein zu übernehmen. »Wir müssen ja nicht zu dritt hier herumstehen.«

Fanni hätte sein Angebot am liebsten angenommen, wusste aber, dass es Sprudel gegen den Strich gehen würde, die Sache einfach Patrick zu überlassen. Sie beide zeichneten hier verantwortlich, niemand sonst.

Wieser kam zusammen mit zwei Streifenbeamten. Er musste alle Hebel in Bewegung gesetzt haben, um so schnell vor Ort zu sein. Gegenüber Fanni und Sprudel wiederholte er kurz, was er schon am Telefon gesagt hatte, und schickte sie dann fort.

Sie hielten sich strikt an seine Anweisungen.

Aber nachdem sie geduscht und umgezogen waren, mit Marco telefoniert (das war der einzige Punkt, in dem sie sich Wieser widersetzten) und Tee getrunken hatten, schaute Fanni im Fünfminutentakt auf ihre Armbanduhr.

»Wenn Wieser nicht bald erscheint, wird es zu spät, um noch zu Minna in die Klinik zu fahren. Und wir können nicht einmal bei Vera oder Max oder Hans nachfragen, wie es ihr geht, weil wir ja mit niemandem reden sollen.«

»So hat Wieser es nicht gemeint«, sagte Sprudel.

Fanni winkte ab. »Weiß ich ja. Aber was, wenn die Sprache auf Rainer kommt? Was machen wir dann? Lügen? So tun, als wüssten wir nicht, was mit ihm passiert ist? Das wäre doch furchtbar.«

Sprudel legte den Arm um ihre Schultern. »Du hast recht. Wenn wir uns bei Vera melden, wird sie wissen wollen, was uns davon abhält, wie ausgemacht zu Minna ins Krankenhaus zu fahren.«

Eben, dachte Fanni. Und meine jüngste Tochter ist niemand, der sich mit einem »Erkläre ich dir später« abspeisen lässt.

Also sah sie auch in der nächsten halben Stunde noch alle fünf Minuten auf die Uhr, bis Wieser endlich erschien, um sich erklären zu lassen, wie es kam, dass Sprudel und sie Rainer Renkers Leiche entdeckt hatten.

Wiesers Gesichtsausdruck wirkte finsterer denn je.

Hast du etwa erwartet, dass er Danke sagt?

Nein, dachte Fanni. Aber muss er uns denn gar so deutlich vor Augen führen, wie wenig erfreut er darüber ist, von zwei alten Dackeln gezeigt zu bekommen, wie man ermittelt?

»Wieso«, fragte Wieser scharf, »sind Sie eigentlich auf die Idee gekommen, hinter dieser Bretterwand herumzustochern?«

Ihnen daraus einen Vorwurf zu machen, fand Fanni, ging eindeutig zu weit.

Aber Sprudels Blick, der ihr unmissverständlich sagte: »Leg dich nicht an mit ihm, das führt bloß zu Schwierigkeiten«, besänftigte sie. Es gelang ihr, mit ruhiger Stimme zu berichten, wie sich ein Schritt nach dem anderen ganz von selbst ergeben hatte.

Nachdem sie ihre Aussage zu Ende gebracht hatte, sagte Wieser streng: »Damit haben Sie ganz klar die polizeilichen Ermittlungen behindert.«

Als Fanni ihn daraufhin verdattert ansah, fuhr er fort: »Sie haben wichtige Erkenntnisse für sich behalten und unautorisiert eigenständige Nachforschungen angestellt.«

Fanni presste die Kiefer aufeinander. Vielleicht hätte sie es tatsächlich geschafft, den Mund zu halten, aber als Wieser mit erhobenem Zeigefinger wiederholte: »Damit haben Sie die Ermittlungen behindert«, wurde es ihr zu bunt.

»Wir konnten nichts behindern, was gar nicht stattgefunden hat«, sagte sie patzig.

Sprudel versuchte sofort, die Wogen zu glätten. »Aber Herr Kommissar, wir hatten doch nichts in der Hand als eine sehr, sehr spekulative Theorie. Die hat sich zwar irgendwie stimmig angehört, aber gleichzeitig auch so schräg, dass wir Ihnen unmöglich damit kommen konnten. Und *Nachforschungen* haben wir wirklich nicht angestellt. Wir sind nur der Quadspur gefolgt, haben uns da, wo sie endete, umgesehen und sind auf diese Bretterwand gestoßen.«

Daraufhin schien Wieser etwas beschwichtigt, bis Fanni kundgab, worauf sich die weiteren Ermittlungen ihrer Meinung nach jetzt konzentrieren sollten.

Seine Miene wurde noch finsterer als zuvor. »Die Bergwachtmänner als Hauptverdächtige hinzustellen, weil die Mannschaft ein Quad besitzt. Also wirklich.« Wieser schnappte empört nach Luft. »Und wenn ich Sie richtig verstanden habe, ist es doch so, dass die Quadspur, die Sie verfolgt haben, von heute Vormittag stammt. Eine zweite haben Sie ja offenbar nicht gefunden.« Er wartete ab, bis von Fanni und Sprudel eine angedeutete Bestätigung kam. »Wie können Sie dann behaupten, es hätte noch eine gegeben? Eine von gestern, die der Täter verursacht hat, als er die Leiche entsorgte.«

»Weil der Tote nur so in das Versteck gekommen sein kann«, erklärte Fanni nachdrücklich. »Und weil es logisch ist, dass der Bergwachtmann, der die verletzte Person heute Vormittag abgeholt hat, die gestrige Spur benutzt hat. Oder ist es etwa nicht erheblich einfacher, in einer bereits vorhandenen Spur zu fahren?«

Wieser schwieg beleidigt.

»Wir haben ja selbst überlegt«, schaltete sich Sprudel wieder ein, »welche andere Transportmöglichkeit der Täter gefunden haben könnte, aber …«

Er beendete den Satz nicht, weil es soeben an die Tür des Konferenzzimmers klopfte, in das der Kommissar Fanni und ihn zur Befragung geführt hatte.

Wieser stand auf, öffnete, und Fanni registrierte überrascht, wie freundlich seine Stimme klang, als er mit der Person an der Tür sprach, die Fanni von ihrem Platz aus nicht sehen konnte. Sie fragte sich, wer es sein mochte.

Wiesers Vorgesetzter? Das Emoticon machte kugelrunde Augen.

Fanni hätte beinahe aufgelacht, als Wieser zusammen mit Marco an den Tisch zurückkam.

»Ihre Schwiegermutter hat ja eine Menge Spürsinn bewiesen«, sagte er geradezu jovial.

Fanni schaute ihn verwirrt an. Sie konnte sich keinen Reim auf diesen Stimmungswechsel machen. Als sie schließlich Sprudels Blick einfing, sah sie das Lachen in seinen Augen. Hatte

Wieser etwa unverhofft eingesehen, dass er sich mit seinem Starrsinn nur selbst schadete?

Seine nächsten Worte schienen es zu bestätigen. »Die Sache wird wohl darauf hinauslaufen, dass wir sämtliche Bergwachtmänner, die gestern an der Suche beteiligt waren, überprüfen müssen.«

Aha, jetzt auf einmal. Fanni sah erneut zu Sprudel hinüber. Er blinzelte ihr zu.

Wieser legte die Fingerkuppen seiner linken Hand an die Schläfe. »Ich frage mich, ob sich irgendwie nachweisen lässt, dass sich unter der Quadspur von heute Vormittag womöglich eine weitere befindet.«

»Bei festem Schnee vermutlich schon«, sagte Marco. »Weil sich die Spuren wohl kaum millimetergenau überlagern. An den Rändern müssten die Abweichungen gut zu sehen sein. Aber bei dem Regen gestern, den hohen Temperaturen und der Sonne heute sind die Konturen wahrscheinlich bis zur Unkenntlichkeit zusammengeschmolzen.« Er machte eine kurze Pause und fügte dann hinzu: »Was nicht heißen soll, dass es verkehrt wäre, die Spur mal genauer zu untersuchen.«

Als hätte Marco damit das Stichwort zum Aufbruch gegeben, begann Wieser, zusammenzuraffen, was er gleich zu Anfang der Befragung vor sich auf den Tisch gelegt hatte. Das Handy verschwand in einer Gesäßtasche, der Autoschlüssel in der anderen, der Notizblock im Innern der Jacke.

Den Kugelschreiber hatte er noch in der Hand, als Fanni sagte: »Und was ist mit Minna?«

Der Stift blieb eine Sekunde in der Luft hängen, dann senkte er sich zurück auf die Tischplatte. »Ihrer Enkelin geht es den Umständen entsprechend gut, sagt der Oberarzt. Ich habe kurz mit ihm gesprochen, als ich heute Vormittag in der Klinik war.« Wieser nahm den Kugelschreiber erneut auf und steckte ihn nun ein. Er schien mit sich zu ringen, ob er weiterreden sollte. Schließlich tat er es. »Er hat mir einen Besuch im Krankenzimmer genehmigt.«

Jetzt erwartet er wohl Beifall und gespannte Aufmerksamkeit! Der Mund des Emoticons formte ein gebanntes O.

Was er beides nicht verdient, dachte Fanni. Denn hätte er herausfinden können, wer Minna überfallen hat, dann wären wir jetzt vermutlich nicht hier.

Sie sollte gleich erfahren, wie recht sie hatte.

»Wie Sie sicher wissen, ist Minnas Kiefer fixiert und wird es auch noch eine Weile bleiben«, sagte Wieser. »Sprechen kann sie also nicht. Aber es gibt auch noch andere Möglichkeiten, auf Fragen zu antworten.« Sichtlich selbstgefällig fügte er hinzu: »Wenn man sie richtig stellt.«

Fanni verdrehte innerlich die Augen. Sie konnte sich gut vorstellen, dass Minna zwar Antworten geliefert hatte, die jedoch kein Licht ins Dunkel brachten: Entweder hatte sie den Angreifer nicht gesehen, oder sie konnte sich an nichts erinnern.

Offenbar traf beides zu, denn Wiesers nun folgendem Bericht nach hatte Minna ohne jede Vorwarnung ein Schlag seitlich am Kopf getroffen, dann war alles um sie herum schwarz geworden. Erst im Krankenhaus hatte sie erfahren, dass sie niedergeschlagen worden war und wo man sie gefunden hatte.

Wäre ja auch zu schön gewesen, wenn Minna den Täter erkannt hätte, dachte Fanni. Sie zweifelte mittlerweile keinen Augenblick mehr daran, dass derjenige, der über ihre Enkelin hergefallen war, ein paar Stunden zuvor Rainer Renker ermordet hatte.

Aber vielleicht könnte sie uns irgendwie vermitteln, überlegte sie weiter, was sie in diesen Schuppen getrieben hat. Das würde uns möglicherweise einen Hinweis auf den Täter liefern.

Sie erschrak, als sie Wieser sagen hörte: »Leider kann Ihre Enkelin sich nicht erinnern, was sie in dem Schuppen gemacht hat und warum sie überhaupt hineingegangen ist. Der Arzt meint zwar, die Erinnerung würde wiederkommen, aber das kann ein paar Tage dauern. Der Schock, wissen Sie.«

»Der Täter wird aber nicht warten wollen, bis Minna sich erinnert«, sagte Fanni darauf bissig. »Deshalb also noch mal: Was ist mit Minna? Meinen Sie noch immer, dass sie nicht bewacht werden muss?«

Wieser warf Marco einen nachgerade hilfesuchenden Blick zu. »Ich habe einfach keine Leute dafür.«

Marco nickte verständnisvoll. »Wir könnten das Aufpassen selbst übernehmen. Tagsüber ist ja sowieso immer jemand bei ihr, aber nachts …« Er sah Wieser bekümmert an. »Um sich nachts bei einem Patienten im Krankenzimmer aufhalten zu dürfen, braucht man die Genehmigung des Stationsarztes.« Er verstummte, aber Fanni konnte ihm ansehen, dass er nach einer absichtsvollen Pause deprimiert hinzufügen würde: »Aber er gibt sie uns nicht.« Doch bevor Marco dazu kam, sagte Wieser: »Ich kläre das.«

Offenbar hatte er vor, die Sache sofort zu regeln, denn er machte eine kurze Abschiedsgeste, sprang auf und eilte zur Tür.

Fanni sah ihm stirnrunzelnd nach. Sie hatte Wieser von Anfang an nicht gemocht, denn er hatte sich unzugänglich, hochfahrend, sogar bösartig gegeben. Aber damit wäre sie schon irgendwie klargekommen. Doch dieses plötzliche Einlenken, Nachgeben, fast schon Zu-Kreuze-Kriechen machte sie stutzig.

War es möglich, dass Wiesers Ermittlungen deshalb so spröde und willkürlich wirkten, weil er etwas zu vertuschen oder jemanden zu decken versuchte?

Tatsache ist, dachte Fanni, dass Wieser seine Theorie, die Spur in der Gondel sei gefälscht und Rainer untergetaucht, schon kurz nach der Entdeckung des blutverschmierten Skihelms aus dem Hut gezaubert und stur darauf beharrt hat.

Und Tatsache ist, dass er nach dem Leichenfund ziemlich schlechte Laune hatte!

Fanni stützte den Kopf in die Hände und sagte sich, dass der Fall auch ohne einen der Arglist verdächtigen Kriminalkommissar kompliziert genug war.

Fast hätte sie dabei überhört, was Marco ihr und Sprudel soeben mitteilte. »Leni und ich haben vorhin die ganze Sache durchgesprochen und sind zu dem Ergebnis gekommen, dass wir vorerst nicht abreisen können. Minna schwebt in Gefahr, Wieser ist nicht vertrauenswürdig, und Rainers Mörder läuft frei herum. Wir haben gleich alles geregelt und bleiben so lange wie nötig.«

»Dann sollten wir uns beeilen, den Täter zu schnappen«, meinte Fanni. »Sonst seid ihr Ostern noch hier.«

Darauf zu vertrauen, dass Minnas Erinnerung schnell zurückkehrte – was ohnehin nicht zwangsläufig zur Ergreifung des Täters führen musste –, schien ihr so gut wie aussichtslos.

»Fragt sich, wo wir ansetzen könnten«, fügte sie schließlich hinzu.

Sprudel blickte nachdenklich durch das Fenster auf den Parkplatz hinaus, von dem Wieser soeben wegfuhr. »Wieser wird jetzt hoffentlich die Quadspur untersuchen lassen und die Bergwachtmänner befragen. Die Ergebnisse seiner Ermittlungen wären sicher hilfreich für uns.«

Fanni winkte ab. »Ich wette, sie fallen mager aus.«

Über Marcos Gesicht huschte ein Schatten. »Selbst wenn nicht, wer sagt uns, dass Wieser alle Infos an uns weitergibt. Dass er sich gerade eben so kooperativ gegeben hat, muss gar nichts heißen.«

»Wir müssen also mit dem weiterarbeiten, was wir bis jetzt haben«, stellte Fanni fest.

Zumindest hatten sie nun ausreichend Gewissheit, es mit einem Mordfall zu tun zu haben. Rainer war definitiv tot, und wäre er durch einen Unfall zu Tode gekommen, dann hätte sich seine Leiche wohl kaum hinter Geäst und welken Blättern unter der Bretterwand gefunden. Das schaffte zwar einen leidigen Zwiespalt aus dem Weg, half jedoch bei der Frage nach dem Motiv für die Tat kein bisschen weiter.

»Weil es mit Fakten aber schlecht aussieht, müssen wir wohl eine Theorie basteln, die auf Annahmen beruht«, fuhr sie fort.

Sprudel und Marco nickten und sahen sie aufmunternd an, sodass Fanni sich veranlasst sah, weiterzumachen.

»Annahme eins lautet: Rainers Leiche ist mit dem Quad der Bergwacht zu dem Versteck hinter der Bretterwand gebracht worden. Und Annahme zwei sagt: Das Quad ist von einem Bergwachtmann gefahren worden.«

»Alles andere macht wenig Sinn«, pflichtete ihr Sprudel bei.

»Bleibt die Frage, ob es zeitlich machbar war, Rainers Leiche während der Suchaktion vom Tatort zum Versteck zu befördern«, sagte Marco.

»Gehen wir davon aus, dass sich der Tatort im oder zumindest in der Nähe des Schuppens befindet?«, fragte Fanni.

»Welche Alternative hätten wir denn?«, fragte Marco zurück.

Die Antwort darauf hieß so offensichtlich »keine«, dass sich weder Fanni noch Sprudel die Mühe machten, sie auszusprechen.

»Ich glaube, es war ganz einfach, die Leiche abzutransportieren«, sagte Sprudel stattdessen. »Wer auch immer mit dem Quad unterwegs war, konnte doch herumkurven, wo er wollte. Bei dem Nebel, der gestern herrschte, war er auf zehn Meter Entfernung nicht mehr zu sehen, und woher ein Motorenlärm kommt, lässt sich ab einer gewissen Distanz auch nicht genau sagen. Genügend Zeit, die Sache zu bewerkstelligen, hatte der Kerl sowieso.«

Automatisch begann sich in Fannis Kopf abzuspulen, wie der Täter vorgegangen sein konnte: Er hatte den toten oder schwer verletzten Rainer in den Schuppen gezerrt, um ihn quasi zwischenzulagern. Zuvor hatte er ihn in irgendetwas eingewickelt und fest verschnürt. Damit hatte er sich genügend Zeit verschafft, die falsche Spur zu legen und sich das Quad zu besorgen. Er musste nichts überstürzen, sich nicht einmal besonders beeilen, konnte in aller Ruhe abwarten, bis das Fahrzeug für ihn bereitstand. Als es schließlich so weit war, dauerte es vermutlich keine Viertelstunde, den Toten aufzuladen, zum Schlepplift hinüberzufahren und an der Schleppspur entlang zum Ausstieg zu fuhrwerken.

Stimmt! Aber das Gestrüpp rauszuschaffen, die Leiche reinzuschieben und alles wieder unverdächtig herzurichten, hätte ihn mindestens eine halbe Stunde gekostet!

Die er sich durchaus leisten konnte, glaubte Fanni annehmen zu dürfen.

Der Täter wusste sicherlich, dass die Suche nicht bis in den

Gipfelbereich ausgedehnt werden würde, ja nicht einmal bis zum Osthang. Niemand würde ihn demnach stören.

Sie schrak aus ihren Gedanken, als Marcos Handy zu klingeln begann.

Er warf einen kurzen Blick aufs Display, sagte: »Kevin aus Dresden« und nahm das Gespräch an.

Im ersten Moment wusste Fanni nicht, was das heißen sollte, bis ihr einfiel, dass Marco, nachdem sie ihn nach ihrer Rückkehr ins Hotel nicht nur über den Leichenfund, sondern auch über das Gespräch mit Rita informiert hatte, angeboten hatte, Sabrinas Alibi überprüfen zu lassen. Offenbar hatte er einen Kollegen in Dresden damit beauftragt, der sich jetzt zurückmeldete.

Fanni spitzte die Ohren, bekam aber nur »Ja« – »Nein« – »Danke« – »Verstehe« und so weiter zu hören, sodass sie Marcos Stimme schließlich ausblendete und anfing, die nächsten Schritte zu planen: Als Erstes und Dringlichstes musste Minnas Bewachung organisiert werden. Sobald das erledigt war, mussten die Leute des Suchtrupps unter die Lupe genommen werden.

Ob Wieser ihnen wohl eine Namensliste überlassen würde?

»Sabrina war nicht verreist.« Fanni hatte gar nicht mitbekommen, dass Marcos Telefongespräch beendet war. »Sie hat zu sämtlichen Öffnungszeiten in der Kneipe hinterm Tresen gestanden. Dafür gibt es mehrere Zeugen, sagt mein alter Freund Kevin.« Marco lächelte spitzbübisch. »Und weil er ein guter Ermittler ist, hat er sich an die Bar gesetzt, einen Kaffee bestellt und sich eine Weile mit Sabrina unterhalten. Ihm war natürlich klar, dass wir so viel wie möglich über Sabrina und Rainer erfahren wollen.« Er betrachtete nachdenklich sein Smartphone. »Kevin sagt, Sabrina wäre recht zugänglich und hätte nichts dagegen, sich mit einem von uns über die Sache mit Rainer zu unterhalten. Er ist jetzt vor Ort. Soll ich anrufen?«

Fanni zögerte.

Aber offenbar hatte Marco seine Entscheidung bereits getroffen. Er tippte eine Nummer an, wechselte einige Worte mit Kevin und drückte Fanni dann das Telefon in die Hand.

»Sabrina Wilhelm.«

Im Hintergrund konnte Fanni Stimmengewirr hören, das Zischen einer Espressomaschine, das Klirren von Gläsern.

Sie stellte sich mit ihrem vollen Namen vor, verzichtete aber auf eine Erklärung hinsichtlich ihrer Beziehung zu Rainer Renker.

Die ja auch schwer begreiflich zu machen wäre: »Rainer ist – nein, war – der Schwiegersohn der neuen Partnerin meines Exmannes.« Um das zu kapieren, braucht es einen Spezialisten in Sachen Beziehungsgeflechte!

Sabrina war offenbar gut auf den Anruf vorbereitet. »Kevin meint, Sie wollen wissen, ob es in letzter Zeit besondere Vorkommnisse gab. Ob Rainer mit jemandem Streit hatte oder so. Also außer dass er hinschmeißen wollte und wir uns deswegen gezofft haben, wüsste ich nichts, was der Rede wert wäre.« Ihrer Stimme war anzumerken, wie sehr die Todesnachricht sie getroffen hatte.

Fanni hätte gern etwas Mitfühlendes gesagt, aber ihr fiel nichts Passendes ein. Also fragte sie nach dem, was angeblich nicht der Rede wert war.

»Einer unserer Stammgäste hat neulich zu ihm gesagt: ›Ich polier dir die Fresse, du Arschloch‹, weil Rainer ihm nach zehn Schnäpsen keinen mehr einschenken wollte. Aber so etwas gehört schon beinahe zum Kneipenalltag, nicht der Rede wert, wie gesagt.«

»Hat in letzter Zeit mal jemand nach ihm gefragt?«, erkundigte sich Fanni, weil ihr gerade der, zugegeben etwas ausgefallene, Gedanke gekommen war, nach Rainer könne aus irgendeinem Grund gesucht worden sein.

»Das Schokopulver steht rechts oben neben dem Zuckerfach! Entschuldigung. Die Aushilfe hat Probleme, sich zurechtzufinden. Was wollten Sie wissen?«

Fanni wiederholte halbherzig: »Hat in letzter Zeit jemand nach Rainer gefragt?«

»Klar fragt der eine oder andere: ›Wo ist der Rainer denn heute? Kommt er noch?‹ So was halt.«

»Das meine ich nicht«, sagte Fanni, wusste aber nicht recht, wie sie erklären sollte, worum es ihr ging.

Aber Sabrina bewies, dass sie nicht auf den Kopf gefallen war. »Sie meinen so eine Szene wie im Wildwestfilm, wenn der Gangster in den Saloon kommt und gefährlich leise sagt: ›Trapper Joe. Wo finde ich die Ratte?‹ Vorrat an Servietten unterm Tresen!«

»So ähnlich«, bestätigte Fanni lächelnd.

»Nein, so was hatten wir nicht …«, kam es von Sabrina etwas zögernd.

»Aber …«, half ihr Fanni auf die Sprünge.

In der Leitung war es einen Moment still, bevor Sabrina sagte: »Es ist schon ein paar Wochen her, da kam mal einer in die Kneipe, der ist mir irgendwie in Erinnerung geblieben, obwohl er im Grunde ein unauffälliger Kerl war. Aber seine Reaktion, als er Rainer hinterm Tresen entdeckt hat, war merkwürdig.« Sabrina legte eine kurze Pause ein, als müsse sie sich die Beobachtung erst noch einmal vor Augen führen. »Der Mann ist zusammengezuckt und wirkte auf einmal furchtbar erschrocken. Für mich sah es so aus, als ob er sich auf der Stelle umdrehen und gehen wollte. Aber Rainer hat ihm etwas zugerufen, und das scheint ihn umgestimmt zu haben.«

»Wirkte Rainer auch erschrocken?«, fragte Fanni.

Erneut war es einen Moment still, dann antwortete Sabrina: »Rainers erste Reaktion hab ich nicht mitbekommen. Erst als er gerufen hat, hab ich zu ihm hingesehen. Also, richtig erschrocken wirkte er nicht, eher angespannt, würde ich sagen. Aber Rainer konnte so etwas recht gut überspielen. Er hatte so eine bestimmende Art. Der Kippschalter ist links.«

»Was hat Rainer denn gerufen?«, wollte Fanni wissen.

»Das habe ich nicht verstehen können«, erklärte Sabrina, »weil im gleichen Augenblick jemand eine Bestellung bei mir aufgegeben hat.«

»Und wie ging es dann weiter?«, hakte Fanni nach. »Das mit Rainer und dem Fremden?«

»Rainer hat ihm ein Bier spendiert. Sie haben ein bisschen

geredet. Aber für eine richtige Unterhaltung war einfach zu viel Betrieb.«

»Und wie wirkte ihr Gespräch?«, bohrte Fanni. »Kühl oder herzlich? Verkrampft oder locker?«

»Am ehesten passt verkrampft«, antwortete Sabrina.

»Und weiter?«

»Nichts weiter. Der Mann ist ziemlich bald wieder gegangen, und damit hatte es sich.« Als von Fanni keine Frage mehr kam, fügte sie hinzu: »Sicherlich hat die Sache überhaupt keine Bedeutung. Ich hätte gar nicht davon anfangen sollen.«

Fanni widersprach ihr. »Alles hat eine Bedeutung. Und von dieser Begegnung zu wissen könnte durchaus wichtig für uns sein. Ich bin sehr froh, dass Sie mir davon erzählt haben.« Um ihrer nächsten Frage mehr Gewicht zu verleihen, machte sie eine absichtsvolle Pause. »Sie haben Rainer nicht zufällig später gefragt, wem er da ein Bier spendiert hat?«

»Doch.« Sabrina lachte verlegen. »Das habe ich tatsächlich. Aber er hat nur ganz beiläufig gesagt: ›Einem alten Bekannten aus dem schönen Bayernland, den ich eigentlich längst vergessen hatte.‹«

Während Sabrina geantwortet hatte, war Fanni ein Gedanke gekommen. »Ich würde Ihnen gern ein paar Fotos aufs Handy schicken. Wollen Sie sich die Mühe machen, zu schauen, ob der Mann auf einem davon zu sehen ist?«

»Klar, mach ich. Nein, so funktioniert das nicht. Warte, ich komme. Tut mir leid, Frau Rot.«

Fanni versicherte ihr, dass es absolut keinen Grund gäbe, sich zu entschuldigen, und dass sie ihr für das Gespräch außerordentlich dankbar sei. »Die Fotos schicke ich so bald wie möglich.«

Damit beendete sie das Telefonat, blickte auf und stellte fest, dass sie sich allein im Raum befand. Marco und Sprudel waren fort.

Fanni wollte schon gehen und nach beiden sehen, überlegte es sich jedoch anders und blieb am Tisch sitzen.

Als sie Sabrina gebeten hatte, sich die Fotos einiger Männer anzuschauen, hatte sie die Leute von der Suchmannschaft im Sinn gehabt. Sollte einer von denen Rainers alter Bekannter aus der Kneipe sein, dann war das ein Hinweis, dem sich auf alle Fälle nachzugehen lohnte. Der Haken an der Sache war allerdings, dass sie keine Ahnung hatte, woher sie Fotos von den Bergwachtleuten nehmen sollte.

Doch unvermittelt kam ihr eine Idee.

Sie benutzte Marcos Smartphone, gab bei Google »Bergwacht Arber« ein und fand tatsächlich ein Gruppenbild der aktiven Bergwachtmänner und -frauen. Das Foto war scharf genug, um Gesicht und Statur jeder einzelnen Person erkennen zu können. Fanni entdeckte Tobi in der ersten Reihe, Paul am linken Rand der zweiten und einige andere, die sie tags zuvor gesehen hatte, deren Namen sie aber nicht wusste.

Stolz auf ihr Können, suchte sie in Marcos Kontakten nach »Kevin«, fand zum Glück nur einen, stellte fest, dass er einen WhatsApp-Account hatte, gab »Foto für Sabrina« ein, hängte den Link an und tippte auf »Senden«. Fast sofort erschien ein Häkchen neben dem Text. Demnach war die Nachricht übersandt worden. Wenige Sekunden später erschien das zweite Häkchen. Kevin hatte die Nachricht empfangen und würde sie sicher gleich an Sabrina weitergeben.

10

Marco und Sprudel hatten sich in eine Ecke der Hotelhalle zurückgezogen, in der es eine kleine Sitzgruppe gab.

Als Fanni aus dem Raum trat, in den Wieser sie beordert hatte, winkte Marco mit einem Blatt Papier, und sie eilte auf die beiden zu. »Wir haben gerade die Wachposten für Minna eingeteilt: Vera und Bernhard bleiben heute Abend noch bis neun Uhr bei ihr. Dann können Erna und Hans für drei Stunden übernehmen. Um Mitternacht kann Max sie ablösen. Ab halb drei halte ich etwa zwei Stunden Wache, und um halb fünf will Sigi antreten, er hat sich extra dafür angeboten, sodass Leni nicht auch noch ranmuss. Die Kinder sind ja anstrengend genug. Ihr beide seid dann morgens ab halb sieben dran.«

»Wir haben schon alle informiert«, fügte Sprudel hinzu. »Und alle sind mit der Planung einverstanden.«

Bleibt zu hoffen, dass Wieser seine Hausaufgaben macht, dachte Fanni.

Marco hatte sich erhoben und wandte sich zum Gehen. »Höchste Zeit, mein Versprechen einzulösen und mir mit Timmi am Kickerkasten ein Match zu liefern.«

Er strebte los, kehrte aber nach zwei Schritten schon wieder um und streckte Fanni den Handteller entgegen.

Sie brauchte einen Moment, bis sie begriff, dass er sein Smartphone zurückhaben wollte.

Als Marco endgültig fort war, lehnte sie sich ins Polster und schloss die Augen. Das, wovor ihr graute, seit sie ins Hotel zurückgekommen waren, ließ sich nun nicht mehr länger aufschieben. Sprudel und sie würden Rita aufsuchen und ihr kondolieren müssen.

Offenbar (es geschah eigentlich recht häufig) hatte Sprudel den gleichen Gedanken gehabt. »Rita, Erna und Hans sind in der Cafeteria. Wollen wir uns einen Moment zu ihnen setzen?«

Rainers Witwe wirkte sehr gefasst. Sie nahm die Beileidsbezeugungen mit einem schlichten »Danke« entgegen und hielt sich dann wieder an ihrer Teetasse fest. Ihre Augen waren zwar gerötet, aber trocken, während Erna sich immer wieder Tränen abwischen musste.

Rita muss längst klar gewesen sein, dass sie ihren Mann nie wiedersehen würde, dachte Fanni. Untergetaucht oder tot, für sie konnte die Sache nicht gut ausgehen.

»Der Kommissar hat vorhin mit uns geredet, dieser Wieser«, sagte Hans. »Rainer soll gestern um die Mittagszeit erschlagen worden sein. Womit, weiß man noch nicht.«

»Stumpfer Gegenstand, heißt es im Fernsehen immer«, murmelte Rita mit einem gequälten Lächeln.

Erna wischte sich die Augen. »Rita und ich fahren morgen früh nach Dresden. Wir müssen uns um die Beerdigung und alles kümmern und …« Sie verstummte.

Fanni sagte sich, dass die Leiche wohl nicht so schnell freigegeben werden würde, wollte sich aber nicht in Privatangelegenheiten mischen.

Hans will offenbar vorerst hierbleiben, dachte sie mit gemischten Gefühlen. Ihr Exmann konnte ja manchmal ganz nützlich sein. Aber sein Starrsinn war nur schwer zu ertragen und hatte oft schon zu erheblichen Scherereien geführt.

»In der Sache mit dem Start-up kann ich euch ja von hier aus unterstützen«, sagte er gerade, und Erna fügte erklärend hinzu: »Rita muss da einiges rückgängig machen.«

»Aber wir sollten nichts überstürzen«, sagte Rita.

Ohne geeigneten Partner kann sie das Catering-Unternehmen vermutlich vergessen, dachte Fanni. Aber anscheinend wollte Rita das Projekt nicht so ohne Weiteres fallen lassen. Hoffte sie, für Rainer Ersatz zu finden?

Fanni wagte die Frage nicht zu stellen, eine andere jedoch schon. »Hat Rainer in den vergangenen Wochen irgendwann erzählt, dass in der Kneipe überraschend ein Bekannter aufgetaucht ist, mit dem er nie und nimmer gerechnet hätte?«

Rita zuckte die Schultern. »Rainer hat eigentlich recht oft

Leute erwähnt, die er längere Zeit nicht gesehen hatte und die dann plötzlich wieder hereingeschneit kamen.«

Solche Leute hatte Fanni nicht gemeint, verzichtete jedoch darauf, nachzuhaken, weil Rita sich wohl erinnert hätte, wenn Rainer ihr von dieser speziellen Begegnung erzählt hätte.

»Wieser hat uns vorhin auch einen Haufen dummer Fragen gestellt«, beschwerte sich Hans.

Fanni zählte bis drei, bevor sie den Mund aufmachte, konnte jedoch eine gewisse Schärfe im Ton nicht verhindern. »Seid ihr denn so wenig daran interessiert, dass Rainers Mörder gefunden wird?« Den Zusatz: »Der höchstwahrscheinlich auch Minna überfallen hat und vermutlich plant, sie ganz aus dem Weg zu räumen« schluckte sie hinunter. »Der Kommissar muss sich ein genaues Bild von Rainer und seinem Umfeld machen, wenn er mit seinen Ermittlungen vernünftig ansetzen will.«

Hans verzog spöttisch das Gesicht. »Meint er etwa, ausgerechnet bei uns damit ansetzen zu müssen? Ich denke, der Herr Kommissar sollte sich lieber um das Gesocks aus der Kneipe kümmern und um die Schnepfe, die Rainer partout nicht freigeben wollte.«

Fanni grinste ihren Exmann herausfordernd an. »Es ist aber erwiesen, dass in der Mehrzahl der Fälle der Täter im Familienkreis zu finden ist.«

Hans lief puterrot an. »Soll das etwa heißen, dass einer von uns –«

Sprudel griff hastig ein. »Das soll heißen, dass unsere Aussagen für die Ermittlungsbeamten ungemein wichtig sind. Jedes noch so kleine Detail könnte von Belang sein.«

Timmi ersparte es Sprudel, noch mehr Allgemeinplätze von sich geben zu müssen.

Bevor Marco ihn daran hindern konnte, stürmte er in die Cafeteria und direkt auf Fanni zu. »Oma, du musst mit mir kickern.«

Fanni lachte und verwuschelte ihm die Haare. »Ich bin in meinem ganzen Leben noch an keinem Kickerkasten gestanden, und ich fürchte, es ist zu spät, um jetzt damit anzufangen.«

»Dann du, Opa Sprudel. Und du guckst zu, Oma, damit du mal was Gescheites lernst.« Timmi hüpfte zu Sprudel hinüber und zog ihn so lange am Ärmel, bis er aufstand.

Als Fanni und Sprudel eine gute Stunde später auf ihr Zimmer gingen, um sich vor dem Abendessen frisch zu machen, sagte Fanni geradezu einschmeichelnd: »Was hältst du davon, ein Stück zu laufen und irgendwo in der Stadt zu essen?«

Sprudel stimmte begeistert zu. Offenbar hatte er ebenso wenig wie sie das Bedürfnis, den Abend mit Hans, Erna, Rita und Sigi zu verbringen, denn darauf würde es hinauslaufen, wenn sie im Hotel blieben. Mit Leni und Marco war nicht zu rechnen, sie würden die Kinder ins Bett bringen, ihnen vorlesen und Gute-Nacht-Geschichten erzählen müssen. Vera und Bernhard würden bis neun Uhr bei Minna bleiben, und Max würde ein paar Stündchen schlafen wollen, bevor er um Mitternacht die Wache bei seiner Schwester antreten musste.

Auf dem Weg zum Ortskern, wo es ein paar Gasthäuser, Cafés und die unvermeidliche Pizzeria gab, spürte Fanni, wie gut es ihnen tat, das Hotel mitsamt Hans, den Renkers und Hubers und dem Mordfall für eine Weile hinter sich zu lassen.

Wortlos hatten sie sich darauf verständigt, nicht über den Fall zu sprechen, solange sie unterwegs waren. Nur Minna erwähnten sie, versicherten sich gegenseitig, dass sie bald wiederhergestellt sein würde, dass bestens für sie gesorgt sei und bestens über sie gewacht werden würde. Vera hatte sogar schon Grüße von ihr ausgerichtet, wie auch immer Minna die zum Ausdruck gebracht haben mochte. Vielleicht schriftlich.

Fanni und Sprudel landeten im »Bräu«, wo Sprudel darauf bestand, sich Schweinsbraten mit Kraut und Knödel zu bestellen, und behauptete, im Bayerwald sei das ein Muss. Dazu nahm er ein Dampfbier, ebenfalls ein Muss, wie er sagte, denn das Dampfbierbrauen hatte in der Gegend eine lange Tradition.

Fanni gönnte ihm das Vergnügen von Herzen, bestellte sich ein Nudelgericht und dazu ein Glas Rotwein.

Während des Essens unterhielten sie sich darüber, ob sie –

nachdem der Fall geklärt sein würde – noch eine Woche oder zwei in dem Haus in Birkenweiler verbringen sollten, bevor sie nach Ligurien zurückkehrten.

»Der Flur muss frisch geweißelt werden«, sagte Sprudel, »und in der Dusche gehört die Silikonabdichtung erneuert.«

»Die Hintertür gehört gestrichen, und außerdem schadet es nicht, mal wieder alles gründlich durchzuputzen«, sagte Fanni.

Sprudel und sie führten oft Renovierungsarbeiten durch, wenn sie sich in dem ländlichen Anwesen aufhielten, das Sprudel vor Jahren Leni hatte überschreiben lassen. Denn wie hätten Leni und Marco Zeit dafür finden sollen?

Sprudel hatte mittlerweile den Schweinsbraten, den Knödel und das Kraut verzehrt und behauptete nun, nach so einer schweren Mahlzeit sei ein Stamperl Bärwurz ein Muss.

Fanni nahm einen Kräuterbitter. »Darauf, dass wir den Täter bald am Wickel haben.«

Sie prosteten sich zu, und damit war die Erholungsphase beendet.

Auf dem Heimweg brummte Sprudels Mobiltelefon. Das Display zeigte Marcos Nummer an.

Sprudel zog Fanni in den kleinen Park, den sie gerade entlanggingen, und stellte den Lautsprecher so ein, dass sie mithören konnte.

»Sabrina hat mich angerufen«, sagte Marco. »Sie hat sich das Foto, das ihr Fanni geschickt habt, genau angesehen und ist sich sicher, dass der Mann aus der Kneipe nicht drauf ist. Ich schicke euch Sabrinas Handynummer, falls ihr selbst mit ihr sprechen wollt.« Damit verabschiedete er sich.

Marco hatte keine einzige Frage gestellt, worüber Fanni kein bisschen erstaunt war. Er hatte sich wohl mühelos erklären können, was es mit dem Foto auf sich hatte.

Als Sprudel gerade sein Handy einsteckte, vernahm Fanni hinter sich ein Knacken, das sich anhörte, als sei jemand auf einen trockenen Ast getreten. Sie fuhr herum, konnte im schwachen Schein der Straßenlaterne, die gut zehn Meter entfernt stand, aber nur ein Klettergerüst für Kinder, eine Rutsche und ein paar schemenhafte Sträucher erkennen. Sie drehte sich wieder zu Sprudel um, wollte etwas sagen, da vernahm sie es erneut.

Da hat wohl noch einer zugehört! Das Emoticon hatte Elefantenohren.

Fanni ballte die Hände zu Fäusten. Das konnte kein zufällig vorbeikommender Passant gewesen sein, denn der wäre vielleicht kurz stehen geblieben, dann jedoch einfach weitergegangen.

Der Lauscher muss aber noch da sein! Und er hält still!

Fanni horchte und suchte die Umgebung erneut mit den Augen ab.

Mittlerweile war Sprudel auf ihr Verhalten aufmerksam geworden und sah sie mit hochgezogenen Brauen an.

Ein warnender Blick genügte, um ihn ins Bild zu setzen.

Sprudel handelte schnell. Er packte Fanni am Arm und zerrte sie zurück auf die Straße, wo das Licht hell war, Autos fuhren und gerade zwei Fußgänger in Sicht kamen.

Den Weg bis zur nächsten Ecke legten sie schweigend zurück, weil es keinen Sinn hatte, darüber zu diskutieren, ob wer auch immer ihnen nachgeschlichen war, um sie zu beobachten, zu belauschen, schlimmstenfalls sogar zu attackieren; ob das Geräusch, das Fanni gehört hatte, von einem Tier oder von einem Menschen ausgelöst worden war; oder ob sie sich ganz einfach getäuscht hatte.

Die kleine Episode hatte sie allerdings an den Vorfall am Morgen erinnert und daran, dass sie vorsichtig sein mussten. Während ihrer Ermittlungen in verschiedenen Mordfällen waren sie so oft angegriffen, überfallen und verletzt worden, dass sie gelernt hatten, auch auf kleinste Anzeichen zu achten und selbst vermeintliche Belanglosigkeiten ernst zu nehmen.

»Die Sache mit deinem Ohr«, sagte Sprudel. »Das war doch keine Ungeschicklichkeit.«

Er hatte die Schramme also bemerkt, obwohl Fanni sie zwischendurch immer wieder mit Puder abzudecken versucht hatte.

Selbstverständlich hat er sie bemerkt! In puncto Fanni entgeht ihm rein gar nichts!

Das Emoticon blickte durch ein Monokel.

Kleinlaut berichtete Fanni nun, was sie ihm hatte verheimlichen wollen.

Sprudel nickte und drückte sie an sich. Er hatte sich ohnehin so etwas gedacht.

Den restlichen Weg über rätselten sie darüber, ob es Zufall war, dass Rainer innerhalb eines relativ kurzen Zeitraums überraschend zwei alte Bekannte getroffen hatte. Einen in Dresden und den anderen am Arber.

»Was meinst du, handelt es sich dabei um zwei verschiedene Personen oder um ein und dieselbe?«, fragte Fanni.

Als Sprudel nicht gleich antwortete, fügte sie hinzu: »Für mich fühlt es sich nach ein und derselben an« und merkte, dass er ein Schmunzeln unterdrückte. Für ihre Intuition hatte er immer ein Lächeln übrig.

Der Bekannte, den Rainer angeblich am Arber getroffen hatte, war nur ein Phantom. Niemand hatte ihn gesehen. Etwas anderes war es mit dem Kerl aus der Kneipe. Sabrina würde ihn identifizieren können. Aber dazu brauchte sie entweder die richtige Vorlage oder musste ihm erneut begegnen.

Vielleicht kommt er ja dieser Tage auf ein Gläschen vorbei!

Für diesen Fall muss Sabrina vorbereitet sein, fand Fanni und nahm sich vor, sie noch mal anzurufen und zu bitten, den Mann in ein Gespräch zu verwickeln, falls er wieder auftauchte.

Was völlig unwahrscheinlich ist!

Nicht unbedingt, dachte Fanni. Vielleicht will er sich umhören, was über den Fall so geredet wird.

Falls er und derjenige, den Rita erwähnt hat, nicht ein und derselbe sind, überlegte sie weiter, dann werden wir wohl nie erfahren, wen Rainer auf der Piste getroffen hat.

Vielleicht hat Rita den bloß erfunden!

Fanni kaute nachdenklich auf ihrer Unterlippe. Das würde nur Sinn ergeben, wenn Rita die Täterin wäre. Doch das glaubte sie ausschließen zu können. Zum einen war Rita gestern um die Mittagszeit im Arber Stadl beziehungsweise mit Minna zusammen gewesen. Zum anderen hätte sie keine Möglichkeit gehabt, den Toten vom Schutzhaus zu dem Versteck oberhalb der Schleppliftschneise zu transportieren.

Sie war allerdings zu einer Zeit am Schutzhaus, zu der dieser Transport stattgefunden haben muss!

Stimmt, dachte Fanni. Zusammen mit Minna war sie da. Was aber nicht geplant gewesen war. Und dann ist Minna niedergeschlagen worden. Wollte Rita am Schutzhaus ihren Komplizen treffen, um ihm bei der Beseitigung der Leiche zu helfen? Den Bergwachtmann, der ein Quad zur Verfügung hatte? Wer kam da in Frage?

Fanni versuchte, den gestrigen Abend vor ihren Augen ablaufen zu lassen, als die Bergwachtleute in der Cafeteria versammelt gewesen waren. Neben wem hatte Rita gesessen? Mit wem hatte sie Blicke getauscht? Hatte sie gleichzeitig mit einem von ihnen den Raum für eine Weile verlassen?

Nichts davon konnte sie beantworten.

Was bin ich für eine schlechte Beobachterin, dachte sie.

Grottenschlecht! Eine echte Miss Marple würde sich an jedes Detail erinnern!

Sollte sie Rita tatsächlich als verdächtig einstufen?

Sie hat den Tod ihres Mannes erstaunlich gefasst hingenommen!

Aber welches Motiv hätte sie gehabt?

Das älteste der Welt! Sie hat einen anderen!

Einen Bergwachtmann aus der Arber-Region?

Warum nicht? Er hat die Drecksarbeit erledigt. Dafür darf er Rainers Platz einnehmen. In Ritas Bett, in Ritas Leben, in Ritas Start-up!

Das Start-up. »Rita muss da einiges rückgängig machen«, hatte Erna am Nachmittag in der Cafeteria gesagt. Und was hatte Rita darauf erwidert? »Aber wir sollten nichts überstürzen.«

Als Fanni und Sprudel ins Hotel zurückkehrten, stellten sie fest, dass die Cafeteria fast voll besetzt war.

Fannis Blick streifte durch den Raum. »Bergwachtleute. Alle, die gestern da gewesen waren, und noch ein paar mehr.«

Bernhard hatte sie sicher nicht noch einmal eingeladen. Sie mussten spontan hier zusammengekommen sein.

Sie focht einen kurzen Kampf mit sich aus. Eigentlich hatten Sprudel und sie auf ihr Zimmer und bald schlafen gehen wollen, weil sie morgen früh rausmussten, um zur Klinik zu fahren. Aber die versammelten Bergwachtleute – überrascht hatte sie festgestellt, wie viele Frauen sich darunter befanden, und sich gleich darauf selbst als ewig gestrig beschimpft – gaben eine zu gute Informationsquelle ab, als dass man sie ungenutzt lassen konnte.

Wie so oft schien Sprudel ihre Gedanken gelesen zu haben, denn er nickte ihr zu, setzte sich in Bewegung und steuerte den Bartresen an.

Dort lehnte einer aus der Suchmannschaft, den Fanni jedoch nur vom Sehen kannte. Sie fackelte nicht lang. »Auf der Suche nach den Vermissten gestern, da seid ihr anscheinend ja auch motorisiert unterwegs gewesen.«

Falls sich der Mann irritiert fühlte, zeigte er es nicht. »Wir haben ein Quad. Und das setzen wir natürlich auch ein.«

»Und als Fahrer wechselt ihr euch ab?«

Als er nicht gleich antwortete, präzisierte sie: »Jeder fährt mal damit?«

Er schüttelte den Kopf. »Eigentlich nur die, die wirklich gut mit einem ATV zurechtkommen. Wenn der Stefan vor Ort ist, fährt eigentlich immer er, weil er's einfach am besten kann.«

»Und der Stefan war gestern vor Ort?«

Der Bergwachtmann nickte.

»Dann würde ich gern mit ihm reden«, sagte Fanni.

Der Mann ließ noch immer keine Irritation erkennen, und Fanni fragte sich, ob sich alle Bergwachtler so unerschütterlich zeigten.

Ihr Blick folgte seinem Finger, der auf einen der Tische links vom Tresen deutete, an dem zwei Bergwachtmänner, die Fanni bisher noch nicht untergekommen waren, zwei Bergwachtfrauen, aber auch Paul und Tobi saßen. »Der mit dem Ohrring, das ist der Stefan.«

Fanni nahm sich nicht einmal Zeit für ein Dankeschön. Das

würde Sprudel schon übernehmen. Genauso, wie er es auch übernehmen würde, mit dem Mann noch so lange zu plaudern, wie der Interesse an einem Gespräch erkennen ließ.

Sie griff sich einen freien Stuhl, schob ihn an den bezeichneten Tisch, zwängte ihn zwischen Stefan und die Bergwachtfrau neben ihm und setzte sich, ohne lange zu fragen.

»Ich habe gerade gehört«, sagte sie dann zu Stefan, »dass Sie gestern bei der Suche nach den Vermissten das Quad gefahren haben.«

»Er ist doch unser ATV-Freak«, vermeldete Tobi, bevor Stefan antworten konnte, woraufhin sich eine Diskussion darüber entspann, ob der »ATV-Freak« im schweren Gelände nicht doch manchmal etwas zu viel riskierte.

Fanni neigte sich ihm zu. »Haben gestern nur Sie das Quad benutzt, oder haben Sie sich mit jemandem abgewechselt?«

Wie seinem Kollegen am Tresen waren auch Stefan weder Verärgerung noch Unbehagen, ja nicht einmal ein leises Befremden anzumerken. Seine dunklen Augen blickten ruhig in Fannis graue. »Nur ich. Ich war am Standort, als der erste Notruf hereingekommen ist, und bin gleich gestartet. Die Schneise rauf und runter, weil es hieß, jemand sei aus einer Gondel gestürzt. Aber da war keiner.«

»Da haben Sie die Suche ausgedehnt?«

»Klar bin ich dann kreuz und quer gefahren. Wo ich halt hinkonnte. Die anderen sind auf Skiern unterwegs gewesen und zwischendurch ein Stück zu Fuß.«

»Wie lange sind Sie denn rumgefahren?«, fragte Fanni.

»Bis der zweite Notruf kam. Eine Vermisste.«

»Das war aber Stunden später«, wandte Fanni ein. »Haben Sie keine Rast gemacht? Was getrunken, was gegessen?«

Er zuckte bloß die Schultern.

Nach einer Weile sagte er: »Wenigstens das Mädel haben wir früh genug gefunden.«

»Waren Sie dabei?«, fragte Fanni.

Er grinste. »Glauben Sie, ich bin mit dem Quad in den Schuppen gefahren?«

Fanni grinste zurück. »Sie steigen wohl nie ab?«

Nachdem die Kommentare der anderen am Tisch verklungen waren, machte sie weiter. »Als Sie gestern Nachmittag mit dem Bergwacht-Quad herumgekurvt sind, ist Ihnen da ein anderes Gefährt begegnet?«

»Was denn für eins?«

»Ein anderes Quad zum Beispiel. Oder haben Sie vielleicht Motorengeräusch gehört?«

Stefan schüttelte den Kopf. »Die in der Radarstation haben ein ATV, das hätten sie normalerweise auch eingesetzt, als sie uns bei der Suche unterstützt haben. Aber es ist nicht angesprungen.«

»Und Sie haben auch nirgends ein Fahrzeug stehen sehen?«, hakte Fanni nach.

»Na ja, die Pistenraupen halt.«

Die Pistenraupen.

War der Tote mit einer Pistenraupe abtransportiert worden?

»Die fahren aber erst dann, wenn die Lifte längst nicht mehr in Betrieb sind«, fügte Stefan hinzu.

Frühestens also um fünf, rechnete Fanni. Rainers Leiche hätte so lange im Schuppen liegen bleiben müssen. Das konnte nicht sein, weil Minna schon gegen fünf gefunden worden war.

Damit blieb als Transportmittel wieder nur das Bergwacht-Quad. Wäre das Militär-ATV irgendwann noch angesprungen, dann hätte man am Standort vermerkt, ob und wann es ausrückte. Klammheimlich hätte es den Militärstützpunkt sicherlich nicht verlassen können.

War demnach Stefan der Täter? So unwahrscheinlich es sich auch anfühlte, ganz ausschließen durfte man das nicht.

Für wahrscheinlicher hielt Fanni jedoch, dass er nicht die ganze Wahrheit gesagt hatte, weil es ihm peinlich war, zuzugeben, dass er während der Suche eine längere Pause eingelegt hatte.

Er könnte das Quad beim Schutzhaus abgestellt und sich in dem kleinen Anbau, der den Bergwachtmännern als Stützpunkt und Aufenthaltsraum diente, ein Stündchen aufs Ohr gelegt haben, mutmaßte sie. Das hatte der Täter dann für seine Zwecke ausgenutzt.

Sie hatte das Gespräch, das am Tisch entstanden war, eine Weile an sich vorbeiplätschern lassen, merkte aber plötzlich, dass Stefan sich wieder an sie gewandt hatte.

»… das Mädel gefunden wurde, war ich nicht dabei, bin aber dann dazugestoßen, weil die Durchsage kam, ich soll sofort zum Schutzhaus fahren und eine Verletzte ins Tal bringen. Aber als ich dann dort war, haben mir die Kollegen gesagt, dass ein Transport mit dem Quad wegen der Verletzung gar nicht möglich wäre. Sie hatten mittlerweile schon den Akja bereit gemacht.« Mit dem Kinn deutete er zum Nebentisch. »Konrad und Hans sind unsere Spezialisten für besonders schonende Beförderung im Akja.«

Fanni schaute hinüber und sah zwei Bergwachtmänner, die ihr am gestrigen Abend aufgefallen waren, weil Bernhard sie extra mit Handschlag begrüßt hatte. Sie saßen mit zwei anderen, die Fanni nicht kannte, mit Patrick und mit dem Mann zusammen, den Fanni am Vormittag in seinem Lifthäuschen am Osthang angesprochen hatte und der Sprudel und sie dann verjagen wollte.

Patrick unterbrach sein Gespräch mit dem Kerl vom Lift und sah herüber. Offenbar hatte er Fannis Blick gespürt. Auch die anderen wurden nach und nach auf sie aufmerksam, und einer der beiden Akja-Spezialisten rief ihr zu: »Wie geht es Minna? Kann sie bald ein Bier mit uns trinken?«

Fanni antwortete so laut, dass so gut wie jeder in der Cafeteria es hören musste: »So schnell wird das wohl nichts. Sie kann ja noch nicht einmal sprechen. Ihr gebrochener Kiefer ist fixiert und wird es noch eine Weile bleiben.«

»Ist sie sonst wieder so weit okay?«, fragte Stefan.

»Nicht wirklich«, erwiderte Fanni, abermals lauter als nötig. »Sie kann sich nicht im Mindesten daran erinnern, was vorgefallen ist.«

So, Leute, dachte sie, jetzt wisst ihr alle Bescheid. Erzählt es überall herum, damit der Täter es auch ganz bestimmt mitbekommt, falls er es nicht gerade selbst gehört hat.

Als sie sich wieder ihrer Tischgesellschaft zuwandte, streifte ihr Blick den Tresen und begegnete Sprudels Augen, in denen sie lesen konnte, was er dachte: Der Täter wird es nicht drauf ankommen lassen, dass Minnas Erinnerung ausbleibt. Er wird handeln.

11

Obwohl ihre »Wache« erst um halb sieben begann, erschienen Fanni und Sprudel schon um kurz nach sechs im Krankenhaus. Nachdem sie dem Pförtner gesagt hatten, zu wem sie wollten, winkte er sie anstandslos durch.

Fanni, eine notorische Langschläferin, hatte es (war das schon jemals vorgekommen?) bereits um fünf aus den Federn getrieben. Zum einen wollte sie endlich Minna sehen und sich selbst davon überzeugen, dass ihr Zustand zufriedenstellend war. Zum anderen ließ ihr die Sorge um Minnas Sicherheit keine Ruhe. Insbesondere das Wissen, dass Sigi Huber seit halb fünf Wachdienst hatte, machte sie nervös, denn Sigi war ihr nicht recht geheuer. Sie fand ihn undurchsichtig, selbstgefällig und wichtigtuerisch, also absolut nicht vertrauenswürdig.

Aber reichte das, um ihn ernsthaft als Täter zu verdächtigen? Wohl kaum.

Während Fanni neben Sprudel eine Treppe hinauflief, eine Halle durchquerte und schließlich in einen langen Flur mit Türen zu beiden Seiten einbog, rekapitulierte sie, was sie über Sigi Huber wusste: Kindheit in Wunsiedel, zwei Jahre Bundeswehr, Job in der Versicherungsbranche, wohnhaft in Dresden.

Da ist aber weit und breit kein Motiv zu erkennen! Das Emoticon hatte einen Feldstecher vor Augen.

Für Sigi könnte aber das gelten, was ich zu Hans gesagt habe, um ihn zu ärgern, dachte Fanni und wiederholte in Gedanken: Es ist erwiesen, dass in der Mehrzahl der Fälle der Täter im Familienkreis zu finden ist!

Sie zweifelte nicht daran, dass Sigi, Rita und Rainer eine recht enge Beziehung zueinander gehabt hatten.

Und in langjährigen engen Beziehungen wuchern Motive im Verborgenen wie Hausschwamm!

Fanni verdrehte die Augen. Manchmal war die Gedankenstimme einfach albern. Obwohl sie natürlich recht hatte. Im

Laufe der Zeit konnte sich auf beiden Seiten eine Menge Ärger angestaut haben, bis das Fass schließlich überlief.

In diesem Moment kam ihr in den Sinn, was Kosmetikerin Anja über Sigis Verhalten gesagt hatte: »Seit er gestern angekommen ist, ist er irgendwie komisch.«

Fanni hatte automatisch angenommen, Sigis offenbar verändertes Verhalten rühre daher, dass er seine Beziehung mit Anja beenden wollte. Vor allem Anjas Bemerkung »Du lässt mich also im Stich«, die sie im Skikeller aufgeschnappt hatte, hatte sie in dieser Annahme bestärkt.

Und schließlich hat er sie ja auch abserviert! Oder etwa nicht?

Doch, dachte Fanni. Aber Sigis schlechte Stimmung, die Anja anscheinend schon bei seiner Ankunft aufgefallen ist, muss nicht unbedingt etwas mit ihr zu tun gehabt haben. Hatte es zwischen Sigi und Rainer aus welchen Gründen auch immer Stunk gegeben? Warum nicht? Genau darum ging es ja. Je enger der Kontakt, desto mehr Reibungspunkte konnten entstehen. Aber hätte Rita von eventuellen Auseinandersetzungen nicht etwas wissen müssen?

Schon, was aber nicht heißt, dass sie jemandem davon erzählt hätte, am allerwenigsten Fanni Rot!

Und falls sich die Geschwister zusammengetan haben, um Rainer zu beseitigen, überlegte Fanni, dann hätte Rita ganz bestimmt nichts von irgendwelchen Zwistigkeiten erwähnt.

Sie machte einen stottrigen Atemzug. War es tatsächlich denkbar, dass Rita und Sigi gemeinsame Sache gemacht und Rainer aus noch nicht bekannten Motiven um die Ecke gebracht hatten?

Sprudel und sie hatten mittlerweile das Ende des Flurs erreicht und mussten kurz stehen bleiben, bis sich die hydraulische Tür vor ihnen aufgetan und sie in einen verglasten Übergang entlassen hatte, der offenbar zwei Gebäude miteinander verband.

Denkbar ist auf jeden Fall, sinnierte Fanni weiter, während Sprudel und sie an spiegelnden Scheiben vorbeigingen, an denen Tautropfen herunterliefen, dass Rita uns eine völlig unzutreffende Geschichte aufgetischt hat und in Wahrheit sie es war, die Minna niedergeschlagen hat. Schließlich waren die beiden zusammen unterwegs, und da könnte Minna ganz leicht etwas mitbekommen haben, was sie nicht mitbekommen durfte.

Zum Beispiel, wie Sigi sich das Bergwacht-Quad schnappt, das unbeaufsichtigt keine zwei Meter vom Schuppen entfernt auf Stefan wartet, und Rainers Leiche damit abtransportiert!

Fanni nickte unmerklich. Eine Komplizenschaft der Geschwister würde auch erklären, warum Rita wider alle Vernunft plötzlich darauf bestanden hatte, nach Rainer zu suchen, was in diesem Kontext betrachtet bloß ein Vorwand gewesen sein konnte. Tatsächlich hatte sie Sigi zu Hilfe kommen wollen, der schon alles vorbereitet hatte: Rainer erschlagen und die falsche Spur gelegt.

Zeitlich geht das hin, dachte Fanni.

Zudem lieferte die Theorie eine einleuchtende Antwort auf die Frage, warum Sigi nicht, wie zuerst angekündigt, mit den anderen zum Hotel zurückgefahren war.

Er musste Rainer zum Schuppen locken und ihm den Garaus machen!

Fanni nickte erneut. Das alles ergab Sinn.

Aber Sigi hat wohl gedacht, dass er Rita brauchen würde, um die Leiche zu beseitigen. Dass er praktischerweise über ein Quad stolpern würde, konnte er ja nicht ahnen!

Haben die beiden so etwas wie einen Plan gehabt?, fragte sich Fanni. Hatten sie den Toten ursprünglich in einer Ecke im Schuppen verstecken wollen? Denn damit, das Bergwacht-Quad in die Finger zu bekommen, konnten sie tatsächlich nicht rechnen. Aber als sich die Gelegenheit ergab, nutzten sie sie spontan und vereinbarten vielleicht, dass Rita es irgendwie schaffen musste, Stefan abzulenken, falls er zu früh auf der Bildfläche erschien. Sigi –

Fannis Gedankengang endete abrupt, als sie Sigi auf sich zukommen sah.

Der Übergang hatte sie in einen weiteren Flur mit Türen links und rechts gebracht, von denen diejenige mit der Nummer 21 in Minnas Zimmer führte.

»Warum lässt du sie allein?«, fuhr Fanni ihn an.

Sigi hob beide Hände und hielt sie wie einen Schild vor seine Brust. »Ich habe sie nicht allein gelassen. Ein Arzt ist bei ihr drin. Deshalb musste ich raus. Ich kann ja nicht während der Untersuchung –«

»Gibt's ein Problem?«, unterbrach ihn Fanni. »Geht es Minna schlechter? Ist deshalb schon so früh ein Arzt bei ihr?«

»Nein, gar nicht«, beeilte sich Sigi zu versichern. »Sie hat die ganze Zeit geschlafen. Hat nicht einmal unseren Wachwechsel mitgekriegt. Der Doktor wird sie aufwecken müssen, wenn er ihre Temperatur messen oder ihr Blut abnehmen will.«

So was machen Ärzte nicht, dachte Fanni. Solche Sachen machen die Schwestern.

Ärzte tauchen auch nicht ohne triftigen Grund morgens um kurz nach sechs in den Krankenzimmern auf! Die kommen um zehn zur Visite!

»Woher weißt du, dass es ein Arzt ist?«, rief Fanni und setzte bereits zu einem Sprint an.

Sigis Antwort hörte sie nicht mehr, glaubte aber, dass die Worte »weißer Kittel« darin vorkamen.

Ohne Vorwarnung riss sie die Tür mit der Nummer 21 auf und sah tatsächlich eine Person im Arztkittel über Minnas Bett gebeugt stehen. Das Bild wirkte so unverfänglich, dass sie zögerte. Warum sollte nicht doch ein Arzt hereingekommen sein, um Minnas Zustand zu kontrollieren? Wenn sie ihn jetzt störte, konnte sie sich damit Ärger einhandeln, und die Genehmigung, Minna auch außerhalb der Besuchszeiten im Auge behalten zu dürfen, würde vielleicht wieder zurückgezogen werden.

Fanni stand unbeweglich in der Tür und registrierte, dass sich der Mann an Minnas Bett ebenso wenig regte wie sie, was begreiflich war, wenn er Minna gerade den Puls fühlte oder ihr eine Injektion verabreichte. Trotzdem beschlich Fanni ein ungutes Gefühl, das dadurch verstärkt wurde, dass sie Minna nicht sehen konnte. Die Gestalt am Bett verdeckte ihre Enkelin komplett.

Schließlich konnte sie nicht mehr an sich halten, trat zwei, drei Schritte in den Raum hinein, blieb dann aber wieder stehen und reckte den Hals. Was machte dieser Doktor da bloß? Wie lange konnte Pulsmessen denn dauern?

Plötzlich fiel ihr auf, dass er OP-Haube und Mundschutz trug.

Wozu …?

Fanni rannte los, kam aber nicht weit. Der Schlag, der sie traf, schleuderte sie durchs halbe Zimmer und ließ sie gegen die Wand taumeln. Als sie das Gleichgewicht wiedergefunden hatte, war der Mann im weißen Kittel fort.

Sie stürzte an Minnas Bett, sah das Kissen auf dem Gesicht ihrer Enkelin und riss es mit einem Aufschrei weg. »Minna! Nein!« Plötzlich spürte sie Sprudel neben sich, registrierte, dass er den Notrufknopf drückte. »Er hat sie erstickt, Sprudel. Er hat Minna mit einem Kissen erstickt!«

Einen Augenblick später fühlte sie sich von kräftigen Händen fortgeschoben. »Sie müssen hier Platz machen.«

Benommen ließ sie sich von Sprudel aus dem Zimmer führen.

Im Flur stand Sigi. »Was ist denn los da drin?«

Fanni richtete sich auf, schüttelte Sprudels Arm ab und trat auf Sigi zu. Der krümmte sich unter ihrem Blick. »Du hast dafür gesorgt, dass dieser Kerl freie Bahn hatte! Du hast den Täter mit Minna allein gelassen, und er hat sie …« Sie konnte nicht weitersprechen.

»Ich dachte … Wie hätte ich denn ahnen sollen … Er hat gesagt …« Sigi brachte keinen seiner angefangenen Sätze zu Ende. Aber mit jedem, den er anfing und abbrach, stieg Fannis Wut. Sprudel schien zu spüren, dass sie drauf und dran war, Sigi mit Fäusten zu attackieren, denn er legte erneut den Arm um ihre Schultern und drückte sie fest an sich.

Fanni versteifte sich, als einer der beiden Männer, die auf den Notalarm hin in Minnas Zimmer gestürzt waren, auf den Flur trat. »Alles in Ordnung. Der Patientin ist nichts geschehen.«

»Das Kissen«, stammelte Fanni. »Es war auf ihrem Gesicht. Und Minna lag ganz still, wie tot. Ich dachte, er hätte sie erstickt.«

»Das hat er wohl auch vorgehabt«, erklärte der Mann, an dessen Revers Fanni jetzt ein Schildchen mit dem Namen »Dr. Tanner« entdeckte. »Er hat sie mit einem in Chloroform getränkten Lappen betäubt, sodass sie sich nicht wehren konnte. Aber bevor er ihr mit dem Kissen die Luft abdrücken konnte, müssen Sie ihn überrascht haben. Ihr Erscheinen hat ihn daran gehindert, die Sache zu Ende zu bringen.« Fannis skeptische Miene bewog ihn offenbar, hinzuzufügen: »Die junge Dame ist wirklich so weit okay, glauben Sie mir. Allerdings wird sie wohl noch eine Weile schlafen.«

Fanni wurde auf einmal schwarz vor Augen, als hätte sie selbst eine Nase voll Chloroform erwischt. Sie schwankte und wäre umgekippt, hätte Sprudel sie nicht festgehalten.

»Sie sollten nach Hause fahren und sich hinlegen«, sagte Dr. Tanner. »Ich kann Ihnen auch etwas zur Beruhigung geben, wenn Sie möchten.«

Fanni atmete tief durch. »Sie glauben doch nicht, dass ich Minna auch nur noch einen Moment lang aus den Augen lasse.«

»Wir kümmern uns um sie, versprochen.«

Fanni war anzusehen, was sie von diesem Versprechen hielt.

»Und Sie glauben doch wohl nicht im Ernst«, fuhr Dr. Tanner fort, »dass der Kerl noch mal zurückkommt.«

Wieder sprach Fannis Gesichtsausdruck Bände. Sie würde es ganz bestimmt nicht drauf ankommen lassen.

Dr. Tanner nickte. »Also gut. Ich will Sie gewiss nicht daran hindern, hierzubleiben.« Er wandte sich ab, um zu gehen, drehte sich dann aber noch mal kurz um. »Ich übernehme es, Kommissar Wieser zu verständigen.«

Fanni ging wieder in Minnas Zimmer, setzte sich auf den Stuhl, den Sprudel für sie zurechtrückte, und starrte auf ihre schlafende Enkelin, bis Vera und Bernhard sowie Leute von der Spurensicherung kamen und sie fortschickten.

Fanni wollte trotzdem noch bleiben, aber das ließ Vera nicht zu. »Du fährst mit Sprudel ins Hotel und ruhst dich aus. Außerdem will Kommissar Wieser mit dir reden. Der ist schon dort und hat Sigi in der Mangel.«

Dass Sigi verschwunden war, war Fanni gar nicht aufgefallen. Nachdem sie ihn beschuldigt hatte, dem Täter zugearbeitet zu haben, musste er das Krankenhaus fluchtartig verlassen haben.

Statt ihn zu attackieren, hätte ich ihm lieber Fragen stellen sollen, dachte sie nun bedrückt. Fragen wie: »Hat der falsche Doktor was gesagt? Wie hat er ausgesehen?«

Falls Sigi mit dem Kerl unter einer Decke steckt, hätte er dich sowieso nach Strich und Faden belogen!

Fannis Gedanken begannen auf einmal zu stolpern. Hatte sie nicht eben erst gedacht, Sigi und Rita wären Komplizen? Aber der falsche Arzt in Minnas Zimmer war eindeutig männlich gewesen.

Wer käme denn da in Frage?

Über eine Antwort darauf nachzudenken war erst dann sinnvoll, wenn sich ein konkreter Anhaltspunkt dafür fand, dass Sigi sich absichtlich für die Wache zwischen halb fünf und halb sieben hatte einteilen lassen, um dem Täter den Weg in Minnas Zimmer zu ebnen.

Fanni hatte sich nahezu willenlos von Sprudel zum Klinikparkplatz führen lassen. Als er die Wagentür für sie öffnete, stieg sie mechanisch ein, schnallte sich an und starrte dann stumm aus dem Fenster. Erst als sie am Hotel ankamen, brach sie ihr Schweigen.

»Wir müssen unbedingt weiterkommen, Sprudel. Jede Sekunde, die Rainers Mörder frei herumläuft, ist Minna in Gefahr. Wir müssen …« Ihre Stimme versandete, weil sie keine Ahnung hatte, was genau sie tun mussten.

»Wir gehen jetzt frühstücken«, entschied Sprudel. »Dann sehen wir weiter.«

Als sie in den Frühstücksraum kamen, waren Hans und Erna gerade auf dem Weg hinaus.

Hans baute sich drohend vor Fanni auf. »Wie kommst du

dazu, Sigi mit so miesen Anschuldigungen anzugehen? Weil du es nicht ertragen kannst, dass ich wieder eine Partnerin habe, dass es uns gut geht zusammen und dass ich mich mit ihren Kindern gut verstehe?«

»Ach Hans«, seufzte Fanni. Sie war viel zu erschöpft, um sich über ihn zu ärgern, und viel zu niedergeschlagen, um ihm wieder einmal freundlich zu versichern, wie sehr sie sich über sein neues Leben freute.

»Bist du denn nicht daran interessiert, dass derjenige, der es auf Minna abgesehen hat, aus dem Verkehr gezogen wird?« Sprudels Stimme klang scharf.

Hans wandte sich ihm ruckartig zu. »Selbstverständlich bin ich das. Und darauf solltet ihr euch konzentrieren. Ihr seid doch sonst immer so schlau. Aber diesmal habt ihr euch scheint's entschlossen, einen Unschuldigen zu belasten, nur weil er …«

Hans unterbrach sich, als Erna ihm die Hand auf den Arm legte. »Sigi hat einen Fehler gemacht. Er hätte sich ganz genau anschauen sollen, wer da in Minnas Zimmer geht. Diesen Fehler muss er jetzt ausbaden.«

Fanni sog überrascht die Luft ein. So viel Vernunft hätte sie Erna nicht zugetraut. Und erst recht nicht dieses Auflehnen gegen Hans.

Erstaunt vernahm sie, was Erna noch zu sagen hatte. »Es tut mir leid, dass durch Sigis Schuld eure Minna in solche Gefahr geraten ist. Die Sache hätte schlimm ausgehen können. Aber glaub mir, Sigi wollte Minna ganz bestimmt nichts Böses. Er war einfach nur leichtgläubig und macht sich jetzt riesige Vorwürfe deswegen.« Damit nickte sie Fanni und Sprudel kurz zu und zog Hans mit sich fort.

Fanni kaute auf einem Brötchen herum und schluckte Tränen. Sie würden es nicht schaffen. Diesmal nicht. Ausgerechnet in diesem Fall, in dem das Leben ihrer Enkelin auf dem Spiel stand, würden sie versagen. Der Täter war schlauer als sie. Viel schlauer. Sie hatten nicht den kleinsten Hinweis auf ihn. Einen Verdacht hier, einen Verdacht da, diese und jene Theorie, aber nichts Handfestes. Und Wieser erging es offensichtlich nicht besser.

Fanni fragte sich, ob er neue Erkenntnisse hatte. Klitzekleine wenigstens.

Sie verschluckte sich fast, als er plötzlich vor ihr stand.

Sprudel forderte ihn auf, Platz zu nehmen, und erbot sich, Kaffee für ihn holen.

Wieser setzte sich. »Sie haben recht, Herr Sprudel. Wir können uns geradeso gut hier unterhalten.«

Fanni sah sich um und stellte fest, dass sie die einzigen Gäste waren.

Die letzten, genau genommen! Es ist ja schon nach zehn!

Nachdem Sprudel den Kaffee vor Wieser hingestellt und der einen bedächtigen Schluck davon genommen hatte, konnte Fanni nicht mehr an sich halten. »Was haben Sie von Sigi herausbekommen?«

Wieser blickte bekümmert in seine Tasse. »Er kann den falschen Arzt leider nicht beschreiben.«

»Kann er nicht, oder will er nicht?«, fragte Fanni.

Wieser hob den Blick und sah sie an. »Ich glaube, er kann es nicht. Herr Huber ist dem Kerl wohl schlicht und einfach auf den Leim gegangen. Der muss recht forsch aufgetreten sein.«

»Hat er was gesagt?«, wollte Fanni wissen.

»Der falsche Doktor? Ja. Was, wusste Herr Huber nicht mehr genau. Es hat sich wohl um eine barsche Anweisung gehandelt, das Zimmer zu verlassen, weil Minna irgendeine Art Behandlung bekommen sollte.«

»Und er hat ihn sich überhaupt nicht angesehen?«, hakte Fanni nach.

»Der Kerl hatte einen langen Kittel an, eine OP-Haube auf und einen Mundschutz um«, sagte Wieser. »Das müsste Ihnen doch bekannt sein, Frau Rot. Sie sind ihm ja selbst begegnet.«

Ich habe ihn eigentlich nur von hinten gesehen, dachte Fanni. Und er stand gebeugt da, sodass ich nicht einmal seine Größe einschätzen kann.

Womöglich konnte Sprudel etwas dazu sagen. Der Täter war ja an ihm vorbeigelaufen, als er aus dem Zimmer rannte.

Sprudel meldete sich bereits zu Wort. »Ich habe ihn kurz gesehen, als er an mir vorbeigeprescht ist. Da wusste ich aber noch nicht, was in Minnas Zimmer vorgefallen war. Deshalb habe ich kaum auf ihn geachtet. Ich hatte nicht wie Fanni sofort den Verdacht, dass …« Er unterbrach sich und fuhr dann fort: »Was ich zur Täterbeschreibung beitragen kann, ist: schlank, sportliche Figur, durchtrainiert, könnte man sagen. Ein wenig über mittelgroß. Nicht unter zwanzig, nicht über vierzig.«

Passt auf fünfzig Prozent der Bergwachtmänner!

Trotzdem war Fanni erstaunt über die präzise Beschreibung, die Sprudel liefern konnte. Wie lange hatte er den Mann gesehen? Keine halbe Sekunde vermutlich.

Aber sie hilft euch nicht wirklich weiter!

Wer weiß, dachte Fanni.

»Und ich hatte das Gefühl, ihn zu kennen«, sagte Sprudel.

Aus der »Schwarzwaldklinik«? Das Emoticon zeigte eine überdimensional breite Zahnreihe, die wohl ein höhnisches Grinsen darstellen sollte.

Aber Fanni wusste, dass auf Sprudels Gefühl so gut wie immer Verlass war. Ebenso gut wusste sie allerdings, dass man ihn nicht dazu drängen durfte, nun pausenlos darüber nachzugrübeln, an wen ihn der falsche Arzt erinnert haben mochte. Oft genug hatte sie bei sich selbst schon festgestellt, dass man mit verbissenem Nachsinnen nur das glatte Gegenteil erreichte: Die Person oder Sache, die man heraufbeschwören wollte, entfernte sich immer weiter.

»Möchten Sie noch eine Tasse Kaffee, Herr Wieser?«, fragte Sprudel den Kommissar.

Der nickte. »Und denken Sie, ich könnte so ein Croissant haben, bevor hier alles abgeräumt wird?«

Wieser war offenbar nicht dazu gekommen, sich ein Frühstück zu genehmigen.

Während Sprudel Kaffee und Gebäck für ihn besorgte, betrachtete Fanni den Kommissar und verspürte zum ersten Mal, seit sie ihn kannte, einen Hauch von Sympathie für ihn. Wieser wirkte an diesem Morgen geradezu umgänglich. Keine finsteren Blicke, keine Vorwürfe, keine schroffen Anordnungen einerseits, andererseits aber auch kein künstliches Auf-Kameradschaft-Machen. Unvermittelt erkannte sie, wie müde er aussah. Die finstere Miene war einem Ausdruck der Erschöpfung gewichen.

Als Sprudel zurückkam, sagte Wieser: »Wir haben ein vorläufiges Obduktionsergebnis. Der Gerichtsmediziner meint, Rainer Renker könnte mit einem Stein erschlagen worden sein.«

Er scheint ja nachgerade verzweifelt zu sein. Sonst würde er euch solche Informationen nicht zukommen lassen!

Fanni blendete die Gedankenstimme aus. »Nicht mit dem Hammer aus der Gondel? Da war doch Blut dran.«

»Aber nicht das von Renker«, erklärte Wieser und biss in das Croissant.

Diese Mitteilung musste Fanni erst einmal verdauen. Und sie ergab überhaupt keinen Sinn. Das Ganze wurde immer verworrener.

Sie konnte ein Stöhnen nicht unterdrücken. »Und das Blut auf dem Helm?«

»Auch nicht von Renker.«

»Von wem dann?«

»Wissen wir nicht.«

Fanni wollte gerade vorschlagen, von allen Bergwachtmännern Blutproben nehmen zu lassen, schluckte es aber hinunter, weil Wieser soeben sagte: »Unsere Leute haben sich die Quadspur angesehen.« Nach einem Schluck Kaffee sprach er weiter. »Sie sind sich sicher, dass unter der Spur, die gestern Vormittag beim Abtransport des verstauchten Knöchels entstanden ist, eine ältere liegt, die sich aber nicht mehr eindeutig identifizieren lässt, weil der Schnee an den Rändern viel zu stark zusammengeschmolzen ist. Das heißt, die Spur muss nicht von dem Bergwacht-Quad stammen. Sie könnte auch breiter gewesen sein oder sogar schmaler.« Er hatte den Kaffee ausgetrunken, schob die Tasse weg und rieb sich über das Gesicht.

Er weiß nicht, wie er mit seinen Ermittlungen weitermachen soll!

Ich ebenso wenig, dachte Fanni.

Wo konnten sie noch ansetzen? Wie konnten sie ansetzen?

Beim Klingelton eines Mobiltelefons zuckten alle drei zusammen. Wieser fummelte an seiner Brusttasche herum und förderte sein Handy zutage. Dann richtete er sich auf und nahm das Gespräch an, das keine halbe Minute dauerte. Mit einem kurzen »Danke« beendete er es. »Ich fahre in die Klinik. Ihre Enkelin ist jetzt wach.«

»Und erinnert sich?« Fanni wäre fast aufgesprungen.

»An den Überfall im Schuppen? Nein. Oder vielleicht doch. Aber darum ging es bei dem Anruf nicht. Sie erinnert sich an den Arzt in OP-Kleidung, der zu ihr ins Zimmer kam, und weil sie ihn aus nächster Nähe gesehen hat, kriegen wir vielleicht ein Phantombild hin.«

Fanni hätte beinahe aufgelacht. Ein Phantombild mit OP-Haube und Mundschutz. Was blieb da an Merkmalen zur Identifizierung übrig? Die Augenfarbe? Die Augenform? Jedenfalls bei Weitem nicht genug, um auch nur eine vage Vorstellung der gesuchten Person zu gewinnen. Außerdem würde Minna sämtliche Angaben, die sie machen konnte, aufschreiben müssen, was die Sache nicht unbedingt erleichterte.

Wieser hatte sich bereits erhoben und verließ sie mit einer knappen Abschiedsgeste.

Eine Servicekraft kam, um den Tisch abzuräumen. Fanni und Sprudel standen auf und gingen nach oben in ihr Zimmer.

»Möchtest du dich nicht ein Weilchen aufs Bett legen?«, fragte Sprudel.

Fanni schüttelte den Kopf. »Ich kann jetzt nicht stillhalten, Sprudel. Obwohl ich keine Ahnung habe, wie und wo wir im Augenblick einhaken sollen.«

Sie trat ans Fenster und sah Sigi die Straße kreuzen. Er schien tatsächlich meistens allein unterwegs zu sein. Nachdenklich drehte sie sich wieder zu Sprudel um. »Über Sigi wissen wir viel zu wenig, als dass wir einschätzen könnten, wie glaubwürdig er ist. Und es gibt auch niemanden, den wir danach fragen könnten. Erna und Rita stehen ihm zu nahe.«

»Müsste ihn diese Sabrina eigentlich nicht auch ganz gut kennen?«, sagte Sprudel.

Nicht unbedingt, dachte Fanni. Aber einen Anruf war die Sache wert. Sie wählte die Nummer, die Marco ihr geschickt hatte, und stellte den Lautsprecher an, damit Sprudel mithören konnte.

Nach dem dritten Klingeln wurde abgenommen. »Ja.«

»Sabrina Wilhelm?«

»Nein, Else Haug, ihre Mutter. Sabrina hat das Handy bei mir liegen lassen. Kann ich ihr etwas ausrichten? Ich treffe sie später noch.«

Sabrinas Mutter hörte sich so hilfsbereit an, dass Fanni gar nicht anders konnte, als zu sagen: »Fanni Rot. Sabrina und ich sind wegen Rainer Renker in Kontakt miteinander gekommen.«

»Rainer.« Darauf folgte ein tiefer Seufzer. »Was für eine schreckliche Geschichte. Der arme Junge. Die arme Rita.«

»Sie kannten ihn?«, fragte Fanni.

»Aber natürlich. Wir haben uns oft miteinander unterhalten …« Else Haug verstummte.

»Warum er seinen Anteil an der Kneipe wohl aufgeben wollte?«, fragte Fanni, um kein Schweigen aufkommen zu lassen.

»Na ja«, antwortete Sabrinas Mutter. »Ein Zuckerschlecken ist die Arbeit nicht. Und seit die Pegida-Aufmärsche angefangen haben, ist die Stimmung unter den Gästen fast explosiv. Die Rechten, die Ausländer, na, Sie wissen schon.«

Wolltest du nicht eigentlich etwas über Sigi in Erfahrung bringen?

Doch bevor Fanni dazu kam, das Thema zu wechseln, sagte Sabrinas Mutter: »Da fällt mir ein, dass Sabrina Ihnen noch etwas mitteilen wollte. Aber das kann ich ja jetzt machen. Als sie mir von dem Kneipengast erzählt hat, von dem Sie wissen wollten, wie er aussah, ist ihr in den Sinn gekommen, dass er eine Narbe hatte. Am Unterarm. Gekringelt wie ein Regenwurm und ganz weiß.«

Fanni dachte an die Bergwachtmänner, die am Abend zuvor in der Cafeteria gesessen hatten. Viele, wenn nicht die meisten, hatten ihre Hemds- oder Pulloverärmel zurückgeschoben gehabt. Eine Narbe hatte Fanni bei keinem von ihnen bemerkt. Allerdings hatte sie auch nicht darauf geachtet.

Sabrinas Mutter hatte inzwischen weitergesprochen. »Ich hoffe, Sie können Rainers Mörder schnell überführen. Sie sind doch bei der Kripo, oder? Sonst hätten Sie ja all diese Fragen nicht gestellt?«

Damit brachte sie Fanni in größte Verlegenheit. Einen Moment lang war sie versucht, einfach »Ja« zu sagen, sich zu bedanken und aufzulegen.

Aber Lügen haben kurze Beine!

Eben. Sabrinas Mutter würde bald zu Ohren kommen, wer Fanni Rot wirklich war, und sie würde sie als Lügnerin und Hochstaplerin beschimpfen. Folglich blieb ihr nichts anderes übrig, als zu erklären, wie es dazu kommen konnte, dass sie im Mordfall Rainer Renker Ermittlungen anstellte.

12

»Warum sollte der Kneipengast, der auf Rainer so erschrocken reagiert hat, nicht ein ehemaliger Bundeswehrkamerad sein?« Fanni ließ sich in einen der beiden Sessel fallen, die in ihrem Zimmer unter dem Fenster standen.

Sprudel machte eine unbestimmte Geste. »Ein alter Kumpel, der nach dieser Begegnung seiner Wege ging und die Sache schnell wieder vergaß.«

»Wenn ihn seine Wege aber hierhergeführt haben?« Fanni schürzte die Lippen. »Rainer war zumindest eine Zeit lang in Bogen stationiert. Da waren wohl viele aus dieser Gegend. Einer von den Bergwachtmännern, beispielsweise. Anhand der Narbe am Arm ließe er sich identifizieren.«

Weil Sprudel skeptisch wirkte, führte Fanni weiter aus: »Es gibt einige Hinweise, die auf sie deuten. Die Geschichte mit dem Quad, die Tatsache, dass sie sich im Arber-Gebiet gut auskennen und an der Gondelbahn aus und ein gehen können. Etliche sind in Rainers Alter, sodass sie durchaus mit ihm beim Bund gewesen sein können …«

Sie machte eine Verschnaufpause, die Sprudel nutzte. »In den Radartürmen auf dem Arber-Gipfel sitzt eine halbe Kompanie mit Leuten, die mit Rainer während seiner Bundeswehrzeit bekannt gewesen sein könnten. Die kennen sich im Arber-Gebiet auch gut aus. Und wer sagt uns eigentlich, dass da oben nicht ein ganzes Quadgeschwader in irgendeinem Bunker steht?«

Fanni stand auf und warf sich in seine Arme. »Du hast ja recht, Sprudel. Wir haben viel zu viele Verdächtige und keinen vernünftigen Ansatzpunkt, um den einen herauszufiltern, der ohne Wenn und Aber ins Bild passt. Was sollen wir bloß tun? Ich kann nicht hier herumsitzen und darauf hoffen, dass uns ein Geistesblitz kommt, der uns den Täter zeigt, oder dass Wieser ein Durchbruch vergönnt ist oder dass Minna auf einmal klar vor Augen hat, wer sie niedergeschlagen hat.«

Womöglich hat sie den Kerl im Schuppen nicht einmal gesehen, fügte sie in Gedanken hinzu.

Der scheint aber davon auszugehen!

Und damit kam ihre Angst um Minna mit voller Wucht zurück.

»Ich muss hier raus, Sprudel. Wir fahren zum Arber. Dorthin, wo alles angefangen hat.«

Der Montagmittag war windig und bewölkt. Kaum Skifahrer auf den Hängen. Apere Stellen in den Zufahrtsschneisen zu den Liften.

Fanni und Sprudel hatten ihre Ausrüstung im Hotel gelassen und waren zu Fuß unterwegs.

Die Saison geht dem Ende zu, dachte Fanni. Ein paar Tage noch, dann wird der Winter-Liftbetrieb eingestellt werden.

Es könnte ja noch mal schneien!

Das war Ende März im Bayerischen Wald durchaus möglich. Aber der Neuschnee würde nicht lange genug liegen bleiben, um die Schneedecke zu schließen.

Eine Gondel schaukelte auf die Talstation zu, wurde von einer Bö erfasst, legte sich ein wenig schief.

Fanni ging zu dem Drehkreuz am Eingang, vor dem man bei Hochbetrieb Schlange stehen musste, das aber jetzt verwaist war. Ohne Liftkarte konnte sie es nicht passieren. Unschlüssig trat sie wieder zurück und überlegte, ob sie sich ein Ticket für eine Bergfahrt holen sollten.

Und was dann? An der Bergstation kommst du dem Täter auch nicht näher!

Heißt es nicht, Mörder zieht es magisch an den Tatort zurück?

Das Emoticon lachte sich schlapp.

Fanni fröstelte im frischen Wind. »Es war unsinnig, noch mal hierherzukommen.«

Sprudel hakte sie unter. »Lass uns einfach ein Stück laufen und an nichts weiter denken.«

In flottem Tempo marschierten sie an der Talstation der Gondelbahn entlang und gelangten schließlich auf die gegenüberliegende Seite, wo sich der Ausgang befand. Hier gab es eine automatische Tür, die sich aber nur dann öffnete, wenn jemand von drinnen nach draußen wollte. Fanni spähte durch die milchige Glasscheibe und konnte beobachten, wie ein Mann aus der eben eingetroffenen Gondel stieg. Er war offenbar zu Fuß unterwegs gewesen, denn er hatte keine Skier dabei, trug Jeans und eine Daunenjacke. Der Mann wechselte ein paar Worte mit dem Bediensteten im Kontrollraum, den Fanni jedoch nicht sehen konnte. Dann hielt er auf den Ausgang zu.

»Ist das nicht Patrick?«, sagte Sprudel, der neben Fanni getreten war. In seiner Stimme klang ein seltsamer Ton mit.

Auch Fanni hatte Patrick mittlerweile erkannt.

»Sie haben wohl eine Testfahrt gemacht?«, fragte Sprudel, als Patrick aus der Tür trat.

Der wirkte überrascht, doch dann lächelte er. »Meine Zeit hier ist seit heute um.«

»Und wie haben Sie sich entschieden?«, fragte Fanni.

Er sah sie verwirrt an.

»Ich meine«, erklärte Fanni, »weil Sie hier doch ein Praktikum gemacht haben, um herauszufinden, ob Sie sich bei einer Bergbahn bewerben wollen.«

Als hätten sie das so vereinbart, gingen sie alle drei langsam weiter, während sie sich unterhielten.

»Was vermuten Sie denn?«, fragte Patrick.

»Ich glaube, Sie würden am liebsten hierbleiben«, antwortete Fanni spontan. »Aber das geht wohl nicht.«

Patrick lachte leise. »Offenbar stimmt, was Ihnen nachgesagt wird. Dass Sie eine Spürnase haben, um die Sie jeder Kriminalkommissar beneidet.«

Der eine oder andere hat Fanni Rot ja schon als niederbayerische Miss Marple bezeichnet! Das Emoticon grinste breit. *Aber so weit kann es nicht her sein mit der Spürnase, sonst wäre der Fall längst geklärt!*

Die Gondelbahn hinter sich lassend, bewegten sie sich vorbei an einigen Nebengebäuden, die Fanni noch nie bewusst wahrgenommen hatte, in Richtung des öffentlichen Parkplatzes. Bei einem dieser garagenartigen Bauten stand ein Torflügel offen.

»Muss eine Windbö aufgestoßen haben«, murmelte Patrick, eilte darauf zu und schloss ihn.

Fanni hätte nicht begründen können, warum sie so ein argwöhnisches Gefühl beschlich, als er das tat. Vielleicht handelte Patrick eine Spur zu hastig, vielleicht wurde ihr unterschwellig bewusst, dass Patrick mindestens so gut ins Täterprofil passte wie die Bergwachtmänner. Fast besser, wenn man in Betracht zog, dass er definitiv einige Jahre bei der Bundeswehr gedient hatte. Und ja, Sprudels Beschreibung traf auf ihn zu: schlank, sportliche Figur, durchtrainiert, ein wenig über mittelgroß, nicht unter zwanzig, nicht über vierzig.

Passt in jeder Hinsicht, dachte Fanni und wünschte sich Röntgenaugen, die durch seinen Jackenärmel hindurchblicken und erkennen konnten, ob sich auf seinem Arm eine weiße Regenwurmnarbe kringelte.

Als hätte Patrick ihren Blick gespürt, legte er einen Augenblick lang schützend die Hand auf den – Fanni registrierte es automatisch – rechten Unterarm. Dann deutete er auf den äußersten Rand des nun vor ihnen liegenden Parkplatzes. »Da hinten steht mein Wagen.« Er sah sich suchend um. »Ah, Ihrer steht da vorn. Oder wollten Sie noch gar nicht zurück ins Hotel?«

Fanni wollte sich lieber seinen nackten Unterarm ansehen, aber das konnte sie schlecht sagen.

Sprudel warf einen bezeichnenden Blick zum stark bewölkten Himmel. »Wir sind uns nicht recht schlüssig, ob sich bei dem Wetter eine Bergfahrt lohnt.«

Patrick war stehen geblieben und schaute zum Arber-Gipfel hinauf. »Für den leckeren Apfelstrudel, den man im Schutzhaus bekommt, lohnt sich eine Bergfahrt allemal – selbst bei Wind und Wetter.« Damit eilte er davon.

Fanni und Sprudel gingen den Weg, den sie gekommen waren, schweigend zurück.

Vor der Garage, deren einer Torflügel zuvor offen gestanden

hatte, machte Fanni halt. »Er hatte es auffällig eilig, die Tür zu schließen.«

Sprudel wandte sich ihr zu und legte ihr die Hände auf die Schultern. »Patrick war der falsche Doktor in Minnas Krankenzimmer. Als er vorhin in der Station auf uns zukam, ist es mir klar geworden.« Er schloss kurz die Augen, als müsse er alles andere um sich herum ausblenden, und fügte dann hinzu: »Ich bin mir ganz sicher.«

Fanni überraschte Sprudels Mitteilung kein bisschen. Hatte sie nicht selbst gerade darüber nachgedacht, wie viele Fingerzeige auf Patrick deuteten?

In Gedanken zählte sie noch mal auf: Die Beschreibung, die Sprudel geliefert hatte, traf auf ihn zu. Er war mit Rainer etwa gleichaltrig und hatte beim Bund gedient. An dem Tag, als Rainer verschwand, hatte er an der Gondelbahn Dienst getan. Er kannte sich im Liftgebiet gut aus, hatte wohl auch die Möglichkeit, sich das Bergwacht-Quad zu »borgen«. Und warum sollte er nicht vor ein paar Wochen in Dresden gewesen und aus welchen Gründen auch immer in Rainers Kneipe gelandet sein?

Wunderbar! Das Emoticon schlug Purzelbäume. *Fehlen nur noch das Motiv und ein paar klitzekleine Beweise, die ihn als Täter überführen!*

Fanni blickte wieder zur Garage hinüber. »Warum hat er sich so beeilt, den Torflügel zu schließen? Sieht es nicht ganz so aus, als wollte er nicht, dass wir entdecken, was da drin ist?«

Sprudel seufzte leise. »Und genau deshalb willst du es wissen.«

Fanni trat an das Tor heran, erkannte, dass die beiden Flügel auf Schienen liefen, packte einen der Griffe und zog daran. Tatsächlich glitt der rechte Flügel etwa zwei Fingerbreit zur Seite, blieb dann aber stecken. Ziehen und Zerren nutzte nichts. Mit dem linken verhielt es sich nicht anders. Hilfesuchend schaute sie sich nach Sprudel um.

Der zeigte auf einen weiter oben angebrachten Riegel, der mit einem Vorhängeschloss gesichert war. »Patrick muss es zugehakt haben.«

Und das mit gutem Grund, dachte Fanni.

Umso wichtiger schien es ihr, einen Blick in diese Garage werfen zu können.

Sie versuchte, durch den Schlitz zu spähen, den die Torflügel freigegeben hatten, sah aber nur unförmige Schatten.

Schließlich trat sie ein paar Schritte zurück und betrachtete das niedrige Gebäude. Es war auf einer Seite an ein größeres angebaut, auf der anderen schloss sich ein gekiester Stellplatz an. Dort, an die Außenmauer der Garage gefügt, befand sich ein Betonsockel, auf dem ein Müllcontainer stand. Oberhalb des Containers konnte Fanni einen schmalen Mauervorsprung erkennen. Sie ging darauf zu und hoffte, er würde sich als das erweisen, was er zu sein versprach.

Es handelte sich tatsächlich um einen Fenstersims.

Das Fenster darüber war viel zu schmal, um an ein Durchkommen auch nur zu denken, aber für einen aufschlussreichen Blick ins Innere der Garage schien es groß genug. Allerdings befand es sich ziemlich weit oben.

Fanni fasste den Container ins Auge. Wenn sie hinaufkletterte, würde sie bequem durch die Scheibe blicken können.

»Nichts zu machen«, sagte Sprudel. »Das Ding ist zu hoch. Um da raufzukommen, braucht es eine Trittleiter. Und oben auf dem gerundeten Deckel hättest du sowieso keinen festen Stand.«

Doch so schnell wollte Fanni die Flinte nicht ins Korn werfen. »Siehst du den Zapfen da an der Seite? Keine Ahnung, wozu der gut ist. Soll es ein Griff sein? Als Tritt würde er sich jedenfalls eignen, und er ist hoch genug, dass ich durch das Fenster schauen kann, wenn ich mich draufstelle.«

»Der Zapfen ist keine Treppenstufe, sondern höchstens fünf Zentimeter breit und außerdem gut achtzig Zentimeter über dem Boden«, gab Sprudel zu bedenken.

»Du musst mich halt ein bisschen anschieben und, wenn ich oben bin, festhalten.«

Sie hatte bereits den Deckelrand gepackt, den rechten Fuß gehoben und ihn auf den Zapfen gestellt.

Sprudel merkte immer sofort, wann seine Sache verloren war, brachte sich in Position und hievte Fanni hinauf. Sie ließ den Rand los und stützte sich stattdessen mit der flachen Hand auf der Oberfläche des gewölbten Deckels ab. Dann richtete sie sich auf. Ihr rechter Fuß balancierte auf dem Zapfen, der linke hing in der Luft. Ihre rechte Hand presste sich auf den Containerdeckel, die linke krallte sich an den Sims. Sie spürte Sprudels Finger, die sie fest umklammert hielten.

Ihre Nase drückte sich an die Fensterscheibe.

Dann wollen wir doch mal sehen! Das Emoticon machte Augen wie Ostereier.

Zunächst sah Fanni nur milchiges Weiß. Sie drehte den Kopf hin und her, um die Spiegelung des schneebedeckten Hanges gegenüber loszuwerden. Dabei geriet sie aus dem Gleichgewicht, doch mit Sprudels Hilfe gelang es ihr, sich wieder zu fangen.

Sie hörte ihn leise stöhnen, konnte ihm aber nicht einmal einen Blick zuwerfen, weil sie sich voll darauf konzentrieren musste, die Balance zu halten und gleichzeitig einen Blickwinkel zu finden, der es ihr erlaubte, durch die reflektierende Scheibe etwas zu erkennen.

Irgendwann schaffte sie es, und schließlich nahmen die Dinge im Inneren der Garage Konturen an. Fanni machte einen Pulk Schneeschaufeln aus und eine Reihe Besen. An der gegenüberliegenden Wand waren gelbe Ölfässer angeordnet. Sie sah einen Stapel Eimer und eine Werkzeugkiste, einen dicken aufgerollten Schlauch und ein paar Kanister.

Ein Quad steht allerdings nicht herum! Das ist es doch, wonach du Ausschau hältst! Würde hier eines stehen, dann wäre klar, womit Rainers Leiche transportiert wurde und warum Patrick nicht wollte, dass ihr es entdeckt!

Ein Quad steht hier nicht, gab Fanni zu, aber ein Motorschlitten.

Der befand sich direkt hinter dem Torflügel, den Patrick geschlossen und verriegelt hatte.

Fanni starrte auf das Fahrzeug hinunter. Machte ein Motorschlitten im Schnee halbwegs ähnliche Spuren wie ein Quad? Oder besser gesagt, konnte eine Quadspur die eines Motorschlittens verdecken?

Sie reckte sich vorsichtig ein wenig zur Seite, um den Unterbau des Schlittens begutachten zu können. Das Gefährt hatte vorne links und rechts eine Kufe. In der Mitte lief eine Kette durch, wie man sie von Panzerfahrzeugen kennt. Fanni hatte das Bergwacht-Quad mal irgendwo stehen sehen und wusste deshalb, dass es ebenfalls einen Kettenantrieb besaß. Allerdings verlief der nicht in der Mitte, sondern an beiden Außenseiten.

Sowohl Motorschlitten als auch Quad verursachten demnach eine Kettenspur im Schnee. Der Motorschlitten eine einfache, das Quad eine doppelte. Gab es irgendwo eine Schlittenspur, dann konnte die später von einer Quadspur quasi verschluckt werden, falls das Quad mit einer seiner beiden Ketten in dieser Schlittenspur blieb.

Nicht ganz! Die Schlittenspur müsste breiter sein!

Was sich nicht mehr erkennen lässt, wenn der Schnee an den Rändern geschmolzen ist, hielt Fanni dagegen.

Sie schloss einen Moment lang die Augen. Mit dem Schlitten konnte Rainers Leiche ebenso gut transportiert worden sein wie mit dem Quad der Bergwacht oder demjenigen aus dem Militärstützpunkt, das aber offenbar nicht zur Verfügung stand.

Sie drehte sich langsam um, wollte Sprudel zurufen, dass sie genug gesehen hatte, als sie am Rande ihres Gesichtsfeldes eine Bewegung wahrnahm.

Im gleichen Moment begann der Container zu schwanken. Fanni fühlte sich losgelassen, verlor den Halt, fiel und schlug hart am Boden auf.

13

Sie wussten beide nicht, wie sie in die Garage gelangt waren. Hockten auf einmal nebeneinander mit verschnürten Beinen und an den Motorschlitten gefesselten Händen auf nacktem Betonboden.

In Fannis Kopf dröhnte und hämmerte es, und in ihrer rechten Schulter stach es, als hätte jemand ein Messer hineingerammt.

Ihr war übel und kalt. Die ganze Umgebung wirkte verschwommen. Als ihr Blick sich klärte, drehte sie sich, so weit es ging – letztlich handelte es sich nur um einige Zentimeter –, nach links, um Sprudels Gesicht sehen zu können.

Er hatte den Kopf seitlich an die Sitzfläche des Motorschlittens gelehnt. Von seiner Schläfe lief Blut. Das eine Auge war zugeschwollen. Das andere blickte sie traurig an.

Fanni versuchte sich an einem ermutigenden Lächeln, dann schaute sie in die Runde, fand aber im Großen und Ganzen nur das vor, was sie bereits durchs Fenster gesehen hatte. Direkt vor ihr stand die Werkzeugkiste an der Wand, in ihrer Reichweite sogar, wäre sie in der Lage gewesen, den Arm danach auszustrecken.

Neben der Kiste lag ihr Halstuch. Das mit den Elefanten am Rand. Fannis Blick blieb daran haften. Es war eins ihrer Lieblingstücher. Wegen der Elefanten und weil Sprudel es ihr mitgebracht hatte. Von woher eigentlich? Es wollte ihr partout nicht einfallen.

Und ist im Moment wohl auch nicht wichtig!

Einsichtig hörte Fanni auf, darüber nachzusinnen, und fragte sich stattdessen, wie es dorthin gekommen war. Es musste sich gelöst haben, als sie in die Garage gezerrt worden war, und war da, wo es nun lag, liegen geblieben.

Fanni hätte es gern aufgehoben, an ihre Wange gedrückt und ihr Gesicht eine Weile darin geborgen. Danach hätte sie es dazu benutzen können, Sprudel das Blut von der Schläfe zu wischen.

Aber nichts davon konnte sie tun. Sprudel und sie waren gefesselt und gefangen, hatten nicht die kleinste Chance, sich aus eigener Kraft zu befreien.

Und wer hat euch beide in diese fatale Lage gebracht? Das Emoticon deutete anklagend auf Fanni.

Sie seufzte leise. Dieser nervtötende Zeichensatz aus ein paar Bits hatte leider recht.

»Fanni«, sagte Sprudel, er hörte sich irgendwie dumpf an. »Bist du einigermaßen in Ordnung?«

Sie nickte. Ihr Kopf begann sich langsam zu klären. Das Hämmern trat in den Hintergrund. »Aber du bist verletzt, Sprudel. An der Schläfe.«

»Ich weiß, da hat er mich erwischt. Der Schlag muss mich für eine Weile außer Gefecht gesetzt haben. Langsam geht's aber wieder.« Er bewegte sich tastend hin und her. »Die Fesseln sitzen verteufelt stramm.«

»Wir könnten um Hilfe rufen«, sagte Fanni. »Da draußen kommen bestimmt immer mal wieder Leute vorbei. Irgendjemand wird uns schon hören.«

Sie holte bereits Atem, da spürte sie, wie Sprudel sich auf einmal anspannte. Im nächsten Moment streifte sie ein Luftzug, und sie stellte fest, dass sich der Torflügel ein Stück weit geöffnet hatte.

Durch die Öffnung schlüpfte Paul herein.

Sollte nicht viel eher Patrick hier aufkreuzen? Das Emoticon machte Schielaugen.

Fanni hätte beinahe selbst geschielt. Was hatte Paul in der Garage zu suchen? Wieso tauchte er hier auf?

War Paul der Täter?

Sie hatte ihn nie in Betracht gezogen.

Er gehört zu den Bergwachtmännern, die du ja unter Generalverdacht gestellt hattest!

Aber warum hat ihn Sabrina dann auf dem Foto nicht erkannt?

Das Emoticon verdrehte genervt die Augen. *Weil der Täter und der Kneipengast nicht ein und dieselbe Person sein müssen!*

Fanni nickte. Irgendwie war sie fest davon ausgegangen, was sich nun offenbar als Fehler erwies.

Ist es nicht egal, ob nun Paul oder Patrick euch den Garaus macht? Überleben werdet ihr die Sache jedenfalls nicht!

Die Augen des Emoticons waren wie Grabkreuze geformt.

Paul ging an ihnen vorbei, als wären Sprudel und sie überhaupt nicht vorhanden, trat ans Fenster, legte seine Daunenjacke ab, schob die Pulloverärmel zurück, stieg auf einen umgestülpten Eimer und begann, Fugen und Ritzen mit Klebeband abzudichten, das er aus der Werkzeugkiste genommen hatte.

Schau, er hat keine Narbe am Unterarm!

Er hat keine Narbe am Unterarm, wiederholten Fannis Gedanken automatenhaft. Zu eigenständigen Überlegungen war sie nicht wirklich fähig.

Paul klebte ab und sagte kein Wort.

Er ist weit mehr als mittelgroß!

Auch das wiederholte sich in Fannis Kopf.

Er ist ein schönes Stück größer als Patrick!

Ein beachtliches Stück.

Sprudel hat sich getäuscht!

Wie konnte Sprudel sich so irren?

»Warum?« Fannis Stimme klang rau.

Paul sah sich nicht einmal um. »Weil Sie draufgekommen sind.«

Fanni schüttelte den Kopf. »Warum Sie Rainer ermordet haben, meinte ich.« Sie versuchte, ihre Position zu ändern, weil ein Metallteil am Motorschlitten schmerzhaft in ihren Rücken stach.

Als sie wieder aufschaute, merkte sie, dass Paul sich nun doch umgedreht hatte. »Hässliche Geschichte.«

»Eine schöne ist wohl kaum zu erwarten.« Sie verschob sich erneut um einige Zentimeter, weil das Metallteil jetzt an ihren Beckenknochen drückte.

»Eine ganz hässliche Geschichte.« Die Stimme kam von der Tür her und gehörte Patrick.

Paul sprang vom Eimer, lief auf ihn zu, blieb dann aber stehen. »Was machst du hier? Wir haben vorhin auf dem Parkplatz doch besprochen –«

Patrick unterbrach ihn mit einer Handbewegung. »Wir können das nicht tun.«

»Geh«, rief Paul mit unterdrückter Stimme. »Ich mache das. Es muss sein. Ich will nicht, dass du wegen dem Schwein, das es nicht anders verdient hat, ins Gefängnis kommst.«

Patrick schüttelte den Kopf, lehnte sich an die Wand und ließ sich daran hinunterrutschen, bis er auf dem Boden saß.

Paul schien nicht zu wissen, was er nun tun sollte. Schließlich setzte er sich neben Patrick und legte ihm den Arm um die Schultern.

Fannis Hirn hatte mittlerweile wieder zu arbeiten begonnen. »Warum erzählen Sie uns nicht einfach, worum es geht? Vielleicht können wir gemeinsam beratschlagen, wie sich die Sache regeln lässt. Vielleicht –«

Paul warf ihr einen bösen Blick zu, seine Stimme klang scharf. »Glauben Sie nicht, dass Sie mich einwickeln können.«

Patrick hatte die Ellbogen auf die Knie und den Kopf auf die Hände gestützt und starrte mit abwesendem Blick auf einen Ölfleck am Betonboden. »Die Sache liegt schon Jahre zurück, ich glaubte, ich hätte längst abgeschlossen damit.« Es war, als kämen die Worte ohne sein Zutun aus seinem Mund.

Wenn Paul ihn nicht daran hindert, wird er bereitwillig erzählen!

Paul hatte den Kopf an die Wand gelehnt und die Augen geschlossen.

»Aber dann haben Sie Rainer in der Kneipe hinterm Tresen gesehen«, sagte Fanni.

Patrick schien überrascht. »Das wissen Sie? Ihr Schwiegersohn hat doch am Telefon gesagt, diese Frau, Sabrina, hätte sich das Foto, das Sie ihr geschickt haben, genau angesehen und wäre sich sicher, dass der Mann aus der Kneipe nicht drauf ist.«

Fanni hatte sich also nicht getäuscht. Sprudel und sie waren am Abend zuvor in dem kleinen Park nicht allein gewesen. Patrick musste ihnen gefolgt sein und sie belauscht haben.

Sie machte eine kleine Kopfbewegung in Richtung seines rechten Arms. »Sabrina hat eine recht spezielle Narbe erwähnt.« Fanni konnte sie zwar nicht sehen, war sich aber sicher, dass sie da sein würde.

Als Patrick daraufhin schwieg, fuhr sie fort: »Ich gehe davon aus, dass Sie Rainer Renker aus einer gemeinsamen Zeit bei der Bundeswehr kannten und dass damals etwas geschehen sein muss, das ursächlich war für die Mordtat.«

»Mordtat«, wiederholte Patrick leise. »Was für ein schreckliches Wort.«

»Es war auch eine schreckliche Tat«, sagte Fanni. »Aber Sie dachten wohl, Sie hätten gute Gründe, sie zu begehen.«

Patrick blickte auf, und Fanni sah eine tiefe Erschöpfung in seinen Augen. »Halten Sie mich nicht für naiv. Ich weiß, dass es keine Entschuldigung dafür gibt.« Er griff nach dem Halstuch, das neben ihm lag, und begann, es gedankenverloren um seine Hand zu wickeln.

Fanni hätte es gern zurückgehabt, wollte aber nicht ablenken und musste dann zusehen, wie er es geistesabwesend in seine Hosentasche steckte. »Das ist jetzt schon zehn Jahre her. Vor genau zehn Jahren und vier Monaten habe ich Felix verloren.«

Darauf konnte sich Fanni keinen Reim machen, bis er hinzufügte: »Felix war meine große Liebe.«

Das ist wohl nicht nur eine schreckliche, sondern eine schrecklich tragische Geschichte!

»Felix war der liebenswerteste Mensch, den ich je kennengelernt habe.« Patricks Stimme klang sehnsuchtsvoll. »Er war so sanftmütig, so friedfertig, so einfühlsam …« Er konnte nicht weitersprechen, musste schlucken.

»Dann war er beim Bund vermutlich am falschen Ort«, sagte Fanni.

»Jedenfalls damals«, stimmte Patrick zu.

Weil er daraufhin stumm blieb, machte Fanni weiter. »Felix wurde gemobbt.«

Patrick lachte bitter. »Das hätte ihm nichts ausgemacht.« Erneut musste er schlucken. »Felix wurde bis aufs Blut schikaniert.«

»Von Rainer Renker«, präzisierte Fanni.

»Er war der Rädelsführer«, bestätigte Patrick.

»Und Sigi Huber sein Gefolgsmann«, riet Fanni.

Patrick verneinte. »Falls Rainers Schwager je beim Bund war, dann nicht an unserem Standort.« Nach einer Pause fuhr er fort: »Sie waren zu dritt. Ich habe getan, was ich konnte, aber sie haben ihn immer wieder mal allein erwischt. Als ich für einige Zeit abkommandiert wurde, ist es dann passiert. Bei einer Übung im Gelände. Felix ist in eine Schlucht gestürzt und dabei zu Tode gekommen. Angeblich hatte er sich verlaufen. Natürlich gab es eine offizielle Untersuchung des Falles. Und natürlich kam nichts dabei heraus. Renker und seine Kumpane haben sich gegenseitig gedeckt. Dass Felix so viele Verletzungen hatte, wurde dem Sturz zugeschrieben. Und damit war die Sache für den Untersuchungsausschuss erledigt.«

»Aber nicht für Sie«, sagte Fanni.

Patrick starrte blicklos auf das noch nicht vollständig abgedichtete Fenster. »Renker und die anderen wurden nach dem Vorfall versetzt. Ich habe absichtlich nicht nach ihnen gesucht. Habe mir all das vorgebetet, was man in so einer Situation eben anführt: So oder so wird Felix nicht mehr lebendig. Du machst dich nur unglücklich, wenn du Renker erschlägst. Dass Felix stirbt, haben die wahrscheinlich gar nicht gewollt.«

»Doch Ihre Wut, Ihr Hass und der Rachedurst wurden davon nicht kleiner«, sagte Fanni.

»Nein«, gab Patrick zu. »Aber ich hätte durchgehalten.«

»Wenn Sie ihm nicht plötzlich begegnet wären.«

»Vermutlich auch dann noch«, sagte Patrick. »Aber nachdem das Schwein gestanden hatte –«

»Rainer hat die Tat zugegeben?«, fragte Fanni überrascht.

»Darauf lief es hinaus«, antwortete Patrick und schloss die Augen.

Fanni entwich ein Stöhnen. Sie konnte sich denken, was geschehen war: Rainer hatte Felix verhöhnt, ihn lahme Schwuchtel oder etwas in der Art genannt und ihm zu verstehen gegeben, dass Felix sein Schicksal verdient hätte.

Damit aber besiegelte er sein eigenes.

»Sie haben sich nichts anmerken lassen«, sagte sie zu Patrick. »Aber dann haben Sie irgendwie mitbekommen, dass Rainer zum Skifahren genau dorthin wollte, wo Sie gerade ein Praktikum machten oder zu machen beabsichtigten, und plötzlich stand Ihr Plan fest.«

»Es war wie ein Fingerzeig«, sagte Patrick. »Rainer hat es selbst erwähnt.«

»So, wie es ein Fingerzeig war, dass Sie in dieser Kneipe gelandet sind, Hunderte von Kilometern von Ihrem Praktikumsort entfernt«, sagte Fanni halb zu sich selbst.

»Ich hatte …«, begann Patrick, verfiel aber dann in Schweigen.

Fanni fragte nicht nach. Was spielte es für eine Rolle, wie es Patrick in diese Dresdener Kneipe verschlagen hatte.

Eine Zeit lang war es still.

»Warum haben Sie ihn nicht einfach erschlagen und liegen gelassen?«, fragte Fanni irgendwann.

Patrick zuckte kraftlos die Schultern. »Ich habe gehofft, dass die Ermittlungen im Sande verlaufen würden, wenn es mir gelänge, falsche Spuren zu legen.« Mit einem Laut, der vielleicht ein Lachen sein sollte, fügte er hinzu: »Fast hätte es ja funktioniert. Der Kommissar hat wirklich geglaubt, dass Renker untergetaucht ist.« Patrick musterte Fanni eine Weile, dann sagte er: »Sie nicht. Sie haben sich ganz schön was zusammengereimt. Aber ein paar Erklärungen fehlen Ihnen wohl noch.«

Fanni sah das als Angebot, sämtliche Informationen zu bekommen, die sie haben wollte, und zögerte keine Sekunde. »Wie haben Sie Rainer überreden können, sich vor dem Schuppen mit Ihnen zu treffen?«

»Das brauchte ich nicht. Ich habe es so arrangiert, dass er mich hier unten beim Auftanken des Motorschlittens sehen musste, weil mir klar gewesen ist, dass er sofort auf mich zukommen und fragen würde, ob wir mit dem Ding eine Runde fahren können.« Patrick machte eine schnelle Kopfbewegung in Richtung einiger mit einer Plane abgedeckter Gegenstände. »Seine Skier und seine Stöcke hat er persönlich da drüben deponiert.«

Damit hatte Fanni die Antwort auf die Frage nach dem Verbleib von Rainers Ausrüstung. Aber sie wollte mehr. »Sie beide sind also mit dem Motorschlitten zum Schutzhaus gefahren, haben vor dem Schuppen haltgemacht, und Sie haben Rainer mit einem Stein erschlagen.«

»Ja«, antwortete Patrick leise.

»Den konnten Sie aber schlecht für eine Spur verwenden, die aussagen sollte, Rainer selbst hätte sie gelegt«, machte Fanni weiter. »Weil Sie Angst hatten, dass sich daran DNA-Material von Ihnen befinden würde. Deshalb haben Sie den Stein verschwinden lassen und einen Hammer genommen und gründlich präpariert.«

Sie fragte sich, wessen Blut Patrick wohl für den Hammer und den Helm verwendet hatte, machte sich aber nicht die Mühe zu fragen. Patrick musste psychisch schwer angeschlagen sein. Fanni bedauerte ihn sehr und wünschte, dieses unselige Zusammentreffen zwischen ihm und Rainer Renker hätte nie stattgefunden.

Doch wie so oft hatte das Schicksal auch in diesem Fall absolut teuflisch gehandelt.

Sie riss sich aus ihren Gedanken. »Aber bevor Sie den blutverschmierten Hammer und den Skihelm in der Gondel platzieren und das Heckfenster entfernen konnten, mussten sie den toten Rainer in den Schuppen bringen und irgendwie verpacken.«

»Mit zwei großen Müllsäcken und ein wenig Klebeband ging das ganz gut«, sagte Patrick.

»Aber wie konnte dann das mit dem Handschuh passieren?«, fragte ihn Fanni.

Patrick rieb sich die Stirn. »Das war Pech. Rainer hatte seine Handschuhe ausgezogen gehabt, und ich habe sie einfach lose mit in die Säcke gestopft. Beim Transport ist dann einer ein bisschen aufgerissen, und da muss der Handschuh herausgefallen sein.«

Es gab tatsächlich für alles eine Erklärung. Aber Fanni war noch immer nicht zufrieden. »Und wann kam Minna ins Spiel?«

»Später, als ich im Schuppen aufgeräumt habe. Rainers Skibrille war liegen geblieben. Ich hatte sie gerade in der Hand, als Minna hereinmarschierte. Sie hat das Ding gleich erkannt.«

Also doch, dachte Fanni. Minna muss, gerade als sie losfahren wollte, ein Geräusch aus dem Schuppen gehört und sich spontan entschlossen haben, kurz nachzusehen. Sie hat Rita vorausfahren lassen, weil sie wusste, dass sie sie locker einholen würde.

Warum nur hat sie nicht mehr Vorsicht walten lassen und Rita zugerufen, sie solle mitkommen?, fragte sich Fanni leidvoll.

Weil sie nach ihrer Großmutter kommt!

An Rainers Skibrille erinnerte sich Fanni gut. Sie war verspiegelt und präsentierte dem Betrachter einen Palmenstrand.

Dann fiel ihr Rainers Schlüsselanhänger ein. Wie war er in die Gondelschneise gekommen? Sie fragte danach.

»Ich habe ihn hingebracht und so getan, als hätte ich ihn gerade gefunden«, antwortete Patrick. »Damit hatte ich zwei Fliegen mit einer Klappe geschlagen: eine weitere falsche Spur und ein Alibi für mich, weil es so aussah, als hätte ich mich die ganze Zeit an der Suche beteiligt.«

Fanni schwirrte der Kopf. Patricks Vorgehen war einerseits genial, andererseits …

Verrückt eben!

Vor allem deshalb verrückt, überlegte sie, weil sein Plan nur bei so außergewöhnlichem Nebeltreiben funktionieren konnte.

Das aber am Arber keine Seltenheit ist!

Erneut wurde es still. Fanni betrachtete den jungen Mann, der so unterschiedliche Gesichter zeigte und ihr so grundverschiedene Gefühlsreaktionen abforderte. Einerseits Mitgefühl für den Verlust seines geliebten Partners, Verständnis für seinen

Hass und seine Rachegefühle, Bewunderung für die Vernunft, die er nach dem Tod seines Freundes so lange hatte walten lassen. Andererseits Abscheu gegen die Kaltblütigkeit, mit der er schließlich gemordet und die Leiche beseitigt hatte, Entsetzen über die Wucht, mit der er Minna attackiert hatte.

Viel Zeit bleibt Sprudel und dir nicht mehr, bis er euch ins Jenseits befördert!

Fanni nickte gottergeben. Auf Rettung war nicht zu hoffen.

Sie ließ den Blick zu Paul gleiten. Wie lange waren die beiden schon ein Paar? Die Antwort darauf war nicht schwer zu erraten und lautete: noch nicht sehr lange. Sie mussten sich nähergekommen sein, während Patrick sein Praktikum ableistete, hatten ihre Beziehung aber erfolgreich geheim gehalten.

Viel schwieriger zu beantworten war, seit wann Paul Bescheid wusste. War er in Patricks Mordplan eingeweiht gewesen? Fanni glaubte das verneinen zu dürfen. Wann aber hatte Patrick seinem Freund die Tat gestanden?

Vor Kurzem erst, mutmaßte sie. Heute Nacht vielleicht. Patrick musste Abschied nehmen. Sein Praktikum war zu Ende, und je eher er hier wegkam, desto besser.

Aber Paul konnte nicht loslassen!

»Ihr wolltet zusammen weg, Paul hat am Parkplatz auf Sie gewartet.« Fanni musste das Nicken nicht sehen, um zu wissen, dass sie richtiglag.

Und dort auf dem Parkplatz hatte Patrick seinem Freund berichtet, er habe das Gefühl, Fanni und Sprudel seien ihm auf die Spur gekommen.

»Ich frage mich, ob ich es tatsächlich fertiggebracht hätte, Ihre Enkelin zu ersticken«, sagte Patrick unvermittelt.

Fanni warf ihm einen bösen Blick zu. »Zum Glück konnte ich Ihnen die Entscheidung abnehmen.«

Patrick wirkte beinahe gekränkt. »Ich hätte sie im Schuppen liegen lassen können. Keiner hätte da nach ihr gesucht. Und sie hätte die Nacht nicht überstanden.«

Fanni schnaubte. »Max hat da nach ihr gesucht und sie gefunden.«

Patrick lachte auf. »Was glauben Sie, wer ihn auf die Idee gebracht hat?«

Was für Widersprüchlichkeiten, dachte Fanni erneut. Erst schlägt er Minna nieder, dann sorgt er dafür, dass sie gerettet wird, dann wieder versucht er, sie zu ersticken.

Einmal mehr sagte sie sich, dass Patrick nach dem Tod seines damaligen Freundes eine psychische Störung entwickelt haben musste, die durch das Zusammentreffen mit Rainer und dessen kaltschnäuziges Verhalten schließlich in einer Krisis gipfelte.

Sie suchte Sprudels Blick. Würden Patrick und Paul ihren Plan jetzt in die Tat umsetzen? Was Paul vorgehabt hatte, schien klar. Das halb abgedichtete Fenster ließ wenig Zweifel daran, dass er den Motorschlitten starten und laufen lassen wollte, bis der Treibstoff verbraucht war. War der Tank gut gefüllt, standen die Chancen, hier drin zu überleben, schlecht.

Aber was nützte es ihm eigentlich, sie beide zu beseitigen? Minnas Erinnerung würde über kurz oder lang zurückkehren. Was hatte er mit Minna vor?

Patrick stemmte sich hoch, dabei rutschten seine Pulloverärmel ein Stück weiter zurück, und Fanni konnte die Narbe jetzt in voller Größe sehen. Ein weißer Regenwurm. Gut fünfzehn Zentimeter lang. »Hat die Narbe auch was mit Rainer zu tun?«

Patrick warf einen nachdenklichen Blick darauf. »Sportunfall.« Unvermittelt stieß er sich von der Wand ab, trat auf den Motorschlitten zu, zog den Schlüssel aus der Zündung und schleuderte ihn in die Ecke.

Dann griff er nach Pauls Arm und zog ihn hoch. »Komm.«

Eigenartigerweise begehrte Paul nicht dagegen auf. Während er mit geschlossenen Augen an die Wand gelehnt zugehört hatte, schien jegliche Energie aus ihm herausgeströmt zu sein.

Einen Augenblick später waren die beiden fort.

Der Türflügel knallte an sein Gegenstück.

Fanni atmete auf.

Dazu besteht nicht der mindeste Grund! Ihr seid angekettet, schon vergessen?

Irgendwann wird man uns schon finden, dachte Fanni.

Aber bis dahin werdet ihr tot sein oder so unterkühlt, dass auch kein Aufwärmen mehr hilft!

Fanni rückte so nah es ging an Sprudel heran und lehnte den Kopf an seine Schulter.

»Wir sollten versuchen, an mein Handy zu kommen oder an deins«, sagte Sprudel.

Fanni schüttelte bloß den Kopf. Sie hatte ihres gar nicht dabei.

»Meins steckt in der Brusttasche«, sagte Sprudel.

»Das tut es ja immer.«

Sprudel wand und drehte sich, bis die Brusttasche nur noch ein winziges Stück von ihrer Nase entfernt war.

»Mit den Zähnen, Fanni.«

»Sprudel! Die Brusttasche ist zugeknöpft.«

»Tut mir leid. Versuch es trotzdem.«

Fanni riss und zerrte, machte Pause, versuchte es erneut, und irgendwann ging der Knopf ab. Sie bohrte die Nase in die Öffnung, um sie zu verbreitern, und schließlich gelang es ihr, das Handy mit den Zähnen zu fassen.

Vorsichtig zog sie es heraus und konzentrierte sich darauf, es in Sprudels griffbereite Rechte zu bugsieren.

»Was machst du denn da, Oma?«

Das Handy entglitt ihr und schlitterte auf dem Betonboden davon.

»Papa, komm mal, Oma und Opa hängen am Motorschlitten fest.«

»Timmi?«

»Hier drin, Papa.«

»Komm raus, Timmi. Wie bist du da überhaupt reingekommen?«

»Ich hab die Tür ein bisschen aufgeschoben. Das war gar nicht schwer.«

»Komm raus jetzt, Timmi.«

»Aber Oma und Opa Sprudel sind ja auch da.«

Fanni wollte sich gerade bemerkbar machen, da wurde der Türflügel vollständig aufgeschoben, und Marco erschien in dem hellen Viereck, das entstanden war.

»Fahren wir jetzt mit dem Motorschlitten?«, fragte Timmi.

»Was macht ihr denn alle da drin?« Leni tauchte in der Türöffnung auf.

Marco war bereits dabei, Fannis Fesseln zu lösen. »Krankenwagen?«

»Ich glaube nicht«, sagte Fanni. »Sprudel muss zwar versorgt werden, aber wir können ihn ja selbst ins Krankenhaus bringen.«

Marco nickte und wandte sich Sprudel zu, um auch seine Fesseln zu lösen.

Leni half ihrer Mutter beim Aufstehen. Sie war blass geworden. Einmal zu oft hatte Fannis ältere Tochter erleben müssen, wie Fanni und Sprudel bei Ermittlungen in Gefahr gerieten. Zweimal hätte es sie selbst beinahe erwischt, weil der Täter Fanni auf infame Weise hatte fertigmachen wollen.

Fanni wandte sich ihrem Enkel zu. »Wie bist du nur auf die Idee gekommen, einfach die Tür aufzuschieben und hereinzuschlüpfen?«

Timmi schwenkte ihr Halstuch. »Weil es am Griff hing. Es war wie bei der Schnitzeljagd an Konrads Geburtstag. Da hing ein blaues Band an einer Tür, und das war keine falsche Spur.« Er hielt ihr das Tuch hin. »Du willst es sicher zurück.«

Marco schob seinen Sohn aus der Garage. »Geh bitte mit Mama und Hanna schon mal zum Wagen. Ich komme gleich nach.«

Timmi sah offenbar ein, dass Widerspruch zwecklos war, denn Leni hatte ihn bereits in festem Griff.

Marco schenkte es sich, Fragen zu stellen, sah Fanni und Sprudel nur schweigend an.

»Wir haben gar nichts mitgekriegt«, platzte Fanni heraus, bevor Sprudel etwas sagen konnte. »Wir sind draußen niedergeschlagen worden, und als wir wieder zu uns gekommen sind, waren wir hier drin an den Motorschlitten gefesselt.«

Woran Marco erkannte, dass sie log, konnte sie nicht nachvollziehen. Aber seine Miene zeigte deutlich, was er von ihrer Behauptung hielt. Er schaute sie eine Weile nachdenklich an, dann wanderte sein Blick zu Sprudel.

Der blickte ausdruckslos zurück.

Marco nickte, als habe er nichts anderes erwartet. »Dann informiere ich jetzt die Polizei, und ihr müsst eine Aussage machen.«

»Selbstverständlich machen wir eine Aussage«, beeilte sich Fanni zu versichern.

Sprudel betrat die Cafeteria des Krankenhauses, wo Fanni einen Becher kalte Milch getrunken hatte, während seine Kopfwunde versorgt wurde.

Er ließ sich neben ihr nieder und deutete auf den leeren Becher. »Kalzium, Phosphor, Zink, Mineralstoffe?«

»Und deswegen sehr zu empfehlen«, erwiderte Fanni. »Milch hat außerdem eine hohe Vitalstoffkonzentration, kann sogar den Blutdruck senken und der Gicht vorbeugen.«

Sie holte an der Selbstbedienungstheke auch für ihn einen Becher, den er mit einer kleinen Grimasse entgegennahm und argwöhnisch in der Hand hielt, bis Fanni ihn anstupste. »Trinken.«

Sprudel machte ein Gesicht, als hätte sie ihm den Schierlingsbecher gereicht.

»Trinken.«

Nach einigen Schlucken schien er plötzlich auf den Geschmack zu kommen. »Gar nicht so übel.« Er trank den halben Becher leer, stellte ihn dann ab und sah Fanni forschend an. »Willst du sie tatsächlich davonkommen lassen?«

Fanni schüttelte lebhaft den Kopf. »Auf keinen Fall. Patrick gehört in die Psychiatrie.«

Sprudel griff nach ihrer Hand. »Du willst ihnen aber noch ein bisschen gemeinsame Zeit verschaffen.«

Fanni nickte. »Soll Wieser doch tun, was getan werden muss.«

»Er wird uns nicht durchgehen lassen, dass wir nicht gleich damit herausgerückt sind.«

»Womit sind wir nicht herausgerückt?«, fragte Fanni mit dem Lächeln einer Sphinx.

Sprudel seufzte.

Der Seufzer bedeutete – Fanni wusste es genau –, dass ihm klar geworden war, was sie vorhatte. Sie beide würden sich auf die Frage, wer sie niedergeschlagen und gefesselt in der Garage zurückgelassen hatte, auf eine Erinnerungslücke berufen.

»Aber wir sagen Wieser, dass du glaubst, in Patrick den falschen Arzt erkannt zu haben. Darauf, dass Rainers Leiche mit dem Motorschlitten transportiert wurde, müsste er von selbst kommen, sobald er Rainers Ski und Stöcke in der Garage sieht. Und vom Motorschlitten ist es sicher nicht weit zu Patrick.«

Sie fragte sich, wie viel Zeit Patrick und Paul wohl noch miteinander verbringen konnten.

Kommt drauf an, wie geschickt sie es anstellen! Das Emoticon beschirmte mit einer Hand die Augen, die in die Ferne blickten, wo zwei männliche Schatten hinterm Horizont verschwanden.

Danksagung

Ganz besonderer Dank gilt Anita Grewenig. Ohne ihre Hilfe wäre es mir wohl nicht gelungen, an Informationen über die Radartürme am Großen Arber zu kommen.

Ich danke Kurt Mehler für die Durchsicht des Manuskripts, bei der er einige fehlerhafte Ortsangaben zutage förderte.

Und wie immer danke ich dem Emons-Team, allen voran meiner langjährigen Lektorin Stefanie Rahnfeld, und Dr. Auer von der Aulo-Literaturagentur.

Andere Kriminalromane von Erfolgsautorin Jutta Mehler:

Alle Titel sind auch als eBook erhältlich.

Krimis mit Fanni Rot

Saure Milch
ISBN 978-3-89705-688-6

Honigmilch
ISBN 978-3-89705-784-5

Milchschaum
ISBN 978-3-89705-803-3

Magermilch
ISBN 978-3-89705-898-9

Milchrahmstrudel
ISBN 978-3-89705-963-4

Eselsmilch
ISBN 978-3-95451-006-1

Milchbart
ISBN 978-3-95451-285-0

Wolfsmilch
ISBN 978-3-95451-532-5

Milchlinge
ISBN 978-3-95451-804-3

Milchreis
ISBN 978-3-7408-0067-3

Heumilch
ISBN 978-3-7408-0411-4

Krimis mit Hilde, Thekla und Wally

Mord und Mandelbaiser
ISBN 978-3-95451-168-6
Mord mit Streusel
ISBN 978-3-95451-396-3
Mord mit Marzipan
ISBN 978-3-95451-664-3
Mord mit Schokoguss
ISBN 978-3-95451-998-9
Mord mit Buttercreme
ISBN 978-3-7408-0195-3
Mord mit Nusskrokant
ISBN 978-3-7408-0520-3

Weitere Titel

Moldaukind
ISBN 978-3-89705-452-3
Am seidenen Faden
ISBN 978-3-89705-504-9
Schadenfeuer
ISBN 978-3-89705-580-3
Der kleine Flüchtling
ISBN 978-3-95451-090-0
Zwei Frauen und ein Mord
ISBN 978-3-7408-0274-5